旧梦令

1913

半生乱世飘零
一场繁华散落

今宵好梦如旧

请君入梦

旧梦令
1913
半生乱世飘零
一场繁华散落
今宵好梦如旧
请君入梦
旧梦令
1913
半生乱世飘零
一场繁华散落
今宵好梦如旧
请

牡丹亭里，爱情可以令死者还生，

可他在牡丹亭外。

她做不了他心上的朱砂痣，
就想做他心上的一道疤——
可最终她什么都做不了。

旧梦令

沈鱼藻 ◎ 著

江苏凤凰文艺出版社
JIANGSU PHOENIX LITERATURE AND ART PUBLISHING

图书在版编目（CIP）数据

旧梦令 / 沈鱼藻著. -- 南京 : 江苏凤凰文艺出版社, 2021.4
ISBN 978-7-5594-5717-2

Ⅰ. ①旧… Ⅱ. ①沈… Ⅲ. ①短篇小说—小说集—中国—当代 Ⅳ. ①I247.7

中国版本图书馆CIP数据核字(2021)第058100号

旧梦令

沈鱼藻 著

责任编辑 刘洲原
特约编辑 知 微
责任印制 刘 巍
出版发行 江苏凤凰文艺出版社
南京市中央路165号，邮编：210009
网 址 http://www.jswenyi.com
印 刷 杭州日报报业集团盛元印务有限公司
开 本 880毫米×1230毫米 1/32
印 张 9.5
字 数 245千字
版 次 2021年4月第1版
印 次 2021年4月第1次印刷
书 号 978-7-5594-5717-2
定 价 42.80元

旧梦 1913

旧梦 1924

旧梦 1931

旧梦 1932

旧梦 1935

旧梦 1937

旧梦 1938

旧梦 1939

旧梦 1941

旧梦 1942

旧梦 1982

旧梦 1997

目·录

第一梦

行路难

她驯服过最烈的马，
喝过最烈的酒，
爱过一个最烈的人。

| 一 |

她在最后的时光里，老是跟他提自己十四岁那年驯服烈马的故事。

小时候，家在关外，父亲在某位将军的手下做马夫，她从小就惯于和马打交道。整个将军府里，包括将军的公子小姐们在内，同龄人里，数她的马术最好。

十四岁那年，一个蒙古亲王送给将军一匹蒙古马。那马高大威风，鬃毛油亮。但那马性子烈，死活不肯给人当坐骑。父亲也是有三十年经验的老马夫了，受命驯它，竟然被它甩下来好几次。

烈马的名声传遍了将军府，全家老小都好奇地来看它。

一群人围着马场，一个个屏气凝神地看着那匹英俊的烈马反抗驯化它的人——它腾空，甩颈，四蹄高抬，仰天长嘶……父亲竟然近不了它的身。

将军脾气暴烈，最后烦了，掏出枪，打算一枪打死这不驯服的牲口。

出乎所有人的意料，关键时刻，焦娇按住将军的手，敏捷地蹿出去，趁烈马不备，攥着它的鬃毛翻身上了马背。

驯服烈马的过程当然十分惨烈。焦娇和它搏斗了大半个钟头，马想尽办法要把她甩下来，但她始终咬紧牙关紧攥马鬃，颠簸得几乎要把五脏六腑吐出来。

最终，她获得了胜利。

将军对她刮目相看，当晚赏赐焦娇一家和自己共进晚餐。宴席上，将军问：“你是怎么驯服它的？”

十四岁的少女得意地说：“有志者事竟成，我觉得没有什么事情是人做不到的，只要你相信自己就能做到。”

大人们都笑了，将军却说：“真年轻啊，只有小孩说得出这种狂话。早岁那知世事艰，小孩又怎么知道，人生不如意事十之八九。这世界上的路，难走着呢！”

少女不服气，嘀咕道：“我才不信呢，那是大人们为自己的失败找的借口罢了。”

将军的话，隔年就得到了验证。

那年，冬天刚过，日本人和俄国人就在旅顺开战了。一开始，将军府里没人把这当回事。当时，关外随处可见高鼻深目的俄国人和佝偻矮小的日本人，为了利益，两边时常产生摩擦。双方在旅顺开战时，大家都以为这不过又是一次摩擦罢了。后来，战火蔓延到了奉天。

日本人和俄国人在中国人的土地上开战了。消息传到京城，老太后做出的反应竟然是宣布中立。

将军是个有血性的人，祖上出自扈伦四部，不愿看到异族践踏国家的土地，便向朝廷请命，驱逐日俄，结果被老太后一道圣旨召回了北京城，从此再没回到关外。

偌大一个将军府，就此树倒猢狲散。

又过了几个月，焦娇的父亲因为会俄语，被日本人污蔑为俄国的间谍，很快被绞死了。

失去了从小生活到大的土地，失去了将军府的庇护，失去了唯一的亲人，焦娇被迫和其他人一起踏上了入关逃难的路。

离开奉天的那一天，距离她驯服烈马，不过年余而已。

|二|

同行人中有一个叫小翠的姑娘，在宁安府有亲戚。

一行人出了关，一路向南，去关外流浪。冬天来临前，她们终于到了宁安府的地界。

到了这她们才知道，那个亲戚早在半年前就去世了。

眼看数九寒天马上就要来了，她们怕变成饿殍，不敢再向前走，无奈之下，只好暂时流落街头，靠乞讨维生，顺便见缝插针地找些零工做。

焦娇遇见齐云杉，也是因为马。

有一天，太阳正好，她和小翠正坐在墙根晒太阳。饱食一顿后，她们被太阳晒得暖洋洋的，难免有些困。迷迷糊糊之际，焦娇听见不远处传来惊叫声和马的嘶鸣声。

马夫的女儿焦娇一下子就清醒过来了。她跳起来蹿了出去。

街上有匹马在发疯。

一个穿军装的年轻丘八摇摇欲坠地骑在马上，使劲勒住缰绳，脸涨得通红，眼泪都要迸出来了。但马性子烈，他根本控制不住，只能眼睁睁地看着马横冲直撞，掀翻了一个又一个摊子，惊得行人们四处逃窜。

最后，这个小丘八被甩下了马背。

焦娇搓搓手，就要冲上去驯马，却被人抢先了一步。

只听见马蹄声嘚嘚，后面奔来了两匹高头大马。骑在前面那匹枣红马上的人飞身下马，又敏捷地翻身上马，双腿紧紧夹住马腹，熟练地挽住了缰绳。马起先还不停地挣扎着，过了一会儿却渐渐地安静下来，疲惫地打着响鼻，垂下了颈子。

街面上响起了一片赞叹声，小翠也凑过来说："真英俊！"

焦娇附和了一句："嗯，真英俊……不过我觉得那个人更英俊。"

她说的是后来来的两个人里，骑在后面那匹黑马上的人。

骑枣红马的那位，看上去更年轻些，少年的稚气还未散尽，高瘦单薄。骑黑马的那位，看上去要年长几岁，身材高大宽厚，跟铁塔似的。

少年驯服烈马后，把马鞭交到原主人的手里，又训斥了那人两句。被训的那个人也只是连连点头。看不出，这少年年纪虽轻，倒是个长官。

骑黑马的那个青年自始至终都跟在少年的身后，牵着自己的马，也牵着少年的马，并在少年训斥完人转身要上马的时候，伸手帮他扶正了马鞍。

小翠觉得匪夷所思："你的眼光可真奇特。"

任谁看了，都会更喜欢那个骑枣红马的少年吧？ 他那么年轻，那么英俊，那么神采飞扬。

焦娇撇撇嘴："他太矜贵了，一看就是个公子哥儿，我不喜欢。你没看到吗？ 那个骑黑马的，下马后掏出一把糖发给了受到惊吓的小孩们。他心细如发，会疼人呢。"

焦娇是个外向的人，最擅长跟人打交道。这场风波过去后的半个时辰内，她已经打听到了刚才那两个人的身份。

他们一个是宁安府首富的公子，在新军里做事，一个是他的副官，叫齐云杉。

焦娇听后跃跃欲试，问道："那顾家，招不招丫鬟啊？"

等了一个月，终于等到了过年。

过年的时候事多，每个大户人家都要招临时的帮工，做一些杂活儿。焦娇终于如愿以偿地进入顾家，当了个帮工，并且凭着自己麻利的手脚和厉害的嘴皮子，过完这个年后，成功地留在了顾家，成了顾府的丫鬟。

| 三 |

顾家虽然是宁安府的首富，但主家人倒是不多，只有顾琇夫妻两个和老太太、大太太、二太太三个寡妇。顾琇的妻子是宁安知府家的千金。

主家人少，用得着的仆人也少，焦娇很快就和每个人都混熟了，她旁敲侧击地向他们打听齐云杉的消息。

"哦，齐副官啊？ 他跟少爷好久啦，都七八年了吧，少爷在凤鸣山上时他就跟着了。后来少爷去上海读书，他也跟着。再后来少爷去当兵了，他也跟着进了军营，当了少爷的副官。"

…………

"哪里的人？ 不晓得，听口音像是北方人。"

…………

"成亲了没？ 按说这个年龄他也该成亲了，但他连个相好的都没有。他每天跟着少爷进进出出，连家人都没有半个，谁给他做主娶亲啊？ 少爷每天也忙得不得了。"

焦娇美滋滋地想："真是天助我也，他还没娶亲。"

于是她便时不时地创造机会接近齐云杉。

他在后花园里练武，她便提着篮子凑上去，甜甜地喊一句"齐大哥"，然后掀开盖在篮子上的布，露出里面的乌梅汤和小点心："天气热，喝杯乌梅汤消消暑吧。这是我自己做的家乡点心，你尝一尝。"

他道一句"谢谢"，在假山石上坐下来，拿出一块点心，咬了一口，眼睛瞬间亮了："焦姑娘，这个点心很好吃，甜而不腻，你能多给我几块吗？"

她正暗自高兴，他却继续说道："我去军营的时候给少爷捎上。他这两天苦夏，什么都吃不下去。"

少爷就是顾琇，在顾家，只有少奶奶、大奶奶和齐云杉三个人这么称呼他。

看见他在洗衣服，她也凑过去，说："你们大男人哪里会洗衣服呀？搓了半天衣领子还是脏的，我来帮你吧。"

他也没跟她客气，道一声"麻烦你了"，便站起身来："正好，阿琇写字的墨没了，我去澄心堂帮他买一块。"

她原指望借着洗衣服的时间跟他说说话，现在只能看着他的背影干瞪眼。

阿琇，阿琇！ 这个人的眼里好像只有一个顾琇！

因为齐云杉总惦记着顾琇，焦娇再看到顾琇的时候，神情里都带着三分不满。

没想到，这竟然被顾琇发现了。

金秋十月，焦娇站在院子里的枣树下，拿着竹竿打枣。

突然，书房里响起了顾琇的声音："焦娇姐，麻烦进来一下，帮我研下墨。"

焦娇没好气地走进书房，挽起袖子，拿起墨锭。

她心里憋着气，手上的劲就大了，墨汁飞溅起来，落在纸上洇开了。

顾琇轻叹道："唉，可惜了这一张好宣纸。我说焦娇姐，你有气，也不该朝纸墨撒呀。齐大哥不解风情又不是它们的错。"

听了这话，焦娇握着墨锭的手一顿。

| 四 |

话既然挑明了，焦娇干脆向顾琇大倒苦水："他这个人，也不知道到底是故意的还是真的不解风情。不管我跟他说什么，他最后都会拐到你的身上。我这里有个香囊，已经做好十几天了，不敢送给他，就怕他再问我要一个好送给你！"

顾琇笑了："这也不是不可能，我自小有哮症，如今正是桂树开花的时节，桂花治哮症最好了。往年这个时候，齐大哥都会准备几个桂花香囊让我带在身上。你放心，这个香囊，我替你送。齐大哥今年二十五了，也该成家立业了。"

香囊送出去的第三天，顾琇来找她，告诉她齐云杉有话对她说。不过顾家人多眼杂不方便，齐云杉约她在凤鸣山上的别院里相见。

见面的那天，焦娇提前半天就到了。

因此，齐云杉一进门，就看见她正坐在窗边缝衣服。

她特地打扮过，额前的齐刘海儿迎风飘动着，身上一套桃红色的新衣裙，怀里抱着的衣裳像火一样红，那红里还闪着金光。

那是一件嫁衣。

她边缝衣服边轻柔地跟他说话："齐大哥，我们老家有个风俗，女孩有了心上人，就可以开始为自己缝嫁衣了。这一针一线，都是女孩自己做活挣钱买来的，然后她一梭子一梭子地织布、染布、描花绣凤……小时候，看到年纪大的姐姐们给自己缝嫁衣，我就很羡慕，心想什么时候才能轮到我啊……"

她把嫁衣抖开，嫁衣竟然绣好了大半。

"这件嫁衣，从我进入顾府就开始绣了。我每个月的工钱都花到这上面了，你看，好看吗？"

他却别过脸去："焦姑娘，你的这片心大可托付给其他人。"

她内心一惊，万万没想到他会拒绝自己，而且拒绝得这样干脆利落！

她绕到他的面前，眼睛直直地盯着他："为什么？ 你得给我个理由。你是嫌我丑、嫌我穷、嫌我来历不明，还是你心里早就有别人了？"

齐云杉淡淡地说："你长得很好看，你穷我也不富，你来历不明，我更是来历不明，我心里也没有别人……只是，自从八年前遇到了少爷，承蒙他搭救我之后，我就把命卖给他了。

"我的命是他给的，我早就决定了后半生为他而活，肝脑涂地，在所不惜。我的人生里是无我的，一个无我的人是没有资格爱别人的，这对你不公平。"

焦娇听得眼泪都要流出来了。她上前一步，踮起脚，揪住他的衣领子："可是我不要什么公平，我只要你喜欢我。不，你不用喜欢我，你让我喜欢你就行了。"

沉默了半天，齐云杉慢慢地逐个掰开她的手指："抱歉，我不乐意欠别人的。"

从那之后，齐云杉就一直躲着焦娇。

他甚至不再回顾家住了，每天晚上宿在军营里，除非顾琇有事遣他回家。

但每次回家，他总能完美地绕开她。等她听说他回来了，他已经走了。

突然有一天，齐云杉真的不见了。

连续一个月的时间，他都没回过顾家。焦娇实在按捺不住了，就跑去找顾琇问个究竟。

顾琇正在书房里写字，见她来，神情疲惫地揉揉眉心："齐大哥走了，不会再回来了。"

她如受雷击，半天才问："他有没有留下什么话给我？"

顾琇摇摇头。

她失魂落魄地走出书房。她原以为，就算他真的走了，也会给自己留下一句"今生缘浅，各自珍重"之类的话，但是他没有。

自己在他的人生里，竟然微末到如此地步吗？

| 五 |

齐云杉的消息，竟然是陈三带来的。

陈三是顾家的仆人，在厨房里干杂活。进顾家前也和焦娇一样，是个逃难的流民。

她不喜欢这个人。没进顾家前她就和陈三有过交集。

陈三这个人，狡诈贪婪。领衙门施的粥时，他老是想方设法地多领。不仅如此，他还是个好色之徒，没少调戏小翠和她，直到被焦娇揍了一顿，他才老实。

他一双贼眼乱转着来找焦娇："你想见齐云杉吗？ 三天后，去知府衙门，你就能见到他。"

说完，他得意地走了，焦娇留下满腹狐疑。

三天后，她果然在知府衙门里见到了齐云杉。

虽然他脸上血肉模糊，容貌已经完全损毁，但她还是一眼就认出了他。

她被陈三攥着手腕，躲在隐蔽处听着齐云杉的诉说。

齐云杉果然是北方人。他是山东人，早年在家乡开拳馆，得罪了洋教。当地的官员为了讨好洋人，施计害了他的全家。他家破人亡，无奈隐姓埋名，逃到了宁安府。

他本以为后半生也就这样了，谁知不久前，到任的新巡抚竟然是当年害得他家破人亡的那个狗官。

想起惨死的父母和弟妹，齐云杉再难忍耐，决意刺杀新任巡抚。

但他刺杀失败，反而被捕，还被送到公堂上受审。

审讯结束后，齐云杉被丢进了大牢。陈三小人得志地问焦娇："你想不想去大牢里看他？ 只要你亲我一下，我就帮你。"

刚才在大堂上，就是陈三站出来指认齐云杉的。

齐云杉想必是怕连累顾琇，行刺巡抚前毁了自己的面容。

这个奸险的小人！ 焦娇恨得牙痒痒，恨不得咬下陈三的一块肉。但为了见齐云杉，她只能强忍怒气，在陈三的脸上飞快地啄了一下。

陈三心满意足地带着焦娇去大牢里看齐云杉。

一见到齐云杉，焦娇的眼泪就涌了出来。

他受过刑，浑身血肉模糊，脸上的伤口也溃烂了，有蚊蝇绕着他打转，但她丝毫不嫌弃他肮脏污秽，扑在牢门上，把手伸了进去，想摸一下他的脸。

半晌，她才哽咽着问了一句："你不是说你下半辈子都是为了顾琇而活的吗？ 你为什么去报仇？ 你骗我！"

齐云杉直愣愣地看着她，没有说话，过了半天只是闭上了眼睛，轻轻地说："我骗了你，也对不住他。"

到了这步田地，他念念不忘的还是顾琇。

| 六 |

焦娇跑去找顾琇，求他救齐云杉。

往日神采飞扬的顾琇仿佛变了一个人。他依旧英俊，神情却很憔悴。

他低声说："抱歉，我救不了他。"

焦娇不可思议地看着顾琇："他为了不连累你毁了自己的脸，可是你连尝试着救他一下都不肯。你怕什么，怕断送了你的仕途吗？一个跟了你整整八年的人，一个把你当成信仰的人，他在你的心里，竟然不如你的仕途？"

顾琇的脸色冷了下去。半天，他才淡淡地说："如果他真的一切以我为重，就不会去报这个仇。从他踏出顾家的那一天起，我和他就已经恩情断绝了。"

他竟然绝情到这个地步！

他还是那个笑盈盈地对自己说"齐大哥今年二十五岁了，也该成家立业了"的顾琇吗？

她咬牙切齿地说："好，你不救他，我救！"

焦娇能想到的唯一办法就是告御状。

杨乃武蒙冤的故事，她小时候就听大人们说起过。杨乃武的姐姐杨菊贞进京告御状是整个故事里最激动人心的一幕。她决心效仿杨菊贞，进京告御状，为齐云杉争取一线生机。

三年前，她出了关，由北向南，一路乞讨到宁安府，为的是求一线生机。

三年后，她从宁安由南向北，一路流浪到北京城，为的是给齐云杉求一线生机。

但故事毕竟是故事，现实可比故事残酷多了。

她已经做好了受到鞭打皮开肉绽的准备，却没想到自己没能告上御状，就被人拿住交付刑部，又被刑部遣回了宁安府。

小半年的奔波徒劳无功，她只落得个心神俱疲。

回到宁安府，她跑到大牢里，要看齐云杉，却被狱卒拦在门外。

狱卒嬉皮笑脸地说："你是他什么人啊？ 非亲非故的，可不能随便进去。"

他嘴上说着冠冕堂皇的话，手却不老实地做着讨银子的动作。

可她哪还有钱？ 在顾家做工的工钱，都被她一针一线缝进了自己的嫁衣里，上京那一趟已经花光了她的积蓄。路走到一半时，她是靠着乞讨继续前行的。

现在，她连见齐云杉一面都不能。

她失魂落魄地离开大牢，脚步虚浮地走在大街上。眼前一片模糊，她只觉得腰上一痛，整个人已经倒在了地上。

她不想爬起来，倒下就倒下吧，在哪里倒下，就在哪里大哭一场。她是真的累了。

伴随着戏谑的声音，一只手把她拉了起来："这就认输啦，你还是当初那个追了半条街打我的焦娇姐吗？"

| 七 |

陈三请她去茶楼喝茶。

如今的陈三衣着光鲜，红光满面，已经是巡抚衙门的门房了，每天巴结他的人不计其数，把他喂得像只官仓的硕鼠。

她厌恶地看着他，这个卖主求荣的东西！

陈三看出了她的厌恶，吹着热茶，气定神闲地说："焦娇姐，你先别在心里骂我。你自己想，像顾琇这样的人，值得齐云杉为他卖命吗？ 我就讨厌顾琇那副高高在上的样子！ 好像全天下的道理都在他那一边似的。齐云杉鞍前马后地服侍了他这么多年，落了个什么结果？ 顾琇怕齐云杉连累自己，在公堂上连认都不愿认他！"

陈三的话戳到了焦娇的痛处，她忍不住抓紧了桌沿。

陈三满意地说："齐云杉的命，你是甭指望顾琇救了，要救他还得看你。"

她心念一动："怎么救？"

陈三凑到她的耳边："老实说吧，齐云杉只是个幌子，巡抚大人真正的目标是顾琇。抓齐云杉，为的是让他咬出顾琇和他的知府老丈人。巡抚和知府从年轻的时候起就不对付……齐云杉这是当了马前卒，你要是能帮巡抚大人揪到顾琇翁婿俩的把柄，齐云杉的事情不就好说了吗？"

入夜，焦娇偷偷潜进凤鸣山上的别院里。

这是她第二次来这里。第一次，她满怀憧憬却被齐云杉拒绝了，但也是那次，她在别院里看到了一些东西——顾琇的手稿。

那是几篇文章，那些文章她曾在顾琇的朋友办的报纸上见过，大多是一些针砭时弊的文章，其中不乏对革命党的同情。

她匆匆把文章揣起来，溜下凤鸣山，去找陈三。

看到她偷出来的文章，陈三眉开眼笑地说："好啊，原来这个顾琇真和乱党有勾结，这下可抓住他的小辫子了。哼，勾结乱党，有比这更重的罪名吗？保管让他人头落地！"

他又安慰焦娇："你放心，有了这些，我就能在巡抚大人面前替你说好话，齐云杉准保能活着走出大牢。"

| 八 |

可是最终，无论是陈三期待的，还是焦娇期待的，都没有成真。

那一年，齐云杉突然死在了大牢里。

收到这个消息的时候，焦娇正在绣嫁衣。

这件嫁衣马上就绣好了，上面的凤凰只差一双眼睛了，等她绣完了，他就该出来了。到那时，她就能穿上嫁衣，和他双宿双栖了……

齐云杉死后不久，京城里传来了消息，万岁爷驾崩了，老太后也死了。

那时的焦娇已经有些神志不清了，每天在租住的小院里，穿着缺了一双凤凰眼睛的嫁衣，时哭时笑，自说自话。她一会儿温言软语地问“你看我这嫁衣好不好看”，一会儿痛哭流涕地喊“青天大老爷，冤枉啊”。

陈三来的时候，她正抱着嫁衣发愣。

陈三绕着她转了两圈，啧啧有声地说：“齐云杉真是命不好，现在外面都在传要大赦天下呢，他要不是早早地死了，说不定现在也能沾沾大赦天下的光，从牢里出来了。”

焦娇彻底疯了。

她穿着嫁衣，赤着脚奔跑在宁安府的大街小巷里，嘴里喊着“大赦天下”，直到精疲力竭昏死过去。

她再次醒来，是在一个昏暗的小屋里。桌子上仅有一盏油灯，灯光如豆，她就盯着灯光发呆。

有人推门进来了，是陈三。他端着一只碗，坐到床边喂她吃粥：“你看你，都搞成什么鬼样子了？都怪你瞎了眼，喜欢错了人，你要是早跟了我多好？好在我是个厚道人，不嫌弃你疯了。说起来，你当初打我的那一巴掌可真够狠的。从那时候起，我就发誓一定要把你弄到手……”

自己在小屋里过了多久，焦娇不记得了。

那段日子里，她不出门，每天只是躺在床上，从小窗里看日升月落，迷迷糊糊地过了一天又一天。她的所思所念已经埋在黄土之下了，所以她对一切都感觉无所谓。

很久之后的一天，陈三离开了，却一直没有回来。

小门再次被人推开的时候，出现在她面前的是顾琇。

| 九 |

焦娇被顾琇送到了乡下。

在乡下，负责照顾她的是一对老夫妻。顾琇留下足够的钱，又给老夫妻置了两亩地，叮嘱他们把焦娇当亲生女儿养。

临走前，他对老夫妻说："我阿姊就拜托两位了。"

她没想到，那竟是她最后一次见他。

老夫妻是厚道人，待她不薄，在他们的悉心照料下，她的病略有好转，她时而清醒时而迷糊。

她原以为日子就这样过下去了，没想到突然有一天起了兵患。战争的硝烟波及了这个小村庄，老夫妻带着她开始逃难，最终逃到了离宁安府百里之远的一个小城里。

有一回，焦娇的疯病发作了，老夫妻便找来大夫给她看病。

就这样，她认识了小莫大夫。

小莫大夫很年轻，和她年龄相仿，却饱经沧桑。他搭了搭焦娇的脉，温和地笑着说："没什么大碍，我给你开几服药，你慢慢调养，总会好的。"

为了治病，小莫大夫来看她的次数越来越多。

他面容清秀，写得一手好字，说话温声细语的，人也仔细。发现焦娇不爱喝苦药，他每次来都带一包蜜饯，让她喝药后吃。

时间久了，老夫妻就动了心思，小莫大夫再来时便旁敲侧击地打听："小莫大夫今年多大啦？ 成亲了没有？ 是哪里人啊？"

小莫大夫听出了他们的弦外之音。

只有两个人时，他便直截了当地问焦娇："焦姑娘，你父母似乎有撮合我们两个的意思，你是怎么想的？"

这时焦娇的疯病已经好了大半，她迟疑了片刻，说："我怕连累你……"

小莫大夫笑了："这不是实话，你心里有一个人，你是为他疯的，对不对？"

焦娇吃了一惊，小莫大夫却悠悠地说："我又何尝不是呢？我心里也有一个不可能相守的人，为了她，我背井离乡、改名换姓……乱世里人人有故事，与其频频回首，不如重新开始。你和我都是命苦的人，世间行路难，一个人太孤单了，你若不嫌弃，就和我相濡以沫吧。"

行路难啊……

第二年春天，焦娇嫁给了小莫大夫。

两个人之间没有什么爱，更多的是尊重，倒比其他夫妻的感情更稳固些。他们从不吵架，向来都是和和气气的，周围的邻居们很是羡慕他们。

第二年，焦娇生了个儿子，取名小山，小莫大夫没问她为什么起这个名字。

那场疯病到底还是损害了焦娇的身体。

好景不长，儿子三岁那年，焦娇终于支撑不住，撒手人寰。

临终前，小莫大夫和儿子陪在她的身边，一大一小两个人握着她的手，听她气若游丝地讲起了从前。

"小时候，一帮孩子里，属我的身体最好，骑马打仗，谁也不如我，比赛跑步，我能领先别人一大段路。那时候大家都说，焦姑娘强壮得跟匹小马似的，肯定能长命百岁……"

她去世的那天，距离三十岁生日还有半个月的时间。

| 十 |

她走得太早了，不知道她心心念念了一辈子的齐云杉，后来来找过她。

齐云杉没有死。

那年死在大牢里的另有其人，顾琇使了个偷梁换柱的法子救出了他，然后让他离开了宁安府。

最初，他去了云贵一代，在那里做了响马，后来被当地军阀招了安。顾琇打仗到云贵的时候还和他见了一面，临别前叮嘱他，如果活下来了，记得去找焦娇。

他果然活了下来，然后用了半生的时间，终于找到了焦娇。

可惜此时，斯人已逝，墓木已拱。

他见到的，只有她的丈夫，小莫大夫。

小莫大夫已经老了，成了老莫大夫。老莫大夫给他看了一张照片，那张照片，焦娇一直珍藏着直到她死去。

那是一张合影，里面有许多人，他们站成了两排。后面一排是丫鬟家丁们。前排中间是顾琇和傅兰珺，傅兰珺右边是她的丫鬟小桃，顾琇的左边是笑容明媚的焦娇和满脸别扭之色的齐云杉。

齐云杉还记得，那一年是光绪三十三年，顾琇找了照相师傅来家里拍照。焦娇原本是站在后排的，照相师傅按下快门前，她蹿到了齐云杉身边，强行挽住了他的胳膊。

那一年，大难还未到来，照片上所有的人都那么意气风发，尚且不知道前路的艰难。

旧梦·新言：

有一句老话常用来批判古典文学的局限性，即“帝王将相，才子佳人”。

诚然如此，但也有例外，譬如《红楼梦》里的又副册写的就是丫鬟。

在大多数古典文学里，丫鬟只是个模糊的符号，一个工具人，负责帮书生小姐拉红线、做掩护。即使是盖过了主角风头的红娘，也没超脱这一局限。

但《红楼梦》是不同的，每个丫鬟都有自己的故事。她们在自己的故事里伤春悲秋，而不是只围着主子们打转。《红楼梦》之所以能成为古典文化不可逾越的制高点，或许正是因为如此吧。书中的每个角色都是活生生的人，而不是谁的工具。

所以，我一直执着于写一个性格刚烈、热情如火的丫鬟。如今，我终于在这个故事里补全了关于这个人物的细枝末节，给你们看。

世间行路难，所有鲜艳的、火红的，都将被漫天大雪覆盖，变成白茫茫的一片。

但大雪降下前，她曾经燃烧过，这样就足够了。

第二梦

万木春

旧梦1913

她做不了他心上的朱砂痣，
就想做他心上的一道疤——
可最终她什么都做不了。

| 楔子 |

她叫桃若华，因为姓桃，又生在桃月，故而取名“若华”，取《诗经·周南·桃夭篇》“桃之夭夭，灼灼其华”之意。

只是后来，再没人记得这个名字，“桃若华”隐匿在时光的背后，她变成了“二婶”和“顾桃氏”。

出嫁前，在家塾里，桃若华学的最后一首诗是刘禹锡的《酬乐天扬州初逢席上见赠》。

巴山楚水凄凉地，二十三年弃置身。
怀旧空吟闻笛赋，到乡翻似烂柯人。
沉舟侧畔千帆过，病树前头万木春。
今日听君歌一曲，暂凭杯酒长精神。

白眉长须的先生长叹一口气，感叹地说：“这实在是一首凄凉至极的诗。”

桃若华不懂，就问先生：“凄凉在哪里？”

那一年，她十六岁，正是新桃初绽的年纪，活泼、轻盈、无忧无虑，还未见识过风刀霜剑，满心都是对未来的憧憬。

她虽读了很多的唐诗宋词，但向来是小和尚念经——有口无心，只觉得平仄好听，完全没领会到其中的悲喜。

那时，她没想到，“沉舟侧畔千帆过，病树前头万木春”的凄凉，未来她会用一生的时光慢慢领会。

|一|

浓夏，午后，蝉鸣，绿荫，桃若华躲在桃花树下偷看《西厢记》。

碧云天，黄花地，西风紧。北雁南飞。晓来谁染霜林醉？总是离人泪。

…………

刚看到张生和崔莺莺长亭送别，她突然感觉额头一痛，像是被什么小东西砸到了。她捂着脑门儿抬起头来，恼怒地问：“你不在家里陪你的好夫人，打扰我干什么？”

来人是哥哥桃若松。桃若松笑嘻嘻地拍拍手，说：“我来找你自然是有好事。过几天宁安城里的琼花剧院开张，秋老板要来。他要演全本的《西厢记》。我请你看，你去不去？”

秋老板，那个当红的昆曲小生秋老板？桃若华心念一动。

桃家虽然在乡下，但好歹是个没落的书香望族，家里规矩甚严。女孩们一向大门不出、二门不迈，只待在家里跟着母亲婶娘们学学针线。像桃若华这样还被允许在家塾里跟着兄弟们念念四书五经、学学唐诗宋词的，已经是异类了。

去城里看戏，看的还是《西厢记》，这对她来说，诱惑着实不小。

但她理智尚存，便问哥哥：“你说的是真的？ 你抽的是哪门子的风，怎么突然想起来自己有个妹妹了？”

桃若松桃若华两兄妹，生母早逝，带大他们的是父亲再娶的夫人。后母和两个人的关系一般，只照顾吃穿而已。

桃若松桃若华小时候关系很好。去年父亲病故，桃若松赶在父亲去世前娶了亲。嫂子进门后，和桃若华不对付，桃若松惧内，连带着对妹妹也冷淡了很多。

桃若松涎着脸过来给妹妹捏肩：“哥哥知道错了，好妹妹，你就别得理不饶人了。秋老板的《西厢记》，你看还是不看？”

就是她和嫂子的关系再差，哥哥再惧内，《西厢记》总是无辜的呀。

三天后，桃若华欢欢喜喜地换上男装，和哥哥坐上马车，进了宁安城看戏。

这是戏迷桃若华第一次进戏园子。

她以前也看过戏，但那些都是乡下社戏。秋收后，空地上搭个台子，一班人慰劳一下辛苦了一年的乡亲们。社戏行头劣质，唱腔粗糙，只能听个热闹。

琼花剧院可不一样。

正经的大戏院，三层朱楼，从外面看就雕栏画栋，气度不凡。推门进去，一切都是簇新的，还散发着油漆味儿。

宽敞、明亮，人声鼎沸；热茶、点心，摩肩接踵。

哥哥订的是包厢，肩上搭白毛巾的茶房弓着背一路小跑，引着他们进了包厢。

坐下来后，她发现视野很好，正好能看见整个舞台，毫无遮挡。

秋老板登台了，行头考究，唱腔细腻，桃若华一下子就被迷倒了。

她太喜欢琼花剧院了，这里的一切都让她沉醉。她不知道，这是她第一次，也是今生最后一次坐在琼花剧院里。

演到《长亭送别》的时候，哥哥突然站起身来："下面有熟人，我过去打个招呼。"

《长亭送别》演完了，哥哥还没回来。

台上在演过场戏，桃若华觉得无聊得很，有点不耐烦，便低头找起哥哥来。

片刻后，她找到哥哥了。哥哥正坐在下面跟一个人说话。

跟哥哥说话的那个人，看上去与自己年龄相仿，是个少年。少年低着头，单薄又白净。

突然，哥哥抬起头，向着包厢的方向一指。

少年跟着抬起头来。

桃若华一惊，忙缩到帷幕后，捂着胸口平复自己的心跳。

回家的路上，她还念念不忘少年的眼睛——清澈、沉静、黑白分明，像春水，又比春水多了一分温热；像秋水，又比秋水多了一分清冷。

她忍不住问哥哥："哥，在琼花剧院里，和你说话的那个人是谁？"

哥哥不经意地说："哦，那个人啊，宁安城首富顾家的公子。"

| 二 |

从宁安城回来，桃若华戒了戏。

她已经看不下去《西厢记》和《牡丹亭》了。看张生"宫样眉儿新月偃，侵入鬓云边"，她会皱眉，觉得他有脂粉气，不清爽；看柳梦梅"不在梅边在柳边"，她也会皱眉，觉得他轻狂、浪荡、不沉静。

总而言之，过去的那些"深闺梦里人"，都被她嫌弃了。

因为她的梦里有了另外的一张脸、另外的一双眼睛。

那双眼睛沉静、黑白分明。

所以，当哥哥告诉她，顾家遣人来提亲了的时候，她几乎要跳起来了。

但她还是按捺住自己的心情，保持着一个大家闺秀该有的样子，羞怯地对后母和哥哥说：“我听妈和哥哥的。”

媒人拿走了她的八字，很快就传来了消息，说桃家小姐和顾家公子的八字相合，大吉。顾家不日就会派人上门定亲。

从定亲到出嫁的那两个月，是桃若华十六年里最难熬的一段日子。

两个月后，她终于如愿出嫁了。

宁安的地方风俗是迎亲要赶在午时以前。是以天还没亮，新娘子就要起床梳妆了。大妗姐原本还担心新嫁娘贪睡起不来床，没想到早晨一推开门，就发现桃若华已经端端正正地坐在梳妆台前了。

绞脸，敷粉，画眉……桃若华端详着镜子里的自己，在心里一遍遍地问自己：这样的容颜配得上他吗?

门突然开了，哥哥走了进来，说：“若华，那边传来消息，顾家公子染了病，不方便迎亲，今天就由哥哥送你去顾家。”

听了这话，大妗姐有些不满：“哪有这样的道理? 他们太怠慢了。”

桃若华却不计较这些，只是忧心顾家公子的病。他怎么突然病倒了，病得重不重? 她上次见他，他还十分精神，大概是伤寒之类的小病吧? 没关系，父亲生病时她已经学会了怎么照顾病人，等她嫁过去了，有了她的照顾，他一定会很快康复的。

这个小插曲并没有影响她出嫁的心情。

化完妆，她穿戴好凤冠霞帔，上了大红花轿，在喜庆的鼓声中上了路。路上，她悄悄地掀起轿帘朝外看。当时已是隆冬时节，草木枯萎，树叶飘零，雪还没降下来，土地裸露着，一切都灰蒙蒙的。这天也是个阴天。

但桃若华并不觉得这一切很丑陋，因为她的心被憧憬填满了，所以看什么都觉得很美。

小时候，她读“桃之夭夭，灼灼其华，之子于归，宜其室家”，一直以为自己出嫁肯定是在春风温柔的桃月，夹道有桃花一路相送，但如今没有桃花。

不过无所谓，她心里有一朵琼花，所以不再执着于桃花。

这种心情一直持续到她进入洞房，被掀起盖头的那一瞬间。

轿子到了顾家，她下轿，跨火盆，进门，拜堂……然后一杆秤挑起了盖头，她终于见到了她的丈夫。

一张枯槁的脸，深陷的眼窝和腮，满脸的病容，佝偻着的腰……不是琼花剧院里的那个人。

| 三 |

三朝回门，看着妹妹哭红的眼睛，哥哥急得团团转，最后干脆给她跪了下来："你就当是救了哥哥的命，行不行？"

桃若华这才知道，琼花大剧院那一面，就是哥哥给自己设下的一个局。

宁安首富顾家的公子，也就是她的丈夫，生了重病，想冲喜。顾家人看不上小门小户的寒酸人家，但哪个名门望族的女儿肯嫁给一个病秧子？于是家道中落的望族成了最好的选择，比如桃家。

桃若华的父亲和顾家大老爷是同窗好友，于是顾家人便想到了桃家的小女儿。

而桃若松呢？ 父亲死后，桃家家道中落。桃若松不擅经营，去年一笔生意闹了个大亏空，他急等着钱救命。

所以，犹豫片刻后，他还是卖了妹妹，并且卖了个好价钱。顾家给的聘礼不仅能填补亏空，还能让他东山再起。

他怕妹妹知道要嫁的人是个病秧子，不愿意，这才想出了琼花大剧院里的那一场戏。

桃若华听到真相，心一点点冷下去。

最后，她抱着一点希望，就好像抱着余烬里的最后一颗火星，问哥哥："这件事情，那天在琼花剧院里的那个人知道吗？"

哥哥摇摇头："他不知道，我只是送了他一张戏票。他以为自己就是去看戏的……他和你一样，也是被我设计的。"

闻言，若华的心开始转暖，好像有一阵风吹过，吹燃了那颗火星。

无论如何，他没有骗她。

她问："那他到底是谁？"

"他确实是顾家的公子，是顾家大爷的儿子，二爷的侄子……"哥哥突然警惕起来了，"你可别胡思乱想，你现在已经是顾家的二奶奶了，他是你的侄子！"突然他又笑了，"就算你有心思也无所谓。因为你未必见得着他。他在顾家是个不受欢迎的人。"

"为什么？"

他这种让人看一眼就神魂颠倒的人，竟然会有人不喜欢？

"不吉祥呀！他出生那天，顾家大爷为了赶回来看他，路上出事死了。偏他早生了两天，所以大家都说他是个催命鬼，催走了大爷的命。因此老太太不喜欢他，也不让他们母子留在顾家。他从小就被撵到了凤鸣山上，住在白鹿庵边上，在那里吃斋……你看，长得俊有什么用？一个家族的弃子而已。

"二爷就不一样了。二爷是老太太的老来子，从小被捧在手心里养着。别看他现在病着，但你好好照顾他，他未必好不起来。何况二爷生病之前也是个好人，才二十岁就是秀才了。我听人说，二爷是个贴心的人，对下人们都很温柔，对你肯定也不会差……"

二爷确实是个贴心的人。

晚上，桃若华照顾二爷，太累了，就趴在床边睡着了。

后来，她因为腮边痒醒了过来，一睁眼，就看见二爷正费力地俯身过来，帮她撩起鬓边垂下来的头发。

见她醒了，二爷温柔地说：“你累了就睡吧，有丫鬟们呢。”

桃若华呆呆地看着他，想起了哥哥的那句“二爷是个贴心的人”。

她没头没脑地问：“这附近有庙吗？ 我想去上炷香，为你祈个福。”

于是，她来到了凤鸣山上的白鹿庵里。

她挽着篮子，放下香烛，跪在佛前，嘴上在为二爷祈福，眼睛却四处乱瞟，寻找着顾琇的身影。

但天不遂人愿，她没见到他。

走之前，她装作不经意地问白鹿庵的师太：“隔壁那个院子也是庵里的吗？”

师太笑了：“二奶奶怎么连自家的房子都不知道？ 那是顾家的房子，现在大奶奶和小公子在里面住着呢。”

桃若华故作惊讶地说：“是吗？ 那我得去拜访一下。”

师太又说：“那倒不必，前几天大奶奶带着小公子回娘家了，如今还没回来呢。”

桃若华感觉沉甸甸的心坠了下去，不停地往下坠着，没个着落。她只是想看他最后一眼，从此便认了命，安心地做自己的二奶奶。

难道连这个小小的愿望，上天都不愿意满足她吗？

| 四 |

后来，她到底还是见到了顾琇，不过是在一年后二爷的葬礼上。

自她嫁入顾家，二爷的病确实有了好转。二爷一度能下地走动了。但好景不长，秋冬换季，一场风寒，二爷就此卧床，再没坐起来。

顾琇即使是顾家的弃子，亲叔叔病故，他也是要来吊丧的。

灵堂里，两个人一站一跪，一俯一仰，顾琇低声对桃若华说：“二婶，节哀。”

他们都是十六七岁的年纪，可是他却管她叫二婶。

桃若华仰着脸，呆呆地看着顾琇这张让她魂牵梦萦的脸。她在心里呐喊着："顾家的小公子，我是为了你嫁进这个家的呀。"

但是她不能说，她能说的唯有一句"谢谢"。

葬礼上，最伤心的人是顾老太太。

顾老太太有两个儿子：大儿子是顾琇的父亲，年纪轻轻刚当上父亲就死于非命；小儿子被她如珠如宝地养到了二十岁，却被一场大病夺去了性命。

如今，顾家只剩一个男人了，却是她最不喜欢的，夺走了他儿子性命的人。

她扶着小儿子的棺木，哭得不能自已。

是桃若华突如其来的晕倒拯救了顾老太太。

大夫捋着胡子，笑着对顾老太太说："太夫人，悲中有喜啊，二爷要有后了。"

桃若华一下子成了全家最受关注的人。

老太太另外拨了两个丫鬟给她，又赏了她许多强身健体的东西，还把她的后母请了来……

哥哥把后母送来了，临走前跟她絮叨着："你呀，什么都别想，好好把孩子生下来，好日子还在后头呢。你最好生个男孩，孩子随他爹，肯定是个读书种。以后孩子考上了状元，你就能当个一品夫人，再跟朝廷请命，让朝廷赐你座贞节牌坊……"

贞节牌坊。

桃若华听得毛骨悚然。

家乡有座贞节牌坊，小时候她和哥哥一起去看过。高大的贞节牌坊上镌刻着被褒奖人和她丈夫、儿子的名字。丈夫、儿子是全名，偏偏被褒奖的人没有名字，只有一个模糊的某某氏……

这某某氏，有过怎样的少女时代，无人知晓。但人人都知道，她是怎么牺牲了青春岁月，熬到鬓发花白，才挣来这座贞节牌坊的。而且，她还是个幸运儿，因为不是每个寡妇都有运气养出一个会读书的儿子……

她桃若华最好的结局也就是这样了——生一个遗腹子，在孤寂里蹉跎掉青春，把孩子养大成人。如果孩子有所作为，以后当了官，还能向朝廷请命，给她建一座贞节牌坊。贞节牌坊会冷冰冰地矗立在那里，让后人瞻仰。

她没那么好的命。

遗腹子是在五个月的时候没的。

这本是很微小的一件事。当时她正在做活，给将在几个月后出生的孩子绣虎头帽。丫鬟本在一边陪着，但被人叫出去帮忙了。她想要一种黄色的丝线，丝线就在不远处的笸箩里。她没等丫鬟回来，就自己伸手去拿，却不小心闪了腰。

这一切都是命中注定。

| 五 |

桃若华又一次见到了顾琇。

这次，顾琇是被顾老太太叫回家的。

顾老太太不情不愿，但也别无他法。她原本还有个指望，没承想这个遗腹子没能保住。现在，顾琇是顾家唯一的男丁、唯一的希望。

她只好让顾琇回来主持大局，然后心不甘情不愿地把顾家交到了他的手上。

顾琇就这样得到了人生的转机。

说到底，他从桃若华的悲惨里得到了好处。

但桃若华并不怨恨他，各有前因莫羡人，都是上天安排好的。她只祝愿他，过得比自己幸福些。

和顾琇一起回来的，还有他的母亲张氏。

桃若华不喜欢这个张氏。在二爷的葬礼上，张氏回来过，背着人，她脸上总有一种微笑的神情。

桃若华看出来了，这个张氏讨厌顾家，以顾家的悲为喜。二爷和孩子的死让她觉得很愉悦。

桃若华明白她的愉悦从何而来。想当年，她失去了丈夫，却被人当成了丧门星，赶出了家门，想必她很不甘心吧？ 在山上的这些年，想必她的内心累积了很多的怨恨吧？

桃若华能理解她，但面对对方的怨恨时，她难免不寒而栗。

可是再怎么不喜欢，她还是要和张氏朝夕相对。

顾琇决定去上海读书，偌大的顾家，就剩三个寡妇了。

顾琇走的那天，桃若华鼓起勇气，掏出一个平安符送给他："前些日子我上山给老太太祈福，顺道给大嫂和你求了个符。你出门在外，多多保重。"

她把她的一颗心，藏在平安符里。为了送他这个符，她给其他人送了很多符。

顾琇恭恭敬敬地接过符："谢谢二婶。"

二婶，她不过是个长辈罢了。

顾琇这一去就是三年。

三年里，他的消息陆续从外面传了回来。

他进了南洋公学读书，他书读得很好，不过他没考科举，他投笔从戎了，他去了保定读军校……

三年后，他回来了。

再次出现在桃若华面前的顾琇，比起三年前长高了许多。虽然他身上仍有一丝少年的单薄之意，但他脸上的意气风发较之从前更盛。

桃若华坐在冷硬的红木椅上看着他。

当年初见，她是待字闺中的少女，他是沉静如水的少年郎；现在，她已渐渐枯萎，他却明媚更胜昨日。

她的心忍不住痛起来。

但他接下来的话，让她的心更加痛。

他说："奶奶、母亲、二婶，我看中了知府家的千金，想娶她为妻。"

| 六 |

几个月后，知府家的千金过门了。

傅家的千金生就一副娇憨的面容，一看就是家里人捧在手心里养大的姑娘。她生气时皱起眉，高兴时翘着嘴角，心事全在脸上，一派天然模样，讨人喜欢。

顾琇看她的眼神里，满是宠溺和笑意。

桃若华看在眼里，觉得真是刺眼。

她也有过那样的岁月啊！ 她在心里喊，如果不是为了他，如果不是受了骗，她怎么会进到这个活死人墓里，做一副形同槁木的枯骨?

她开始嫉妒。

她打听到一些事情，原来这位傅家千金嫁进顾家前心里是有人的，原来顾琇和她之间不是时下流行的自由恋爱……

桃若华无师自通地学会了挑拨离间。

傅兰珺去她的房里看她，她故意拿出给顾琇准备的生日礼物，轻描淡写地说：“怎么，你不知道今天是他的生日？”

看着傅兰珺不知所措的表情，她便觉得一阵快意。

估算着顾琇回家的时间，她故意在大门口徘徊着。等到小两口有说有笑、打打闹闹地进了门，她便迎上去，笑容里带着愁苦之意，说：“你们俩的感情真好啊。”

如此一来，顾琇和傅兰珺便收敛了笑容，变得不自在起来。

桃若华却觉得很快乐。

但这种快乐太短暂了。

每次快乐过后，她都会陷入深深的嫌恶之中。

她怎么会变成这个样子？她曾经也是个花为肠肚的女孩啊！小时候，她在桃花树下看《西厢记》《牡丹亭》《桃花扇》，也曾为张生和崔莺莺落泪，也曾为柳梦梅和杜丽娘嗟叹，也曾为李香君和侯方域掩面……她为什么会变成这个样子呢？她刻薄、恶毒、阴森森的，就像一个反面角色。

于是，每当白天做了恶事，晚上她便跪在观音面前忏悔。

| 七 |

桃若华对傅兰珺的嫉妒，在她怀孕后达到了顶点。

眼看着顾琇看傅兰珺的眼神越发温柔，眼看着傅兰珺看顾琇的眼神从嫌弃渐渐变成了仰慕，桃若华痛苦地想，他们都在往上走，只有她一个人在往下坠……可是凭什么？

也许是上天听到了她的心愿，终于让她得偿所愿了一回。

就像多年前的自己一样，傅兰珺流产了。

听到这个消息，桃若华一阵恍惚，半天才勉强站起身来，去看傅兰珺。

看着一脸憔悴的傅兰珺，多年的委屈突然涌上心头。她突然想把自己的委屈说给这个“情敌”听。她抓住傅兰珺的手，激动地说：“十年前我和你一样，也是在孩子五个多月的时候出了意外。那时我已经守寡了，只剩下这么个遗腹子。如果当时他活下来了，现在应该十岁了。”

话说出口的那一瞬间，她如释重负。

她以为，自己终于和傅兰珺和解了，也和自己凄凉的命运和解了。

离开后，她突然想起来有东西落在了傅兰珺那里，便折了回去，却不想隔着窗户听到了她的丫鬟的说话声。

那丫鬟说：“小姐，咱们以后还是离二太太远一些吧……偏偏她一来就出事了。这事出得蹊跷。”

傅兰珺流产前，桃若华去她的房里看过她一次，还送了她一壶酒。

站在树下，桃若华凄凉地笑了。

既然如此，她就如他们的愿，当这个反派吧！ 反正她早就厌烦了这死一样的平静，就让他们恨她吧，总比无视她要好一些。

她提着粥再次来到傅兰珺的房间，向傅兰珺讲述了一个故事。

多年前，她的遗腹子原本是顾家唯一的希望。为了给自己的儿子挣前程，顾琇的母亲给她下了药，让她痛失遗腹子，这才换来了顾琇如今的地位。所以她要报复他们母子，如今她终于逮到了机会，往傅兰珺的酒里下了药……

她可真会编故事啊，少女时代那些戏本子真是没白看。

桃若华麻木地想。

这些事情，傅兰珺会告诉顾琇吧？ 他会知道的，从此以后，在他的心中，她将变成一个恶毒的怨妇。做恶毒的怨妇也好，至少是鲜活的，总好过做一个高高在上的长辈。

| 八 |

然而，出乎她意料的是，傅兰珺没把这件事告诉他。

兴许是因为傅兰珺善良，兴许是因为傅兰珺根本没有机会。

顾琇和傅兰珺的关系一天比一天差，后来傅兰珺干脆搬回了娘家。

再后来，傅兰珺的父亲卷入政治斗争之中，粉身碎骨了，而顾琇却成了岳父政敌的幕僚。

他们夫妻的关系越发恶劣了。终于有一天，傅兰珺为父报仇毒杀顾琇失败后，发了疯，被顾琇送上了凤鸣山，软禁在别院里。

但这不是最终的结局。

过了没多久，顾琇娶了新夫人。又过了一年，他从山上抱下来傅兰珺生的孩子。

顾家有了新的生命，连桃若华如槁木般的心也开始复苏了。

她看着孩子，看得神魂颠倒的，恨不得把所有的爱都给这个孩子。

这样也挺好的，她把所有的爱都寄托在他的身上，看着他长大。

但世事偏不遂人愿。

孩子丢了，顾琇只是轻描淡写地说了一句“兴许被人贩子拐走了”。

桃若华知道他在说谎，他爱这个孩子，怎么可能在孩子丢失后无动于衷？ 她还知道傅兰珺走了，就在孩子丢的那天。

她知道顾家要变天了，就忐忑不安地等待着，就像地震前心神不安的动物。

这一天终于到来了。

顾琇来到她的房间，拿出一个匣子：“国家正值多事之秋，我身为军人理当尽忠职守，所忧虑顾忌的不过是家人而已。奶奶已经去世了，只有把母亲、二婶安顿好，我才能放心地报效国家。这里面是汇丰银行的存折，我把家产折成现钱均分了，这是您的那份。我给你们三个办了美国的护照。如果您愿意和我母亲她们一道去美国，那最好不过，大家身在异乡也有个照应。如果您不愿意，我自当托付美国的朋友照顾您。”

他的声音和眼神一样沉静。

桃若华知道，事情已经没有转圜的余地了。顾琇向来是这样一个人，要么不说，一旦说出口，就是下定了决心。

1913 年，桃若华踏上了去美国的轮船。

他去码头送她。

桃若华知道，这一别就是永远。

她看着顾琇，看了一遍又一遍，心里翻涌着很多想对他说的话。

她想说，她心里有过他，不，她心里直到现在也全都是他。

她甚至想把对傅兰珺说过的谎话再对他说一遍，只求他能记住她。她做不了他心上的朱砂痣，那就做他心上的一道疤吧……

可她最终什么都没说。

| 九 |

顾琇是个妥帖的人，早就托付了美国的朋友，桃若华和张氏一下船就有人来接，房子也是早就买好了的。房子在华盛顿，是一幢不大但足够舒适的小房子。

耐不住异乡的孤寂和对儿子的思念，来到华盛顿的头一年，张氏就病故了。

这下，桃若华真的成了“独在异乡为异客”。

但她没想到，她竟然和傅兰珺、瑞儿重逢了。

都多少年啦，她掐指一算都觉得毛骨悚然，竟然过了二十年了。

瑞儿长大了，已经到了喊他“瑞儿”他就会不自在，非要强调一句“叫我名字”的年纪。

当年离开宁安时他还小，不记得关于宁安的一切，自然也不记得桃若华。

但没关系，骨子里的亲近感犹在，他很快就和桃若华混熟了。他从小在国外长大，不愿按照辈分喊桃若华二奶奶，而是给她取了个英文名字“Flower”，还向同学、朋友介绍她，说她就是他的“Flower 奶奶”。

后来，为了方便照顾彼此，桃若华干脆卖了那幢小房子，和傅兰珺搬到了一处。

在这个奇怪的家里，有傅兰珺，有桃若华，有瑞儿，还有傅兰珺的养女。

这当中，数瑞儿和桃若华的关系最好。后来，瑞儿去银行工作了，每天晚上下班后，都不忘去一家叫采蝶轩的中式点心店，买桃若华最爱的绿豆糕。

后来，桃若华弥留之际还在等，等瑞儿带着那一盒绿豆糕回来。

等瑞儿回来的最后时刻里，陪在她身边的人是傅兰珺。

她积攒起最后的力量，对傅兰珺说：“那年，孩子的事，我是骗你的……”

傅兰珺握着她的手，点点头：“我知道，我早就想明白了……你以为我能大度到和自己的杀子仇人和平相处吗？”

桃若华笑了，然后费力地望着大门口：“瑞儿……”

傅兰珺轻声说：“他快回来了。”

桃若华最终还是没能等到瑞儿。

| 十 |

在华盛顿的那最后十年里，傅兰珺办了一家华人学校，专门收容贫穷的华人家庭的孩子，教他们读书。

桃若华也曾在学校里帮忙，教孩子们读诗。

有一回，她教到了《酬乐天扬州初逢席上见赠》。

巴山楚水凄凉地，二十三年弃置身。
怀旧空吟闻笛赋，到乡翻似烂柯人。
沉舟侧畔千帆过，病树前头万木春。
今日听君歌一曲，暂凭杯酒长精神。

她忍不住对学生们说：“这实在是一首凄凉至极的诗。”

是啊，好凄凉啊，她十六岁那年就知道这首诗了，却用了大半生的时间，才切身体会到它的凄凉之处。

沉舟侧畔千帆过，病树前头万木春。

世间事，唯有“比较”最伤人。

你看那江面上，千帆竞发，而你却是那一条动弹不得的沉舟，只能眼睁睁地看着别的船鼓舞风帆，在春风里向前奋进。

你看那原野上，乔木摆动着枝条，萌发新芽，绿意盎然，而你是唯一的一棵病树、一株槁木，发不了新芽、开不了花，只能眼睁睁地看着别人被蝴蝶亲吻。

旧梦 · 新言：

“万木春”这个名字，取自于唐代诗人刘禹锡的《酬乐天扬州初逢席上见赠》，沉舟侧畔千帆过，病树前头万木春。

和桃若华一样，小时候学到这首诗，我也没弄懂其中的意思，也不想懂。

那时候我正处于“中二”时期，因为刘禹锡的一篇《陋室铭》，而对此人深深嫌恶，总觉得天地之间唯有李白这种“绣口一吐就是半个盛唐”的天才，才有倨傲的资格，刘禹锡他凭什么？

因为厌恶刘禹锡这个人，我也就开始嫌弃他的诗。直到后来在南京，我站在乌衣巷前，听着耳边的某音神曲，突然想到了“旧时王谢堂前燕，飞入寻常百姓家”，一时之间百感交集，这才喜欢上了刘禹锡。于是，我回头看起了他的诗，从此深深地中了“病树前头万木春”的毒。

给二婶写文时，我第一时间就想到了这三个字。

“沉舟侧畔千帆过，病树前头万木春。”假如不曾遇到他，她的人生或许会很平静，不会有那么多的贪嗔痴爱恨。可是平静如水的人生，说到底又有什么趣味呢？

第三梦

如梦令

旧梦1924

这世上，总是梦太少，
不如意太多。

| 楔子 |

开封城里，酿得最好的酒，当属陈家酒坊的酒。

女儿红、烧刀子、花雕、竹叶青、梨花白……有温有烈，有甜有苦。酒坊大门口挂着一副对联：酒里乾坤大，壶中日月长。

沈醉不解其意，问爹："这两句话是什么意思？"

爹笑着说："你不喝酒，所以不懂这两句话的意思。但凡爱喝酒的人，没有不懂的。"

沈醉撇撇嘴："不懂就不懂，酒又辣又苦，不知道有什么好喝的。"

爹饮尽杯中酒，说："如果能永远不懂，也未尝不是一件好事。"

| 一 |

她和梁庭月并不算完全的"盲婚哑嫁"，至少对她来说不是。

十二岁那年，她爹赁下酒坊前的房子，开了个小酒馆，取名"岁寒三友"。借着陈家酒坊的名头，客似云来，其中一个忠实的老主顾就是梁庭月的父亲。

小酒馆不大，但胜在温馨。

冬天，外面彤云酿雪，地冻天寒，客人掀开小酒馆的蓝印花布棉门帘走进来，便觉得一股热浪扑面而来。她爹不吝惜炭火，在堂中生了好几个炉子，炉子上放着酒瓮。隔水温酒，酒友们围坐在一起，就着花生、茴香豆和炒黄豆，喝酒、闲聊。

一堆人里，就数老梁的话多，他最爱提自己的儿子："我家儿子真争气。

"我家儿子真争气，前两天学校考试他又拿了第一。

"我家儿子真争气，上个月几个学校一起举办跑步比赛，他拿了冠军。

"我家儿子……"

…………

有人不信，嘲笑他："是不是真的啊，别是你在吹牛吧？"

老梁的脸瞬间涨得通红。

还好，酒友里有人的儿子和梁庭月在一个学校里，那人忙替老梁分辩道："怎么会是假的？ 老梁的儿子确实争气，我家那位小祖宗要是有小梁一半争气，我做梦都能笑出声来。"

老梁走后，酒友们感慨道："真是沙漠里长出了灵芝草！ 老梁这副德行，怎么会有这么争气的儿子？"

酒鬼老梁是一个前朝遗少，不事生产，靠着祖先留下来的那一点东西过活。他每天除了喝酒别无他事，清醒了就夸夸儿子，喝醉了就骂袁世凯，骂够了便拖着长音哭："我的皇上啊……"

酒馆里人人都把他当笑话看。

只有她爹除外，每到这个时候，她爹都会在众人的笑声里，默默递给老梁一碗温好的醒酒汤。

每天放学回来，沈醉也会帮爹招呼客人。

就这样，在老梁的吹嘘声中，沈醉知道了梁庭月的成长轨迹。

他生得漂亮，但看起来有点严肃，不太爱笑，从小就爱读书，十三岁考进了县中，书读得非常好，师长们都很赏识他。后来，他被国立东南大学录取了，马上要去南京读大学了……

沈醉见过梁庭月，半面而已。

有一回，她帮爹去后院搬酒，回到小酒馆的时候，正看到梁庭月搀扶着老梁掀开棉帘子跨出门去。

她只看到了一个背影。少年穿着灰色的县中制服，身体消瘦，却干干净净的，给人一种清新冷峻的感觉，就像迎面而来的夹杂着雪花的一阵风。

| 二 |

梁庭月在国立东南大学读到最后一年的时候，老梁托人来小酒馆提亲。

晚上打了烊，沈醉和她爹围坐在炉子旁烤火。她爹把提亲的事说给她听，征求她的意见："你觉得怎么样？"

她没吭声，她爹继续说："孩子是好孩子，但父母未必是好父母。老梁你自小就认识，他是个还做着大清梦的酒鬼。梁太太我知道，性格荏弱，管不了事。我怕你嫁过去会吃苦。"

沈醉这才开口了："跟我过日子的人是梁庭月，又不是他的父母。"

父亲愣了片刻，然后笑了。

沈醉也不好意思地笑了。她不怕吃苦，却没想到，让她吃苦的不是公公婆婆，而是梁庭月本人。

她爹拍拍手站起身来："后院埋了一坛女儿红，是你出生那天埋下去的，预备着你嫁人的时候挖出来喝。你等着，我这就把它挖出来。"

她爹是绍兴人，因故辗转到了开封，凭着一手酿酒的好手艺人赘到陈家。后来她母亲和姥爷都去世了，她爹这才成了酒坊真正的主人。

背井离乡这么多年，他仍旧不忘家乡的旧俗，比如在沈醉出生的时候埋一坛女儿红。

酒在树下埋了十八年，揭了盖子，酒香就争先恐后地往人的鼻子里面涌。她爹深吸了一口气："好酒！"

他用木勺把酒舀出来，倒进酒壶里，再把酒壶放在酒瓮里温着。

沈醉托着腮看父亲温酒："女儿红不是女儿出嫁那天才喝的吗？我还没嫁人呢。"

她爹小心翼翼地取出温好的酒，给自己和沈醉各倒了一杯："到了出嫁的那一天，你哪还有时间喝酒啊？这是为你酿的酒，爹想跟你一起喝。你也品品这酒的滋味。酒如人生哪，等你出嫁了，我把剩下的酒封起来，让你当成嫁妆带走。"

说到酒，她爹就有无数的大道理。沈醉撇撇嘴，说："那你倒是说说，酒怎么就如人生了？"

"酒有黄酒、米酒、果酒、烧酒。绍兴黄女儿红，江米酒甜醪糟，葡萄酒梨花白，竹叶青烧刀子……有的温和绵长，有的火烧火燎，就和人一样，有不同的脾性。

"烧刀子劲大，一杯下去，就像烈火燎原一样，酒劲哗啦一下就涌了上来，人很快就醉了。但你醉得越快，第二天头就越痛。

"这酒固然令人痛快，但容易伤人。做人就不能像烧刀子这样，性烈如火。人不管做什么事还是留几分余地比较好，最好是温和绵软、余韵悠长，比如这坛女儿红。"

沈醉不以为然地说："什么烧刀子女儿红的！要我说，人最好不要喝酒。这酒不知道有什么好喝的，又辣又苦！"

她爹笑道："酒坊千金不喝酒，这要是传出去，我们家的生意还怎么做呀？"

| 三 |

沈醉和梁庭月正式定了亲。

父母之命，媒妁之言。梁庭月在南京读书没有回来，只寄来一张照片。

她爹要把照片给沈醉看看，沈醉忙捂住双眼："我不想看。"

她不想看，看了照片就没有余地了。只要不看，在她的梦里，他可以是任何一种样子。她想给自己一个惊喜，然后在新婚之夜揭晓答案，看看他和她梦里的他到底相差多少。

春天，草长莺飞，万物复苏。沈醉坐在窗前，开着窗，就着温和的香风画梁庭月。

在学校里，她的美术成绩是最好的，美术老师一度鼓励她去读美术专业。

她画的是素描。铅笔沙沙地走在白板纸上，一根根线条描绘出她心里的未婚夫的模样。她从未看过他的脸，连照片也没看过，她是在照着那个背影做填空题。

他的眉毛又浓又黑吗？ 读书人似乎会清秀一点。

沈醉伸出小指，揩掉一点眉毛上的线条。

突然，一只蝴蝶飞进来，落在笔头，停住不动了。

沈醉屏息看了那只蝴蝶很久，然后低声问道："你是从哪里来的？ 你到过南京吗？"

蝴蝶扇扇翅膀飞走了。

沈醉搁下笔，把脸放在手臂上，眯着眼看窗外的姹紫嫣红。阳光晒在她的脸上，把她的半边脸晒得滚烫滚烫的。

画到一半的时候，因为搬酒，沈醉砸伤了右手，只得暂时搁下笔。

不等她再次把笔拿起来，梁庭月就从国立东南大学毕业了，还回到了开封的家中。梁家便托媒人上门，商量成亲的事。

盛夏，沈醉带着一坛只喝过两杯的女儿红，和一幅还没画完的素描肖像画，嫁进了梁家。

那是民国十三年，西式婚礼还未流行开来，梁庭月的父亲又是个遗少，所以他们的婚礼自然还是中式的。

沈醉穿着凤冠霞帔，盖着大红盖头，坐在床边。等新郎在大妗姐的吉祥话中用秤杆挑起了盖头，新郎新娘方才见到彼此的面容。

看到梁庭月脸的那个瞬间，沈醉愣住了，片刻后笑了。

他和她想象中的人，好接近。

她暗想，得赶紧把那幅画画完，好给他看看。

可是还没等她把画拿出来，梁庭月就要走了。

他要去广州，投黄埔军校。

坐在新房里，灯光下的他目光沉静，声音不急不缓。他说是和她商量，却有不可回头之意："我上有父母，如今又有了你，本不该做这种冒险的事情，但文忠公有言'苟利国家生死以，岂因祸福避趋之'。家国两难全，国难当头，我只好先顾国再顾家，望你能体谅我。"

开封府里有明文公告，若有人投黄埔军校，一经发现，一律投进大牢里。

他此番去广州，要冒极大的风险，还得瞒天过海。

沈醉为他担心，但也为他骄傲。

她温言软语地说："你尽管去，公公婆婆有我照料。你回来时，我有东西给你看。"

| 四 |

沈醉出嫁前，她爹说，老梁家，公公是个酒鬼，婆婆性格荏弱。

嫁进来后，沈醉发现其实也并没有那般不堪，至少二老对她这个儿媳很不错，从不挑刺，反对她言听计从。

沈醉白天伺候公婆，晚上画那幅肖像，等着梁庭月从广州回来。

新妇过门，总有亲戚们上门相看，品评新妇的容貌、德行、厨艺。

好在沈醉不怕。她娘去世得早，她从小就操持父女俩的生活，炒得一手好菜，因此，每个来家里做客的亲戚都对她赞不绝口。

有一回，梁庭月的姑妈来了。

沈醉炒完菜，就朝堂屋走去。她刚把棉门帘掀开一条缝儿，就听到姑妈尖细的声音。

姑妈说："真是个好姑娘，可惜了……他心里怎么就有别人了呢？你们也是的，怎么不拦着他？刚成亲他就离开了家，别是去找那个老相好了吧？"

沈醉端着菜，愣在门外。

春天来的时候，沈醉借故去了一趟广州。

她有一个姨母多年前嫁到了广州。她对公婆撒了个谎，说姨母生病了，想见自己一面，有些事情要交代。

在广州，她第一次见到了景小姐。就是姑妈口中，梁庭月的那个旧相好。

戏园子里，沈醉坐在二楼，看着一楼前排的他们并排端坐着看文明戏。

她打听过那个景小姐，知道她是南京人，父亲在立法院做事，是国家的元老。他兴许是在国立东南大学读书的时候认识的这个女孩子。

她该怎么办？难不成冲下去和他闹，像个泼妇一样抓破那个女孩子明艳漂亮的脸？

她做不到。

最终，她悄悄地回了开封，就当什么事情都没发生过。

他这一离开就是整整四年。

四年里，他先是在黄埔读书，读完书又留在了学校里，后来参加了北伐战争，一直打进了北京城。战争结束后，他终于回家了。

再见面，他的脸上多了些风霜之色，他微笑着，疲惫地对沈醉说："这些年，辛苦你了。"

沈醉帮他脱下大衣，别过脸去，淡淡地说："哪里的话，分内的事。"

她不觉得辛苦，只觉得心苦。

他这一待就是两年。

他是个挑不出错的好丈夫，温柔、体贴。每天出门回来，他总记得带一盒她爱吃的莲芳斋的绿豆糕。她的生日，他总是提前备好礼物，都是些一看就知道花了心思的精巧物件。

不仅对她，对她的娘家人，他也是温柔体贴的。她娘家每个亲戚的重要日子他都记得。有时候她忘记了，他还会提醒她："过几天是三姑奶奶的大寿，礼物你备下了没有？ 我那天有空，陪你一起去吧……"

亲戚们都夸赞他，也夸沈醉好福气，嫁给这样一个周到细致的丈夫，里里外外给足了她面子。

唯有沈醉觉得痛苦。

他太好了，他为什么这么好？ 这么好的他不是全部属于她的。最好的那部分——那颗心，是属于别人的。或许正是因为给不了她那颗心，他才在其他事情上做到了一百二十分。

可她宁愿他像其他人的丈夫一样，和她拌嘴，惹她生气，哪怕生起气来动手与她打架都好，只要他的那颗心是属于她的。

那颗心是"1"，其他所有的好都是"0"。如果没有那个"1"，纵然有再多的"0"，又有何用？

| 五 |

梁庭月再次离开家的时候，沈醉已经怀孕七个月了。

他满怀愧疚之情地说："对不起，但是……"

沈醉假装大方地帮他抚平肩上的褶皱："我知道的，苟利国家生死以嘛，你安心去吧。"

南京政府的中央军又跟阎锡山冯玉祥的军队打起来了。这次战场就在河南。生灵涂炭，故乡遭劫，他没有理由不上战场。

梁庭月点点头，往外走去，刚走了两步又回过头来，问："对了，那年我离开家的时候，你说等我回来后有东西给我看，是什么东西？"

沈醉心中逐渐熄灭的火，因为这句话有了复燃的迹象。

或许，他和她之间的故事还没有完？她甜蜜地一笑："等你这次回来了我就给你看。"

梁庭月走后，她再次拾起笔，画起了那张本该在四年前画完的素描肖像画。

画完最后一根线条的时候，战场上传来了消息，梁庭月受伤了。

受伤，但无大碍。

彼时，沈醉已经生下了儿子从文。

虽然那封家书里注明了无大碍，但她仍然担心不已，于是把儿子托付给邻居家大嫂，自己跑到了梁庭月治伤的陆军医院里。

在那里，她知道了他无大碍的原因——有人救了他，替他挡下了几乎致命的一枪。

那人是景小姐。

秋日阳光灿烂，医院的草坪上，景小姐独自坐在长椅上晒太阳。

她不久前才做过手术，身体还很虚弱，脸色惨白，连嘴唇都没了血色。因为眼睛受了伤，怕强光，故而用纱布缠了起来。

沈醉在她的身边坐了下来，恭维地说道："太太，你先生对你可真好。"

景小姐疑惑地皱起了眉毛，沈醉忙解释道："我丈夫也在这家医院里住院。"

这是真话。

景小姐的眉头舒展开了："您认错人了，我还没结婚呢，不是谁的太太。"

沈醉故作惊讶地道："是吗？ 我看到有个军官经常来看你，对你很体贴啊。"

景小姐摇摇头："我们……只是同志而已。"

沈醉锲而不舍地说："怎么可能呢？ 我听你的口气就知道，他对你可不止同志这么简单。"

景小姐怅惘地笑着说："我对他有情，不见得我们就是夫妻……在此之前，我们已经有六年没见过面了。无论我们有过什么样的故事，现在都只是同志。"

她的脖子上挂着一枚弹壳，在阳光下闪着金色的寒光，刺痛了沈醉的双眼。

这就是她替他挡的那一枪吧？

他们已经六年没见了，推算一下，他们最后一次见面大约是在戏园子看戏的那次。

那次见面，他们都不知道她也在那里。她坐在二楼的包厢里，静静地看着他们。他们只是静静地看戏，连交头接耳都不曾有过，更别提亲昵的举动了……

一种难以名状的痛苦紧紧攥住了沈醉的心。

或许六年前，戏园子里的那次见面，梁庭月是去找景小姐做最后的决断的。

或许这次景小姐为了梁庭月险些送命，真的只是因为在战场上见了面。他们是患难与共的战友。她为战友，为心上人挡了一枪，但心中已无期待。最后，她侥幸生还，获得的也不过是一枚空弹壳。

景小姐很早之前就认识了梁庭月，那时他还没有婚约……

沈醉突然意识到，或许自己才是那个多余的人。

沈醉悄悄地回了开封，带着那张她从开封带来的肖像画。

她没有见梁庭月。

| 六 |

梁庭月再回家，为的是奔丧。

他的父亲早在两年前就去世了，他这次回来奔的是母亲的丧。

入夜，守灵，两个人披麻戴孝地跪在厅堂里烧纸。

门没有关，风吹进来，卷着满地的灰烬乱跑。白纸钱哗啦作响，一切都如此凄凉。

沈醉突然开口：“梁庭月，有件事我早就想告诉你了。你久不在家，我心里有了别人。现在婆婆也走了，我不想在你家苦熬了，我们离婚吧。是我先对不住你，我愿意净身出户。”

他抬起头，惊讶地看着她。

半天，他才收敛起惊讶的表情，点点头，说：“这些年委屈你了。我父母承蒙你的照顾，得以寿终正寝。我对你只有感激和愧疚，埋怨是万万不敢的。净身出户大可不必，我还是要回军队的。我走后，你可以不用离开家，依旧住在这里，我每个月照旧汇钱给你。”

沈醉得寸进尺地说：“孩子要改姓，跟我姓。”

没有男人能受得了这个，她恶意地想。

但他只是点点头：“这孩子是你怀胎十月所生，理应如此。”

那一刻，沈醉真恨他。

她恨他为什么这样温柔体贴，恨他为什么这样滴水不漏。

只要他表现出一点的不满，她就可以大闹一场，让这场婚姻彻底结束，两人就能不欢而散。这会让他头痛，让他难堪，让他直到八十岁还记得今天的这一幕。可他偏偏滴水不漏，让她想闹都没有借口。

婆婆下葬后，他们离了婚。

梁庭月又回到了军队里。

起初，沈醉没有离开梁家，也没对人说自己已经和梁庭月离婚了，连自己的爹都没告诉，左邻右舍的人依旧喊她梁太太。

邮差每个月十五号准时来送汇票："梁太太，你家梁先生又寄钱给你了，麻烦你签收一下。"

每次听到"梁太太"三个字，她的心就像被钩子剜了一下，鲜血淋漓中带着一点扭曲的痛快感。

她开始酗酒。

出嫁前，她爹笑她"酒坊的千金不爱喝酒，传出去我们家的酒还怎么卖"。

现在她却爱上了酒。她不爱甜醪糟、梨花白、女儿红，只爱竹叶青、烧刀子之类的烈酒。她喝得很痛快，一饮即醉，醉了就进入梦中。

有一回喝醉了酒，她梦见了梁庭月。

梦中是那年冬天她第一次见他的场景。她从后院搬酒回来，一进小酒馆的后门，就看见少年梁庭月正搀扶着他的父亲往外走。那时他才十六岁，还在县中读书，还没考到南京去，也还没认识景小姐……

梦里的沈醉往前大踏一步，脆生生地喊："梁庭月！"

梁庭月停下脚步，扭过头来："什么事？"

"你别去南京！"

“好！”梦里，他答应得很爽快。

醒来时，沈醉惆怅了很久。

| 七 |

从文六岁那年，沈醉的爹去世了。

给爹办完葬礼，沈醉卖掉了陈家酒坊和“岁寒三友”，带着从文搬出了梁家，在开封城里另找了一处房子。

新地址，她没有写信告诉他。

实际上，她已经整整五年不知道关于他的任何事情了。

她再未托人打听过他，因为怕。

她怕听到他和景小姐在一起的消息。他们两个之间唯一的障碍就是她，现在她主动退出了，他们还有什么绊脚石？

离婚时，她心里鲜血淋漓的，却想着成全他们。

她甘愿牺牲，却做不到听他那些自己没份参与的幸福之事。

自从梁庭月离开家后，局势一年比一年坏。

他离家那年，东北正在打仗，后来，上海又打起了仗。

从文六岁这年，日本人抢了北京、夺了上海，又祸害了南京城……从文七岁生日刚过，战火到底还是烧到了开封城。

城外炮火连天，城内人心惶惶。沈醉打算带从文逃难到广州，去投奔姨妈……就在这时，有人敲门。

她从窗户往外看，是个年轻的女孩子。那女孩的声音也脆生生的：“请问，这是梁庭月的家吗？”

梁庭月？ 她和梁庭月是什么关系？

沈醉警惕起来。她打开尘封已久的化妆匣，拿出已经褪色的粉和口红，淡淡地上了一层妆，让脸色好看了些，才推开门。

女孩子自报家门，说她姓景，是武汉保育院的老师，这次来是为了接梁庭月的儿子去武汉。

姓景……和那个女人一样的姓氏狠狠地刺痛了沈醉。

很好，他们果然在一起了。现在他们要来抢她唯一的孩子了！

沈醉终于做了她多年前就想对景小姐做，最终却没有做成的事情——她像个泼妇一样扑了上去，想打这个女孩。

她没有得逞，一只有力的手攥住了她的手腕子，阻止了她。

| 八 |

时隔五年，她再次听到了梁庭月的消息。

那个自称是景三小姐的未婚夫、跟着景三小姐一路从武汉来到开封的男人，告诉了她有关梁庭月的消息。

梁庭月没和景小姐在一起过，一秒钟也没有过。

这五年来，他所做的事情，无非是辗转各地，保家卫国。然而，就在不久前，他死在了徐州会战里。

最后一次上战场前，他去过武汉陆军医院治病。病好后，他对景三小姐说："我在开封老家还有一个妻子，和一个只有七岁的儿子。"

一个妻子，一个只有七岁的儿子，便是他殉国前的所思所想。

沈醉让他们带走了从文。

临走前，景三小姐好心地说："其实，保育院刚成立，很需要人手。你如果不想和从文分开，可以和我们一起走，在保育院里做个老师，或者搭把手给孩子们做饭……"

沈醉含笑拒绝了她："不用了，孩子交给你们我很放心，我另有别的去处。”

孩子被带走了。整个屋子里空荡荡的，只剩下沈醉一个人。

她换了一身旗袍。旗袍是月白色的，是她出嫁前做的嫁妆，压在箱底十多年了，旧了，发黄了，但摸上去还是那么柔软。

她补了补妆，用那些褪了色的粉。虽然粉褪了色，但是多扑两层，也能让她看上去鲜妍如初。

然后她踩在板凳上，从柜子顶上取下一个樟木箱子。箱子里放着一坛酒和一卷画。这些年来回搬家，只有这两样东西她没有舍下。

她把画挂在墙上，然后斟了一杯酒，与画对饮。

喝完酒，沈醉找了个火盆，把画放进去，又拎起酒坛子，给画浇上酒，接着擦燃火柴，扔进了火盆里。

火苗刺啦一下蹿了起来，燃烧着那张旧画里已然泛黄的面容。

沈醉坐了下来，看着火盆里的火，继续喝酒。

房梁上早已悬挂好的白绫子，在风里不胜凄凉地舞动着，就像戏子的水袖。

饮尽最后一杯女儿红，她蓦地想起，当年和爹第一次喝这坛女儿红的情景。

当时，她问：“酒有什么好喝的？ 又辣又苦。”

她爹摇晃着杯子，慢慢地说：“做人太苦啦，生老病死，爱别离，求不得，怨憎会。现实总是不如人意，许多愿望在现实里都不能达成，但是醉了以后就可以。醉了就有梦，梦里什么愿望都能实现。”

她不解地说：“人每天都要睡觉，睡着了照样会做梦，何必喝酒呢？”

她爹摇摇头：“因为啊，这世上……”

这世上，总是梦太少，不如意太多。

旧梦·新言：

不知道为什么，我的心里老有这么一个形象：一个沉默的、倔强的、眼睛中带着哀怨之色的、枯瘦却穿着一身浆洗到发白的格子旗袍的女人。

我为她设置了一场悲剧，这悲剧一半来自时代，一半来自性格。她倔强、拧巴，热衷于自我毁灭，沉醉于自我毁灭带来的痛快之中……

第四梦

春眠

旧梦1924

在梦里，她早就过完了和他的一生。

| 一 |

按照二十年前的观点，她的一生实在是乏善可陈。

1998 年出版的《香江回眸》一向被视为研究澹台公子生平最权威的著作。在这本书里，对她的描述不过一句话，短短十个字：三姨太周青，茶楼卖唱女。

瞧瞧，她连名字都寡淡得如同一杯白开水，且是反复烧开又数次冷掉的隔夜的白开水！她怎么跟澹台公子的其他红颜比？且不说别的，人家就连名字都别有一番韵味，什么莫栖霞、宋问情、江畔月……人家的身份也都很耀眼：进步青年、粤剧名伶、花国皇后……而她，实在是微末之中的微末、卑微之下的卑微。

所以《香江回眸》给她十个字，恰如其分，确实不能再多了。

但那毕竟是二十年前的观点，现如今流行“翻案风”。君不见，网上文章的标题个个耸人听闻，如长孙皇后是否是太宗皇帝最爱的人？又如权臣鳌拜到底是好还是坏？没有什么不能被质疑，没有谁不能被翻案。

于是，她的案子自然也有人想翻。

她的一生乏善可陈，唯一能引起公众兴趣的就是和二十世纪三十年代知名剧作家澹台公子的一段情缘。所以，别人为她翻的案，自然与澹台公子有关。

《香江回眸》把她视为澹台公子一生之中最无关紧要的女人。而翻案者偏要说，她才是澹台公子最爱的人。

翻案者振振有词，澹台公子是一代风流才子，身边相伴的美人个个花容月貌，不是一般人，唯独她周青，是万红丛中的一点绿，那么不起眼。澹台公子为何偏偏娶了她？娶才女是因为她的灵魂有趣，娶美人是因为她的皮囊好看，但是娶一个毫无特色的人，那势必是因为爱了。

这样做势必是因为很深很深的爱。

但，实际上全然不是这样。

|二|

如果你看过周璇 1937 年参演的老电影《马路天使》，大抵能想象出 1924 年春天周青在广州四海茶楼卖唱时的情景。不过，与电影里的卖唱女小红不同的是，十六岁的周青没有周璇那般娇艳的容颜，也没有周璇那股俏皮灵动的神韵。

周青的身世和小红，和那时候千千万万孤苦的少女大致一样，就像《四季歌》里唱的那样，“春季到来绿满窗，大姑娘窗下绣鸳鸯……夏季到来柳丝长，大姑娘漂泊到长江”。周青出生在宁波乡下，祖祖辈辈以打鱼为生。她生在初春，一根青芽初冒的柳条刚好伸进窗子里来，于是父亲便给她取名周青。

她潦草的一生就从这个潦草的名字开始。

十岁时一场大水冲垮了她的家，她成了难民，后来又成了孤儿，再后来被人拐卖了，卖给了拉胡琴的老陈，成了茶楼里的卖唱女。电影里的小红尚有一个姐姐，周青比小红惨多了。没人替周青负重前行，她只好自己担起人生的寂寞与愁苦。周青背着手站在茶楼里唱歌，显得呆板又拘谨。

残忍地说，其实她连歌都唱得很一般。

但澹台公子走上楼的时候，却忍不住多看了她一眼。

那年澹台公子才二十七岁，却已经是誉满省港的大剧作家了。他写粤剧大戏，也写电影剧本。他写的大戏让已经星光暗淡的名伶起死回生，他写的电影剧本让原本收入惨淡的影院宾朋满座。何况他生得又好，文气里带着侠气。他才貌兼有，省港一带谁人不知澹台公子的盛名？

按理说，一个是春风得意马蹄疾，一个是凄凄惨惨戚戚，他们原不该有什么交集。澹台公子之所以多看周青一眼，原因无他，只因为她正在唱的歌正是澹台公子新电影里的主题曲。

但也并不完全是这样，周青自己做了改编，把原本灵动俏皮的曲子改得充满了叹息。

春天里来茶楼听曲图的就是个心旷神怡，周青这么一改，自然惹恼了花钱的人。点她唱曲的是位一脸横肉的大爷。大爷眼睛一瞪，桌子一拍，厉声呵斥着周青："我花钱是请你哭丧呢？"

胡琴声停，受了惊吓的周青茫然地看向那位大爷，却不知这一看竟成了祸端。

周青相貌平平，只配得上一句清秀，唯有一双眼睛生得美，茫然时颇有点洞庭烟波起的感觉。她这一眼看过去，大爷生出了点别样的心思。于是，话本传奇里永恒的经典桥段"强抢民女"在茶楼里上演了。

最终，制止这幕闹剧的当然是澹台公子。

其实，这场闹剧的平息过程非常平淡，全然不像《水浒传》里鲁提辖解救金翠莲那样惊心动魄、迂回曲折。文人有文人的解决之道，澹台公子只是在恶霸强灌周青酒的时候走了过来，声音清朗地说了一句："这位先生，请住手。"

如果这句话是别人说的，恶霸肯定会嘲笑对方。但名人有名人的好处，恶霸先生带着一脸嘲弄回过头来，然而，一看到澹台公子的脸，嘲弄立刻变成了惊喜和仰慕："您是澹台公子吧？ 真没想到在这个地方见到了您！ 我娘是您的戏迷，您那出《春荫梦》写得真好……您给我签个名吧！"

一个签名打发了这位戏迷恶霸先生，澹台公子转头问周青："小姐，你没事吧？"

周青浑身狼狈，她的衣襟上被泼了酒，辫子散了，尖尖的下巴上被捏出两个暗红的指印。她惊慌失措地摇摇头，张了张嘴，紧张得说不出话来。

琴师老陈拽着周青的手，扑通一声跪在地上，嘴里念叨着那套结草衔环、当牛做马、为奴为婢、以身相报的老词儿。

澹台公子茫然了，求助似的回头望了一眼。周青这才注意到和澹台公子坐在一起的还有一个人。那人想是澹台公子的文友，看上去比他年长几岁，颇有主意。

那位先生带着一脸戏谑的笑意走了过来，捅了捅澹台公子的肘窝，说："好人做到底，送佛送到西，我看你不如娶了这位小姐吧。"

然后他指了指老陈，说："你看这位老琴师，年纪六十有余，这位小姐呢，顶多十六七岁。要是我没猜错，他们肯定不是父女。这位小姐八成是被人贩子卖给了琴师做养女。老琴师面色蜡黄，连咳带喘，怕是没几年好活了。到时候小姐孤苦无依，很可能再度落到人贩子手里。十五六岁的姑娘还能卖唱，十八九岁的姑娘恐怕只能进花街柳巷了……相逢即是缘分，上天选中你来拯救这位小姐啊，澹台！"

周青听得胆战心惊，这么多年以来她一直懵懂地活着，只问今朝不想来日。今天这个陌生人把她的未来赤裸裸地摊开在她的面前，让她知道自己脚下即是深渊。她手脚冰冷，惊骇得说不出话来，只是无助地看着澹台。

《香江回眸》里评价澹台公子：一生无弱处，唯一怜女人。这句话实在是万分精辟。

望着那双凄楚的眼睛，澹台公子脱口而出："这位小姐，如果我娶你，你肯嫁吗？"

他甚至不知道她的名字。

周青亦是不假思索地说："我愿意！"

一开始，周青就知道澹台公子之所以娶她，是因为他天性里带的那点悲天悯人之心。

一开始，周青就知道，自己嫁给澹台并不是急于摆脱寄身花街柳巷的命运。

| 三 |

周青在 1924 年的夏天嫁给了澹台公子，做了三夫人。她出嫁的排场很大，婚约既定，澹台出钱，让周青和老陈搬到一家体面的大客栈里。迎亲那天，周青就从客栈里出发。婚礼形式新旧参半，十里长街吹吹打打，周青穿龙凤褂，坐轿子，被送进了澹台为她置办的小公馆里。一路上，周青把轿帘掀开一条缝往外看。长街两侧的围观者甚众，其中不乏妙龄少女。她们个个脸上都带着艳羡之意。

谁不羡慕她呢？她嫁的可是澹台公子呀！

人生的际遇真是奇妙。

周青在婚礼上见了好多人，都是广东文化界的名流。澹台一一给周青引荐。周青看得眼花缭乱，听得头晕目眩。她竟然在有生之年和这些人面对面地站着！这里面甚至有当时军政府的要人呢。

但令周青疑惑的是，她始终没见到澹台的前两位夫人。

身为大剧作家，澹台的感情生活在当时为人津津乐道。他娶三夫人前已经有两位夫人了，此事尽人皆知。他的原配是家中长辈给他定下的娃娃亲。二夫人嫁给他时是一位女学生，后来成了一名女老师。

周青已经做好了为两位姐姐敬茶时被刁难的准备，结果却没见到人，所以她不免有些惊诧。

直到婚礼后的第二天早上，澹台才告诉她："倩蓉和栖霞并没住在一处，我的夫人们互不干涉，你不必关心她们。"

原来如此，周青恍然大悟。

澹台注意到桌子上已经摆好了早餐，便从里面挑出一碟猫耳朵，拈了一片放入口中，随即惊讶地问："是四海茶楼的？"

可不就是四海茶楼的？ 她天将亮就起了床，走了几里路去四海茶楼买了一碟猫耳朵。澹台问她："你怎么知道我爱吃这个？"

四海茶楼虽名扬四海，但不过是个小茶楼，东西样样粗糙，澹台唯独贪他家的猫耳朵。周青浅浅一笑，梨涡乍现。她声音清脆地说："那天在茶楼，摆了一桌子点心，您只朝猫耳朵伸了筷子。"

原来如此，澹台夸她："你真聪慧。"

不，她哪里是聪慧？ 只不过从见到他的那一刻起，她便望住了他，再没移开过眼睛罢了。

澹台问她："你今后打算做什么呢？"

她自然不能去茶楼卖唱，但总要有事情做，以便打发漫漫无聊的时光。因此他问她："我送你去学校读书怎么样？"

民国讲究文明开化，送姨太太去读书是时兴的做法。周青却摇摇头："我自小没读过书，去高中和大学跟不上，去小学，年纪这么大，怪难为情的。"

澹台想想也是，思索了半天，说："那么，请一个女先生来家里教你吧。"

女先生很快就请到了，姓吕。她在 1924 年的夏末来到周青的小院里，给冷清的小院吹进一缕夏日的绿风。吕先生尚在国立广东大学读书，给周青做先生是为了赚取生活费。她挺喜欢周青的，来了不到一个星期就把自己的身世对周青和盘托出。原来，她是离家出走，逃婚来广东读书的。她给周青讲自己南逃的事情，周青听了羡慕极了。同样是南逃，自己不过是洪水裹挟的一粒沙子，人家却是奋力跳跃、逆流而上的红鲤鱼。

周青可真羡慕这样生龙活虎、鲜亮灿烂、如戏文一般的人生啊。

周青的底子太差了，吕先生因材施教，除了教她写字、认字，大多数时间是在给她读书。吕先生还告诉她，青帮大亨杜月笙也是这样学的文化，只不过杜月笙听的是新闻，她听的是故事。

吕先生给周青读《红楼梦》。有一天，吕先生突然对周青说："我觉得林黛玉很傻。"

周青正为"木石前盟"神魂颠倒，听到吕先生的话大吃一惊："为什么？"

吕先生放下书，认真地看着她，说："她痴恋贾宝玉是为了还前世神瑛侍者对绛珠草的灌溉之恩。神瑛侍者不过是举手之劳，她却以性命偿还恩情。人家不过是散漫之恩，她却以呕心之情报之。你说她是不是很傻？"

周青没有说话，她虽然没文化，却也知道吕先生语带双关。吕先生表面上是在说林黛玉，实际上是在敲打她。

她怎么会不知道呢？澹台公子对她，正是吕先生所说的散漫之恩、举手之劳，他对她并没有情。

他救她出苦海，把她的生活安排得细致妥帖，还请了先生教她读书，但他很少涉足这个院落。他是好心的恩人，是尽责的丈夫，却唯独不是个有情人。

"情深不寿啊！"吕先生轻轻说道。

是啊，情深不寿，然而，奈何情深。

| 四 |

澹台和二夫人闹离婚的时候，周青正在听吕先生读张恨水的《春明外史》。

两个人坐在小院里的木棉树下。吕先生翻过报纸，周青眼尖地发现了什么，喊道："等一下。"

正对着周青的那一面，刊登着澹台的新闻。周青虽然大字不识几个，但"澹台"两个字还是认识的。她最早让吕先生教她写的两个字就是"澹台"。她写了千百遍，用掉了整整一刀宣纸。

但其余的字她不认识。她求助地看着吕先生："这条新闻说什么？"

那新闻是一则声明，是澹台和二夫人莫栖霞的联合声明：自今日起，两人离婚，断绝夫妻关系，从此一别两宽，各自平安。

周青有些发怔，继而有些害怕。她不懂什么叫离婚，只知道休妻。莫栖霞这是被澹台休了吗？澹台为什么要休了莫栖霞？莫栖霞是女学生，是女老师，是报纸上所谓的进步青年。莫栖霞那么好、那么有趣，听说长得也很美，澹台都能狠下心来休了她，那自己呢？

周青在木棉树下坐了一天，黄昏将尽时，终于等来了澹台。

他的影子映入小院，她看到他的那个瞬间眼泪就涌了出来。

她朝他跑过去，因为双腿发麻跌倒在地，继而跪坐在地上。一双清瘦却有力的手臂搀住她，把她扶了起来。她仰起泪痕交织的脸看着他，哽咽地说："求求你，不要休了我。"

澹台一怔，半天才笑道："你看到今天的新闻了？"

他幽幽地长叹一声："你放心，是我被休了。"

那天，新历 1924 年 11 月 27 日，是周青一生之中最幸福的一天。在他为她购置的小院里，在木棉树下，澹台对她说了整整一晚的话。在此前或者此后，他从没跟她说过那么多的话。

尽管那些话全是关于另外一个人的，是关于已经与他离了婚的二夫人莫栖霞的。

周青知道了这场离婚案的内幕，知道了澹台与莫栖霞的婚姻本就是一出戏。莫栖霞原本有未婚夫，是位军官，牺牲于多年前的讨袁运动之中。莫栖霞与未婚夫恩爱甚笃，即使斯人已逝，她也不愿托身于其他乔木。无奈家中父母逼得紧，莫栖霞这才和未婚夫的好友澹台假结婚，以慰父母。

然而，世事就是这样变幻莫测。多年后，那位本已战死的未婚夫竟又出现了。原来他没有死。

关于他到底去了哪里，为何十年间不见踪迹，澹台并没有告诉周青。但这些无关紧要，重要的是，他回来了，而莫栖霞初心如故。于是莫栖霞毅然和澹台离了婚，回到了旧爱的怀抱中。

一个晚上，澹台絮絮叨叨地说的尽是别人的故事。

但周青却听出了弦外之音，那就是澹台爱莫栖霞，很爱很爱。

只有爱一个人，他才会把与她相关的事情一一记下来，而且记得毫无偏差。

她又惊奇，又同情，又伤感。

她惊奇的是，竟然有人不喜欢澹台。她同情的是，澹台的人生竟然也不是无往不利。

她伤感的是，自己是这样寡淡无味的一个人，就像阴天的月亮，就像落在宣纸上的水渍，是模糊的一团，让人记不起来。她羡慕莫栖霞，莫栖霞的人生充满了戏剧性，让人想记不起来都不行。

如果她的人生也是这样的就好了，那么，澹台就会记着她了。

周青就是从这天晚上开始为自己织梦的。

| 五 |

周青的第一个梦织成，是在 1926 年。

1926 年，广东再次变了天，旧格局被打破，新势力涌入。澹台遭了难，因为他得罪了一位师长。

风流才子的劫难必然和风流相关。才子四处留情是美谈，但要是惹到了不该惹的名花，那就得做好身陷囹圄的准备。

简单地说，澹台和一位师长的四姨太有些暧昧，被人告到师长那里了。师长一怒之下就把澹台抓进了牢里。

尽管与四姨太初遇时，澹台并不知道对方是有夫之妇，但结果是一样的。师长丢了面子，这面子必须用澹台的鲜血来挽回。

澹台下狱的那个晚上，周青做了个噩梦。她梦见澹台被判了死刑。她没见过那时候的死刑现场，所以梦里是戏台上的大清。她梦见澹台跪在斩首台上，而她作为家属，去喂他吃送行饭。她在怀里藏了一把小匕首，趁人不备掏出来往自己的心口一扎。她的血先于澹台的血流淌在断头台上。澹台望着她，一双眼睛里满是不可思议和痛惜……

如果师长硬要杀他，那她就为他殉情。醒来后的周青摸着心口这样想。

但师长最终没给她殉情的机会。

《香江回眸》详细记载了这件事的始末。那位烈性子的四姨太宋问情是这个故事的主角。在澹台被关押的第四天，她穿着一身服丧的素服闯进了师长的书房，用一把匕首挟持了毫无防备的师长，要他放人。

师长对宋问情想必也是有情的，否则何以只关押了奸夫，何以会被这把小小的匕首威胁到？ 师长半生戎马倥偬，若是手里没枪就任人宰割，怎么可能活到现在，还登上师长高位？ 他只要动动手就能擒住花拳绣腿的四姨太，但他没有这样做。

他答应放人，然后问了一句："你这丧服，是为我穿的，还是为他穿的？"

宋问情惨淡一笑，反手就把匕首扎进了自己的胸口："是为我自己穿的。"

她知道自己负人在先，知道师长对自己有情，知道自己用以威逼师长的是情而非刀。但她就是喜欢澹台，有什么法子呢？ 她不能看着他死掉，索性用一条命来还两份情。

她那一刀扎得很准，人还没送到医院就咽气了。

按照与她的约定，师长释放了澹台。

这件事情的后续回肠荡气。来年开春，澹台选了个良辰吉日迎娶了宋问情。然而，斯人已逝，他娶的不过是一坛骨灰。宋问情以义女的身份从师长家出嫁，也算是风光大嫁。

宋问情出嫁当日，广东大小报纸的头条皆是这条消息。连最苛刻的街头小报都对宋问情不吝溢美之词，说她是烈女，是传奇，是至情至性之人。她虽红颜薄命，却有两个男人为她情深至此，她也不负此生了。

而周青的名字，在这件事中，没被任何人提及。

是啊，且不说她的殉情并未成为事实，就算成了事实又怎样？ 远不如宋问情来得回肠荡气。

| 六 |

宋问情事件让澹台在公众眼中深深地烙下了风流印。从那之后，或许是遭受了接连的打击，或许还有别的原因，总之澹台风流得越发明显了。

从 1927 年到 1938 年，澹台的感情问题一直是广东小报的新闻话题。

澹台应某家报纸之邀，当了花国皇后选举的评委。然而，颁奖结束后，一位名叫江畔月的参赛者不满最终的结果，直接冲到他的轿车前抗议。车灯映出一张明艳无双的脸，澹台的心神为之一振。

两个月后，江畔月成了澹台的五夫人。

十年中，类似的事情发生过很多次。

到1938年广州沦陷，澹台举家迁往香港时，澹台的夫人军团，除去香消玉殒的宋问情，数量已经达到了六位。

他们硝烟之下举家搬迁，因为不知道几时能回来，还带着万贯家财，因此场景之混乱可以想见。更可怕的是屋漏偏逢连夜雨，他们刚到香港，家里便遭了贼，万贯家财少了大半。

香港不比广州，人生地疏，澹台不敢分头安置夫人们，于是此前彼此不相见的夫人们终于凑到了一处。失窃当夜，六位夫人齐聚大堂，面面相觑。周青默默地观察着其他几位夫人，越看越觉得心头惨淡。

她们与澹台的故事，她都从报纸上看到过，每个故事都曲折如戏文。

澹台下楼了，坐在夫人们中间，讲述了家中目前的财务状况。如今钱财失窃，他在香港又属无名之辈，前路难测，未来能否给诸位夫人提供优渥的生活条件实在难说。

他说，如果哪位夫人不愿陪他吃苦头，他自当奉上一份钱财，放她一条生路。

电灯线路老化，明灭的灯光下，谁也没说话。

那天晚上，周青又做了一个梦。她梦见其他夫人都耐不住清苦的生活，领了遣散费各自去谋生路了，只有她留了下来。澹台摸着她的鬓角，叹息着说：“从此以后，只有你我互相关照了。”

醒来的时候，她的鬓角上似乎还留有澹台手指的余温。

周青坐在床边暗想，她绝对不走，就算他落魄到没人要的地步了，她也会陪着他。

然而她没想到，想和澹台相濡以沫的不止她一个。

一，二，三，四，五，六，谁都没有走。

澹台家过了一段清苦的日子，但这段日子没有持续太久。半年后，澹台给香港电影公司写的新戏上映了，票房大卖，连映百日，创下纪录。“澹台公子”这个名号在香港一炮而红。

于是，澹台家又恢复了往日的富丽繁华。

周青前半生幻想富贵，后半生幻想吃苦，但她的幻想都没成真。

| 七 |

澹台家在香港一直待到了 1941 年底。

连天烽火终于波及了香港。1941 年圣诞节，英军不敌日军，香港终究还是沦陷了。日本人占据了香港，不仅要杀人还要诛心。杀人用刀，诛心用笔，澹台是一支好笔，可令人微笑，可令人落泪。日本人自然不会放过他，他上了日本人的名单。等待他的下场无非两个，要么死，要么做文化汉奸。

澹台终日眉头紧锁。他虽然是风流文人，但铁骨铮铮，断不愿充当日寇的帮凶，但也不甘心就这样死去。他有一大家子人，有一群如花美眷。他迎娶每个夫人时都曾发誓说要照顾她们一生一世。

好在事情很快就有了转机。

文人之笔的重要性，不只日本人了解，其他人也清楚。有一天，澹台带回来一个好消息。一场针对香港文化界的营救活动正在秘密展开，而他澹台也在营救名单之列。

但问题也来了：澹台一家实在太过于庞大了。

营救本就是件暗中进行的事情，需要转移和掩护，躲过监视的耳目……倘若只有一个人，那还好办，但澹台家连带夫人共有七个人，营救就变成了一件大大的麻烦事。

澹台再次陷入愁云惨雾之中。他虽然紧皱着眉头，但依旧勉强地笑着，安慰诸位夫人："要走一起走，要留一起留，我是不会抛下你们的。"

这话说起来容易。

营救工作一天天地拖了下去，日本人一天比一天逼得紧。澹台再不动笔写大东亚共荣的电影剧本，日本人的刺刀恐怕就落在他的胸口了。

夜色深沉，周青披着一身易水河畔的寒气悄悄地去书房找澹台。她要告诉他，她自愿留下来，为他减轻负担。

留下来，或许会死，但她甘愿这样做。因为她这样做，不仅能给他求一条生路，还能在他的生命中留下一个血色的惊叹号。她厌倦了做模糊的水渍，她想让他清晰地记得她，就像记得莫栖霞和宋问情那样。

她怀着必死之心推开了书房的门。见她来了，澹台并不惊讶，反而兴奋地抓住她冰冷的手，说："告诉你一个好消息，那边已经制定了完善的营救计划，咱们一家都能走了，谁也不用留下来……你的手怎么这么凉？你怎么哭了？ 是高兴的吗？"

天若不想遂人愿，不仅让你求富贵不能，求清贫不能，甚至求死也不能。

营救计划顺利实施，澹台一家再次转移阵地，这次他们去了重庆。

到重庆后，澹台如鱼得水。他写抗战电影，部部大受欢迎。在别人家都清贫度日的岁月里，澹台家的六位夫人都衣食无忧。

原因无他，无论自己的日子如何贫瘠，人们还是想看别人的笑与泪。

澹台家富足安稳地迎来了抗战的胜利。

抗战胜利了，解放战争又开始了，无数人的命运因为这场战争的开始发生了变化，除了澹台一家。

战争发生时澹台家的变故无非是大夫人过世一事。大夫人是生病去世的。

澹台家平安地等来了中华人民共和国的成立。

| 八 |

周青做澹台的三夫人，一直做到了 1950 年。

1950 年，《中华人民共和国婚姻法》颁布，废除了旧的婚姻制度，开始实行一夫一妻制。

澹台的“六如居士”是做不下去了，桃花庵到了解散的时候。

周青在自己的小院里等澹台，等了很久很久。

小院还是当年的小院。举家迁回广州后，夫人们各自回到各自的故居里。周青曾在那棵木棉树下聆听澹台对另一个女人的爱意。如今木棉已经枯死了。周青在枯树下等了很久，终于等到了他。

多年前她也曾这样等他，等他来，求他不要休了自己。

多年后她等他，还是为了休与不休的问题。然而她已经不是当年那个傻乎乎的小女孩了。她知道天意，于是静静地等待着自己的命运。

澹台到底还是来了。他对她说：“对不起，我答应过你，要好好照顾你一生的。”

她能说什么呢？她只好说：“没关系。”

她隐秘地一笑，对澹台说了最后一句话：“我已经自个儿和您过完了这一生。”

是啊，在她的梦里，她和他何止过完了一生。

| 尾声 |

澹台病逝于 1957 年，是突发性脑出血，被发现时尸体已经凉透了。

他死时没有一个夫人在他的身边。1950 年，他和所有的夫人都离了婚。在民政部门的登记里，他的婚姻状态是丧偶，已逝的配偶叫宋问情，死于 1926 年。

《香江回眸》这样问：他之所以这样，是真的对宋问情用情至深吗？恐怕不尽然。纵观澹台公子，一生无弱处，唯一怜女人。以死者搪塞生者，恐怕是他一生之中对女人最后的温柔。

是啊，澹台这一生红颜无数，究竟有几个是为爱所娶的？兴许他因为怜悯而收容的女人不止周青一个。世道只允许他留一个人在自己的身边，但留下任何一个人，都是对其他人的伤害。于是他索性尽数放走，只留一个死者。

1924 年，在木棉树下，吕先生问周青："你到底喜欢他什么？你看他处处留情，和那些老派文人有什么区别？"

吕先生是新青年，追求的是情有独钟，对澹台公子的这种行为是万万不能理解的。

直到 1950 年，澹台公子孑然一身后，吕先生与周青再次相逢，她叹息着对周青说："我现在倒是有点明白你为什么对他死心塌地了，他确实是个温柔心善的人。"

然而周青摇了摇头。

她爱澹台，才不是因为他的温柔。

你若想知道你为什么爱一个人，或许只能等到你不爱他的时候才明白。

情不知所起，一往而深。

或许纵观千古，唯有一个叫汤显祖的人，才是周青的知音。

旧梦·新言：

我写《春眠》，源于某次看历史八卦，看到军阀张宗昌的姨太太们。张宗昌外号“三不知将军”，其中一个“不知”即是不知道自己有多少女人，书中有记载的是二十三位，关于她们的下落，记载最详尽的也不过寥寥几十个字。

于是我忍不住想，她们拥有怎样的人生？她们的少女时代是怎样的，可曾有过倚门回首却把青梅嗅的娇羞？她们为什么会成为一个伧俗军阀的姨太太？那些让她们能在历史的长河中被寥寥记下几笔的岁月里，她们过得怎么样，寂寞吗？她们的心事又向谁言说？奇女子如赵一荻、潘玉良、董竹君，自然有人为她们写作传记，但那些平平无奇的姨太太们呢？

于是，写一个不那么“轰轰烈烈”，不那么“奇女子”的姨太太，成了我的心愿。

于是有了《春眠》，一个平凡女子私藏一生的惆怅绮丽的梦，唯有在梦里，她的人生才能如春天般盎然。

第五梦

余香

旧梦1931

她一生所求的，
不过是在一个人的心上留下姓名罢了。

| 一 |

如果你和我一样，是电影发烧友的话，那你一定知道余玫瑰，因为她就是一部活的中国电影史。

1905 年，任庆泰拍了一部由谭鑫培主演的电影《定军山》，后世把这部电影视为中国电影的滥觞。余玫瑰正是在这一年出生的。二十世纪二十年代初，余玫瑰开始在电影界崭露头角。到了二十年代末她已成为大名鼎鼎的电影明星，与阮玲玉、胡蝶等奇女子一起在大银幕上争奇斗艳。后来，大半个山河破碎，飘萍浮沉，阿阮香消玉殒，蝴蝶儿飞去，只有她安安稳稳地演了下去，活了下来，活到了新世纪，活到了 2005 年。

对中国电影而言，2005 年是特殊的一年。这年，中国电影迎来百岁华诞，而余玫瑰就是那华美蛋糕上的一支蜡烛。当年，电影界评选中国电影百年明星，余玫瑰位列第九。有电视台特地给这位百岁老人做了专题报道，报道的名字就是《余玫瑰是永远不会错的》。

节目里说，余玫瑰一生最擅长的并非演电影，而是做选择。千万不要觉得这是在贬低她的专业水准，余玫瑰的演技经受了大半个世纪的考验，是有目共睹、有口皆碑的。

只是与演技相比，做选择的能力才是她长长久久地活下去，还演了半个世纪的电影的保障。

余玫瑰一生面临无数的选择，最重要的选择有三次。

第一次，1931 年，有声电影的时代到来了，吴语区出身的她，毅然选择了学习国语（普通话的旧称），她的银幕生涯得以延续下去。

第二次，1940 年，她抛开如日中天的事业，奔赴重庆，为自己的演艺事业开辟了新天地。

第三次，1949 年，她原本要登上开往台湾的轮船，却在登船的前几天后悔了，最终避过沉船大祸，生生把自己的生命从死神手里抢了回来。

电视采访里，百岁老人余玫瑰精神矍铄。年轻的主持人说："余老能给我们传授一下经验吗？ 这么多次生死攸关的选择，您是怎么做到总能选到对的那个选项的？"

余玫瑰只是高深莫测地说了一句"此事不足为外人道也"。

是的，不足为外人道也。

因为她所有的选择，都是因为一个男人。

卞知毓。

| 二 |

余玫瑰面临人生的第一次重大选择时遇到了卞知毓，那一年是 1931 年。

1931 年对中国电影来说是了不得的一年。这年三月份新光大戏院上了一部片子，《歌女红牡丹》。想必你们在历史教科书上看到过这部电影的大名。它是中国第一部有声电影，敲响了默片时代的丧钟。但在那时，并非人人都这么觉得。要知道，新生事物最初总是被低估和轻蔑的。

但是余玫瑰并非这样的蠢货。

三月份，《歌女红牡丹》公映。余玫瑰其实早在一月份就看了试映。她当场就被这前所未有的声影结合的电影震住了。回家的路上，她顺道去了一趟报社，在报纸上刊登了一则聘用启事，招聘一名北方地区（最好是北京）出生的、国语优良的语言教师。

卞知毓的女朋友金毓苓就这样走进了余玫瑰的家，成了余玫瑰的老师。

听到金毓苓的名字，余玫瑰就对她的身世有了大致的了解。管他什么落魄王孙呢，这位高雅端庄、面色冷淡的金小姐会说一口好听的京白，对余玫瑰而言，就够了。

余玫瑰知道，有声片最终会把默片送上时代的绞刑架。一旦有声片时代真正到来，那些只会说粤语和吴语的南方演员就会和默片一样被淘汰掉，所以她必须得学会国语。

金毓苓每天花两个小时教余玫瑰国语，风雨无阻。然而有一天，余玫瑰睡饱了午觉，走下楼，站在楼梯口俯瞰时，看到的却是一个年轻的男人。

那个男人站在门口和仆妇刘妈说话。刘妈是温州人，那个男人说的也是一口标准的温州话。刘妈听得心花怒放：“侬也是温州人？”

男人笑着摇了摇头。

余玫瑰继续往下走，脚步声惊动了站在门口的两个人。那个男人转过头来。看到余玫瑰，他微怔了一下，但很快就反应过来，礼貌地同余玫瑰打招呼：“余小姐，你好，我是金毓苓的朋友。金毓苓昨天受了风寒，嗓子不舒服，说不出话来。我代她教您国语。”

一口悦耳的京白。

余玫瑰走下楼来，坐在沙发上，摸出一盒香烟，抽出一根点燃，看着他。她午睡刚起，却打扮得十分艳丽。她梳着爱司头，耳畔云鬓堆积，烈焰红唇。她侧着脸，左手托住右肘，指甲盖儿染得鲜红，修长的手指间夹着一根点燃的女士香烟，脚上趿拉着一双红色的毛茸茸的拖鞋，慵懒中带着一些攻击性。

抽了半支烟她才开口："金毓苓这个人真不懂礼貌！ 男女有别，她怎能随便介绍个男人来我这里？"

这话说得可不好听，然而年轻人的回答不卑不亢："如果余小姐对我不满意，那我就告辞了。不过，我没想到，看到我国电影未来的余小姐，竟然信奉男女有别的前清谬论。"

他转身就要走，余玫瑰喊住了他："你有什么能力做我的老师？"

这年轻人真有趣，余玫瑰从未告诉过别人自己学国语的目的，他竟然推测出来了，这人不是泛泛之辈。

年轻人转过身来。他穿了一身西装，西装挺括整洁，但显而易见的是衣服旧了，衬衫近乎透亮，西装领口也起了毛边，但他目光灼灼，胸有成竹："就凭我是个语言天才。余小姐刚才也听到我同刘妈说温州话了。然而我不是温州人，我只在温州待过一个月，但是所有和我交谈过的温州人都以为我是他们的同乡。温州话是各地方言中最难懂难学的，我想余小姐也知道这一点。我会几十种方言，这一方面是因为天赋，一方面是因为科学。语言也是一门科学，而我恰好配出了打开语言之门的钥匙。"

接下来，他向余玫瑰展示了十几种方言，刘妈站在一旁，听得啧啧称奇。

最后，余玫瑰问他："你叫什么名字？"

卞知毓，他叫卞知毓。

| 三 |

卞知毓不是夸夸其谈之辈，被他教了一个星期后，余玫瑰的国语水平有了显著的提升。这一个星期的教导比金毓苓之前一个月的教导效果还要显著。余玫瑰尝试用国语和北京导演孙霖交谈。孙霖夸奖她："不得了啊，你现在的国语水平真不错！ 再练练，我下部电影找你做女主角！”

卞知毓教余玫瑰学国语，用的是他自创的方法。他先解释南北方语言体系的不同，再教余玫瑰如何发声。他是个极其认真的人，他教她像北方人那样卷着舌头说话，他张大嘴巴，给她看自己舌头的动作。余玫瑰把手肘支在桌子上，托着腮看他，忍不住笑出声来。

两个月后，余玫瑰的国语水平更进一步。孙霖导演说话算话，新戏的剧本很快到了余玫瑰的手里。新戏叫《多少恨》，讲的是一位东北流亡少女的家国爱恨。自然，这部电影是有声片。

有一天，余玫瑰睡饱午觉走下楼来，看见卞知毓正坐在沙发上看《多少恨》的剧本。

午后的阳光从窗子外照进来，照亮了他俊朗的面孔。他脸上多有不屑之意，还时不时地摇头叹息。余玫瑰觉得有趣，便走到他的面前，双手扶着膝盖弯下了腰："怎么了，你觉得这个剧本写得不好吗？”

卞知毓抬起头，正对上余玫瑰浓妆艳抹的一张脸。他吓了一跳，半晌才说道："故事是好故事，剧本却不见得高明。故事起承转合之间缺乏合理性和力道，原本它有机会成为传世佳作，可惜现在只是个二流货色。”

余玫瑰嗤笑着去拿香烟和火柴："你可真狂！ 这是名编剧聂达的作品。难不成你不仅是语言天才，还是个编剧天才？”

卞知毓没有说话。

余玫瑰点烟的手一顿，她转过身来，不可思议地看着卞知毓："你真的会写剧本？”

那天上完课，余玫瑰命令卞知毓："明天来的时候，把你写的剧本带来给我看看。”

第二天，卞知毓果然带来了自己写的剧本。那天他们没上课，余玫瑰窝在沙发上用两个小时看完了卞知毓的剧本。再次抬起头时，她的眼睛里有星光在闪烁："你应当做职业编剧，这件事包在我身上了！”

余玫瑰是风风火火的一个人，她很快就给卞知毓带来了好消息："联懋的云老板看中了你的剧本，想聘你做他们的职业编剧。"

面对这突如其来的好消息，卞知毓有些不知所措。他茫然地看着余玫瑰，半天才说："我应当怎么感谢你？"

余玫瑰俏皮地一笑："你想感谢我很容易啊，让我做你剧中的女主角。"

1931年秋，卞知毓首个作品《正春风》开拍。次年春天，《正春风》公映，一时间成为街头巷尾的热门话题，而这也是余玫瑰的第一部有声电影。电影上映后，余玫瑰的事业更进一步，而卞知毓这个名字也开始被人注意到。

后世提起《正春风》这部电影时，有如下一段评论：

"这部电影如此优秀，以至很难说到底是卞知毓成就了有声片时代的余玫瑰，还是余玫瑰成就了初入电影圈的卞知毓。作为一个新编剧，能找到声名正隆的余玫瑰担任主角，不得不说卞知毓的运气很不错。无论如何，1932年的卞知毓和余玫瑰，是珠联璧合。"

还似旧时游上苑，车如流水马如龙，花月正春风。玫瑰是花中之冠，余玫瑰演《正春风》，是上天的安排，也是她自己的选择。要知道，为了拍《正春风》，余玫瑰可是推掉了大导演孙霖的《多少恨》呀！《正春风》的庆功宴上，云老板半开玩笑地恭维余玫瑰："余小姐给我推荐了知毓，又肯赏脸演女主角，可以说是中国电影的一大功臣。余小姐有侠客风范，能提携新人，正所谓赠人玫瑰，手有余香。"

从那时起，报纸上开始称呼余玫瑰为"赠人玫瑰，手有余香"的余玫瑰。

《正春风》这样受欢迎，以至有报社记者找上门来："我看《正春风》还有许多可挖掘之处。电影毕竟时长有限，不能尽述，不如您把电影剧本改编成长篇小说。"

卞知毓接受了这个提议。

一个月后，《正春风》小说开始在《新民早报》上连载，一时间《新民早报》洛阳纸贵。文学评论家们盛赞卞知毓，说他的作品兼具通俗性与文学性，吐故纳新，为小说创作带来了新气象。

卞知毓由此进入上海文坛。

不过，他还在写剧本。为了报答余玫瑰的提携之恩，他剧本里的女主角的第一人选总是余玫瑰。

从 1932 年到 1936 年，卞知毓和余玫瑰合作了《故园梦》《梦断关山》《怜幽草》三部电影。卞知毓在文坛和电影圈都混得如鱼得水。对余玫瑰而言，虽然她的年龄渐渐上去了，但她的名声却没走下坡路。

1932 年至 1936 年是他们的黄金时代。

| 四 |

1933 年，《故园梦》公映，女主角余玫瑰引起了沪上文学家们的注意。有一天，卞知毓对余玫瑰说："这周末有个文学沙龙，我的作家朋友们很是仰慕你，想邀请你参加，不知道你是否赏光？"

余玫瑰有些惊讶，这可是作家沙龙呀。她参加过不少沙龙，但多数是艺术家沙龙，然而艺术家和文学家到底是不一样的。

她欣然答应。

然而，当天卞知毓来余家接她，看到她的装扮时却皱起了眉头。

他早就发现，余玫瑰是一个十分喜欢装扮的人。她每次出现在他的面前都是一副艳丽的模样，就连刚刚睡醒，下楼前也定要化一个无懈可击的妆。偏偏她的美学品位并不高级，她只爱一种妆容：弯月长眉和烈焰红唇。

兴许是因为她在戏里扮演的都是贫家女，所以她平时简直是报复性地打扮得十分艳丽。卞知毓虽与她的审美大相径庭，但出于礼貌，他从不对此发表任何见解。

但今天不同，她的打扮与今天的场合太不相宜。

翠绿色的缎子旗袍，搭配着红色的珊瑚坠子和钻石项链，再配上一张浓妆艳抹的脸，她这身装扮固然是艳光四射，但哪里像参加文学沙龙的样子？

卞知毓委婉地提醒她：“参加沙龙的都是些不解风情的书呆子，你没必要打扮得这么隆重。”

余玫瑰惊讶地说：“可我不是为了他们才打扮成这个样子的呀，我一向都是这样的。”

卞知毓说：“其实美不止一种，浓艳是美，清秀也是美。美可以是‘春风拂槛露华浓’，也可以是‘清水出芙蓉，天然去雕饰’……”

余玫瑰打断了他的话：“可是我努力赚钱，就是为了打扮得光鲜亮丽呀。”

她认真地看着他，眼睛里是坦荡和天真之色。

她继续说：“小时候，我阿妈在一个女演员家做帮工。有一回我去找她，女演员的卧室门开着，我就好奇地走了进去。我看见梳妆台上放着一管没拧上盖子的口红。那口红的颜色和红玫瑰一样，让我着迷。我看四下无人，就拿起口红涂了起来。看着镜子，我觉得自己漂亮极了。就在我臭美的时候，那个女演员回来了。她见我用了她的口红，就气急败坏地打了我一个耳光。

“那时，我发誓，以后我也要当个女演员，用最红的口红，穿最华丽的衣裳，要比她还红。我十四岁开始拍电影，拿到片酬后，我第一时间去百货公司买了那支口红。”

她从贝壳珍珠手包里拿出一管口红给他看：“你看，就是这个牌子。”

她的口气里全是自豪之意。是啊，她为什么不自豪呢？ 她凭着自己的努力，从泥土里爬起来，升到了云端，实现了童年的梦想——涂最艳的口红，穿最华丽的衣衫。她应当感到自豪。

卞知毓轻轻地叹了一口气。

沙龙结束后，他们出来等电车。突然，一个流莺样的女人朝站台走了过来。那个女人穿着一身洗到发白的翠色棉布旗袍，缩着脖子，左手托着右胳膊肘，手指间夹着廉价的卷烟。她挨个儿向站台上的男人索要火柴。

她身上有一种慵懒的媚气，一看就是做惯了讨好男人的生意。她哈欠连天，显然有大烟瘾。站台上的男人倒是不少，但良家男人都不愿搭理她，肯搭理她的下流坯子只想捉弄她。她讨了个没趣，便走到卞知毓的面前。卞知毓抱歉地说："对不起，我不吸烟，没有火柴。"

余玫瑰开口道："我借给你。"

她掏出火柴盒，擦亮一根火柴。不等她递过去，那个女人就迫不及待地凑过来，点燃烟，猛地吸了一口，露出陶醉的神情，连火苗烧到了她干枯的发梢也浑不在意。

借到了火的女人踢踏着走远了。余玫瑰低声说："就是她。"

半晌，卞知毓才反应过来。

他倒吸了一口凉气。

余玫瑰抬起脸看着他，眼睛里有凄凉和茫然的神色："不知道我到了她这个年纪，会是怎样的模样。"

卞知毓沉默了很久。

很久之后，他回答她："你……你不要害怕。"

他是个语言学专家，擅长口头功夫，但面对她的惶惑，他的安慰话语只有一句"你不要害怕"。

| 五 |

1936年年底，联懋制片厂的年底聚会上，云老板点名表扬余玫瑰和卞知毓："这五年，玫瑰和知毓对联懋的贡献十分突出，希望大家今后继续合作，把中国电影发扬光大。”

然而，掌声过后，卞知毓却开口道：“谢谢云老板的厚爱，但是很抱歉，我下个月要和毓苓去美国留学。”

场面顿时冷了下来。

卞知毓继续说：“承蒙大家的厚爱，我在影坛薄有微名。我尤其要感谢云老板和余小姐。但是我和毓苓一直想去美国看看，我想去那攻读语言学，她想去那攻读美术。我们早在少年时就立下了这个志向。过去因为囊中羞涩，我们一直难以成行，然而这几年我们总算小有积蓄，可以……”

一时之间没人说什么，只听见燃烧的棉线发出刺啦的响声。大家都很尴尬。一直以来，大家都知道卞知毓有个女朋友，但他的女朋友从没在交际场合中出现过。电影厂里便有人开玩笑，说人家曾是王孙，恐怕看不起他们这帮优伶，懒得同他们结交。

一直不出现，也就没人把她当回事，然而卞知毓现在却要放弃大好前程，和她一起去异国他乡。

最后还是余玫瑰开了口。

她已经微醺，面颊都被酒意熏成了淡淡的玫瑰色。她一手支着下巴，一手慵懒地举起高脚杯：“那就祝知毓前程似锦。”

于是，其他人纷纷举起了酒杯。

碰杯后，余玫瑰接着说：“知毓是咱们的好朋友、好伙伴，咱们总不能用一杯酒就给他送别了。不如咱们搞个盛大的饯别晚宴，我来做东。知毓把金小姐也带来，说起来，她也是我的老师呢。”

卞知毓隔着高脚杯里绯红色的液体看着她，半晌，轻轻地回答：“好。”

饯别晚宴在和平饭店里举行。

金毓苓第一次出现在卞知毓电影圈朋友们的聚会上。她一走进来，大家就有微妙的不舒服感。与盛装打扮的女明星们不同，金毓苓素面朝天，如清水芙蓉一般，带着一股仿佛刻意要与众人区分开来的傲气。有人悄悄同余玫瑰说：“可见之前咱们的玩笑话没错，这位落魄王孙瞧不上咱们呢。”

余玫瑰只是微笑，并不答话。

从她第一次见到金毓苓，从金毓苓看到她的第一眼开始，她就知道，这个落魄王孙瞧不起自己。金毓苓自觉高贵，把余玫瑰这一干抛头露面的女明星视作不可结交之辈，若不是生活所迫，她才不会做什么语言老师，教女明星学国语呢。

去美国这件事，恐怕是金毓苓坚持的。她怕卞知毓被这个“下流世界”拉下水，怕卞知毓被余玫瑰这个“娼妓优伶”迷了心神，所以硬拉他到大洋彼岸去。到了那里，他们就可以远离电影和余玫瑰，做回象牙塔里清高孤傲的贵族。

金毓苓抱着怎样的心思都没关系，因为卞知毓肯纵容金毓苓，所以这一切都没关系。

金毓苓虽然瞧不起这些人，但面子功夫做得十足。她在筵席上以卞知毓夫人的姿态挨个感谢提携过卞知毓的人。到云老板这里时，云老板挥挥手，说：“你最应当感谢的人是余小姐，余小姐对知毓的帮助很大。真的，我也不明白她为什么这么帮他！”

他这是在替余玫瑰打抱不平呢。余玫瑰微微一笑：“我是赠人玫瑰，手有余香嘛。这个外号还是你给我取的。怎么，连你自己都忘了？”

有人起哄：“是呀，咱们玫瑰有侠气，应该尊称一声余爷！”

霎时间，别人都跟着叫了起来。余玫瑰由着他们起哄，嘴角带着一抹笑地擦亮一根火柴，点着了手里的烟。

| 六 |

1937 年 1 月，卞知毓和金毓苓一起离开了上海。

走之前，他去找余玫瑰告别。

他像第一次见她那样，在沙发上坐了半天，等着她从午睡中醒来，下楼来与自己相见。然而，午睡时间过去很久了，她还是没下来。

刘妈上去又下来，对他说："小姐昨晚跳了一夜的舞，困得起不来床，说不见您了。"

卞知毓只得站起来："替我向余小姐说声再见。"

他一直放在西装口袋里攥着的拳头伸出来，舒展开。他把握在手心里的东西放在茶几上，转身走了出去。

他走后很久，余玫瑰终于下楼了。

十几年来，她第一次午睡后下楼是素面朝天的。她走到沙发前，看到了茶几上放着的东西。余晖照在桌子上，暧昧地笼罩着那个小小的东西。

她弯腰拿起那个东西看了一眼，然后紧紧地攥在手心里。

那是一支口红，几年前她曾对他提起过的那一支口红。

卞知毓走后，上海爆发了战争。一场惨烈的淞沪会战打下来，八百壮士坚守了四天四夜也未能守住这座城。那之后的四年时间被后世称为"孤岛时期"。

战争让人间改了模样，联懋制片厂毁于战火之中。昔日电影圈的朋友们分散于四处，余玫瑰留在了孤岛，却息了影。

对于她的息影众说纷纭，有人说她得了病，有人说她怕被日本人利用……

无论如何，余玫瑰那四年没有演戏。

直到 1940 年，余玫瑰突然决定秘密前往重庆。

人们再在银幕上看到她，是在 1941 年的抗战电影《洪流》里。她饰演一位带领孤儿们从北方逃难到四川的保育院院长。

如果说《正春风》是余玫瑰事业的第二春，那么《洪流》就是她事业的第三春。

《洪流》由四海电影公司摄制，而四海的老板正是余玫瑰的老朋友，联懋制片厂的老板云先生。云先生拍摄《洪流》前给身在孤岛的余玫瑰写了信，说有一个角色非她不可，又说这部电影讲述了怎样的一个故事，具有怎样深刻的现实意义……

然而这一切都抵不过写在结尾的那一行蝇头小楷：知毓已回国，人在重庆。

后世对余玫瑰这次重庆之行啧啧称奇。要知道，就在她走后的第二年，太平洋战争爆发，美英法撤侨，“孤岛”正式落入日本人之手，开始了真正暗无天日的四年时光。那四年里，有多少人受到了戕害呀！譬如一位留在上海的电影界同行卜小姐，因为拒拍大东亚共荣片而被日本人杀害了。如果余玫瑰留在上海，日本人能放过她吗？她可比卜小姐有名气多了。

然而没人知道，那一年余玫瑰出上海、去重庆，都是为了一个人。

| 七 |

若以正史论，重庆那几年是余玫瑰一生之中最值得大书特书的时光。那段时间里，她拍摄了好几部抗日电影，其中有两部还被收录进后世电影专业的教科书里。

然而，以秘史论，那几年却乏善可陈。

她在重庆，卞知毓在重庆，自然，金毓苓也在重庆。

可是他们之间却少有交集。

回国后的卞知毓在大学里任教，教授语言学。他不再写剧本了，也不再写小说了。因此，无论是文学沙龙还是艺术沙龙，都没有他的身影。

他和联懋的那些老朋友也渐渐没了联系。

五年来，他和她也不过匆匆见了几面。

再后来，抗战结束，解放战争开始了……一转眼又是将近十年。

他和她之间的联系，就像那一年他送给她的那支口红的香气，越来越淡，仿佛只存留在记忆里。

和他们的关系一起变淡的，是卞知毓的名气。

当年《正春风》横空出世，影坛知道了卞知毓的名字。但是，1936 年以后卞知毓再无作品。江山代有才人出，渐渐地，知道卞知毓这个名字的人越来越少。到了 1949 年，几乎无人知道他的名字了。

名气某种程度上是可以当钱用的，所以，当一个人又没有钱又没有名气时，就会变得举步维艰。

比如，找一张船票。

因为人们不确定新政权下的世界是什么样的，所以逃亡成了一股潮流。战争时期，家书抵万金；战争即将结束时，船票抵万金。码头上每天都挤满了人，人们费尽心机，倾尽所有，只为换取一张开往彼岸的船票。

卞知毓和金毓苓也是如此。身为落魄王孙，金毓苓对任何一个新政权都缺乏信任。她铁了心要走，每天为船票东奔西走，然而每次回家，带回的都是令人失望的消息。

这天，她回家时眼睛里有光："知毓，我有票了！"

卞知毓霍然起身，兴奋之情溢于言表。

然而金毓苓的下一句话却把他从云端上拉了下来："可是我只有一张票，我们俩只能走一个。"

卞知毓毫不犹豫地说："那么应当是你走。"

金毓苓固执地摇摇头："不，我情愿把这个机会让给你。"

卞知毓握住她的手："你不走，我也不走，除非有两张船票，我们一起离开。否则，我情愿你把这张船票还回去，咱们一起留下来。"

两个人久久地凝视着对方。他们相识于少年时，一个是落魄王孙，一个是家道中落的书香子弟。他们一起经历过无数的失意，忍受过无数难挨的日子。他们从相识起就没分开过……

这次也不会。

最后，金毓苓说："那好吧，我们把船票还给人家吧。"

两个人牵着手去还船票。

于是，时隔多年，余玫瑰再次见到了卞知毓。

见到余玫瑰，卞知毓很惊讶："余小姐，是你？"

他很快就镇定下来："余小姐，多谢你的船票，但是我们夫妻一体，是不会劳燕分飞的。船票还给你，谢谢你的好意。"

余玫瑰嗤笑一声。她点燃一支烟，说："谁说我是好意？我就是要你们劳燕分飞。"

她斜着吊梢眼看他，一如十八年前第一次见到他时的样子。

一转眼就是十八年。

卞知毓明白了她的意思。

他怎么能不明白呢？他早就明白了她的情意，所以才随着金毓苓去国离乡，所以才与她渐渐疏远。他所受的教育教给他君子之道，让他对自己所爱的金毓苓不离不弃，对自己不爱的余玫瑰不招不惹。

时隔十八年，这层窗户纸终于捅破了，余玫瑰告诉他，她就是爱他。

她送这张船票，玩的就是二桃杀三士。她就是想看到他们为了船票反目。

然而他和金毓苓没让她如愿。

卞知毓弯腰把那张船票放在茶几上，就像当年放那支口红一样。

他直起身来，牵起金毓苓的手，神情冷淡地向余玫瑰告别："余小姐，再见。"

| 八 |

他走后，余玫瑰在沙发上坐了很久。她抽了一根又一根烟，直到烟盒空空、火柴盒空空。望着窗外的夜色，她蓦地想起前几天在金毓苓的办公室里，当时的夜色也像今夜这样深沉。

她把船票放在金毓苓的办公桌上，自个儿也坐在办公桌上，跷着二郎腿吸着烟。望着窗外沉沉的夜和霏霏的雨，她说："我可以送你两张船票，但我有个交换条件。"

她的条件很简单，金毓苓藏起一张船票，然后对卞知毓说只有一张船票，看他的反应如何。

金毓苓脸上带着胜券在握的笑："你想用这个离间我们，是不可能成功的。"

余玫瑰吐了一个烟圈，怅然地说："我知道啊，我没想离间你们，我想离间的是我们。"她想离间的，是卞知毓和自己。

让他以为自己是个恶劣的人吧，让他厌恶自己吧。如此一来，他兴许会记住她。被他记住总是好的，无论以什么样的形象。

她想让自己因为爱被他记住，但又知道那是不可能的。那年跟着他去文学沙龙，看到他因自己而浮现出的尴尬、局促的神色，她就知道他是不可能爱上自己的。

她不是他喜欢的那种人。她伧俗不堪，像文明戏，虽然慷慨激昂，却大鸣大放，难登他的大雅之堂。他的爱静水流深，像隔着宽宽的水面听湖心亭的昆腔，高雅、悠长。

于是，金毓苓拿了她的船票。

随金毓苓怎么向卞知毓编瞎话吧，反正他是相信她的。

他们会漂洋过海，去到那个岛上，就像多年前那样，那个世界里没有她。

但他应该记得她吧？ 记得这样一个爱他而不得，使过下流手段的、伧俗的二流货色。

| 九 |

我在开头说过，余玫瑰的人生之中有三次大的选择，最后一次就是1949 年她原本要登上开往台湾的轮船，却在登船前的几天里后悔了，最终避过沉船大祸。

那么你应该能推测出，卞知毓和金毓苓最后的结果。

1949 年 1 月，那艘开往基隆的轮船，于夜航中与其他轮船相撞，然后沉没了。船上所载的一千余人，有九百余人罹难，仅有三十八人获救，但那其中，没有卞知毓和金毓苓。

后世没有人记得那艘船上有两位罹难者，名叫卞知毓和金毓苓。

人们只知道，余玫瑰一念之间，躲过一劫。

这成为她传奇人生中最令人津津乐道的一笔。

她没有上船，而是留了下来。后来，新中国成立了，她的演艺事业得以继续。一直到七十五岁，她才因身体问题息了影，但人们还记得她。她在民国时期是“国民女神”。到了二十世纪末她成了“国民老太太”。

人们提起她时，总是夸她，说她是个聪明人，总能做出正确的选择，还说她生命力旺盛，总能适应时代的变迁。所以，阮玲玉死去了，胡蝶也在异国的风中凋零了，黎莉莉、陈燕燕等人的名字渐渐被人遗忘了，只有她长长久久地活了下来，跨过两个世纪，在中国电影的百年华表上留下了姓名。

然而没有人知道，她一生所求的，不过是在一个人的心上留下姓名罢了。

旧梦·新言：

我创作《余香》，灵感来自某次和朋友们聊方言。

中国地域广阔，方言众多，我的朋友们来自天南海北，家乡方言各不相同。我们比拼着各自方言的难易程度，这让我想起两个人来——赵元任和阮玲玉。

赵元任是近代知名的语言学家，据说他尤其擅长学习方言。他掌握了语言学的钥匙，能在短时期内把一门方言学得连以这门方言为母语的人都误认为他是自己的老乡。

阮玲玉是近代知名的电影明星，她处于无声电影和有声电影的交界点，事业上曾遇到的一大难题就是语言。她是上海人，说吴语，而有声电影要求演员说普通话。因此，阮玲玉曾积极学习普通话。

于是我突发奇想，如果一个电影演员为了学习普通话，聘请了一位语言天才做老师，会摩擦出怎样的火花呢?

第六梦

余之卿卿

情长如敦煌，心坚如磐石。

| 楔子 |

卿卿爱妻如晤：

十五始修佛，一生两执着，奔马敦煌壁，卿卿双柔荑。

| 一 |

她的本名不是余卿卿，而是余莉莉。

民国二十一年，北平，秋，余卿卿那时还叫余莉莉。

余莉莉前不久刚从法国回来，恰逢香山红叶红满天。秋赏红叶，是古都人的雅嗜。在香山的红叶和香风里，上至文人雅士，下至贩夫走卒，人人都能化身为诗人。因此，余莉莉被父亲的学生宋师兄拉去赏红叶。宋师兄想让她这个久居异国的半个洋人感受一下父母之邦的风土人情。

这个时节的香山人真多啊，凡枫叶如火处，皆是摩肩接踵。宋师兄拉着余莉莉往高处走："这里太吵了，咱们去'鬼见愁'。"

"鬼见愁"即香炉峰，是香山最高处，因山势陡峭，攀登艰难，被北平百姓戏称为"鬼见愁"。

他们到了"鬼见愁"，这里果然比下面清静许多。

毕竟是十月底，高处不胜寒。望着那片隐在淡淡云雾里的红色，余莉莉摩挲着手臂，忍不住打了一个响亮的喷嚏。

然后，她就听见了不远处的亭子里传来的争吵声。

她走过去，看见一群学生围坐在亭子里，正七嘴八舌地讨论着什么。学生们个个面孔稚嫩，肩上都斜挎着画夹。余莉莉一眼就瞥到了一个男生胸口上别着的校徽。哦，这是一群国立大学美术专业的学生，他们八成是来山上写生的。

余莉莉饶有兴味地听着他们吵架。

吵架的焦点在于眼前的美景应该用哪种方法来勾勒描绘，是西洋画还是中国画，是油画还是水彩，是水墨还是工笔。

一个穿长衫的平头男生显然倾向于中国画："中国的山水当然该画中国画，西洋画这样粗暴，怎能体现出中国山水的意境？"

一个穿西装的男生却不以为然："谁说中国景就不能用西洋画来展现？徐先生的《田横五百士》就是用西洋油画来表现中国历史的。历史尚能表现，山水有什么了不起的？ 要我看，中国画缥缈又不讲究科学，比起西洋画来差远了！"

这两人一中一西，眼看就要吵起来。这时，一个声音突然如楔子般插了进来："中国画和西洋画不过是艺术的不同形式，本无高低优劣之分。中国画讲究意境，是中国千年的文化气韵使然；西洋画讲究透视与光影，是启蒙运动重视德先生与赛先生的结果。两者各有起源，各有长短，互相借鉴融合，才是艺术前进之大道。徐悲鸿先生不就是一个融合中西方画艺的大师吗？"

声音来自身后，余莉莉扭过头去，便看见了陆英之。

民国二十一年的陆英之，二十四岁，穿珠灰色长衫，面孔清秀，有一双静而含笑的眼睛。

他走进亭子里，继续说："何况，无论中国画还是西洋画，无不因时而变。几个世纪前的西洋画多以宗教为核心，呆板凝滞，不若文艺复兴后的画作那样丰腴鲜活。而近百年来，西洋画也出现了新的流派，比如法国的克劳德·莫奈。我看他的风格，倒有几分像咱们的中国画。”

虽然话里话外看似公允，但他显然还是倾向于中国画。

余莉莉扑哧一笑。

这一笑招来了陆英之的目光。仍旧是很平静的一双眼睛，眼神里却带着两三分疑惑。

余莉莉捂着嘴巴，还他一个抱歉的眼神。

陆英之的话平息了这场争吵。最后，两个男生和解，决定融合中国山水画和法国印象派的风格，为今天的香山秋景作画。

陆英之仿佛是专为做和事佬而来的，见争吵平息了，便朝这群年轻学生和余莉莉点点头，转身离去了。

余莉莉忙追了上去。

她在下山的小道上喊住了陆英之：“这位先生，请等一等。”

陆英之停下脚步，扭头看着她，眼中依然带着疑惑：“小姐有事？”

余莉莉气喘吁吁地追上来：“你好，我只是很好奇，你是画家吗？你为什么对中国画和西洋画都有研究？”

余莉莉是混血儿，她的母亲是法国人，她跟着母亲在巴黎长大，学的也是美术专业，莫奈是她最喜欢的画家。

所以她知道，刚才陆英之的话不是随口胡诌的。

她也知道，莫奈这个名字对时下的中国而言还有些陌生。

能随口说出中西方美术的不同和起源，并且对莫奈的风格有所了解，这个年轻人绝对不是门外汉。

然而陆英之却笑了：“抱歉，我不是画家。”

余莉莉惊讶地张开了嘴。

这时，有人从亭子里跑了过来，站到两个人的面前，是刚才那个穿长衫的平头学生。他不好意思地挠挠头：“这位先生，我们想邀请你加入我们的小石潭画社，不知道你愿不愿意？”

陆萸之的脸上有片刻的犹豫神情，然而他最终架不住对方的热情，轻轻地点了点头：“厚颜加入，以后请多多指教。”

余莉莉不甘自己被忽略掉，就举起手来：“我也想参加，行吗？”

男生上下打量着她：“你也懂画画吗？”

余莉莉粲然一笑：“我是凡尔赛美术学院毕业的，现在是《左岸画报》驻北平办事处的记者，我叫余莉莉。”

她转身向陆萸之伸出了手：“你好，从今天起大家就是社友了。”

陆萸之微微一笑，握住了她的手：“你好，我叫陆萸之。”

余莉莉和陆萸之，就这样相识于民国二十一年秋天的红叶香风之中。

| 二 |

民国二十一年，秋天的北平最热门的话题，莫过于故宫博物院。

这不是个太平的年份。从年初开始，东三省沦陷，上海发生事变。商务印书馆在日军的大轰炸中被夷为平地。眼见日本人存有毁华夏文脉之心，故宫博物院便有了南迁故宫文物的想法。

这段时日，故宫文物南迁的消息不知怎的传到了民间，立刻引发了一片骚动和争吵。

不少人认为，故宫文物南迁的背后是政府的逃跑主义作祟。政府想像放弃东三省那样放弃北平，所以才会携文物南逃。因此，他们极力反对文物南迁，甚至把这种行为斥为卖国之举。

这些人里不乏大知识分子。余莉莉的父亲，北大教授，享誉全国的文豪余先生就是其中之一。他甚至专门在报纸上发表社论，抵制文物南迁。

余先生是全国青年的偶像和楷模，他一发话，顿时为“抵制派”赢得了不少年轻人的支持。

小石潭画社也没能逃过这场风波。

这天，在画社的集会上，不知道是谁挑起的头，大家纷纷放下画笔，七嘴八舌地讨论起这件事来。

画社成员基本上属于抵制派。他们援引余先生的社论，斥责南迁就是逃跑，甚至讽刺说，故宫博物院是要把这些属于国民的宝物收入私囊之中。大敌当前不思抵抗，反而逃跑，故宫博物院里就是一群国之蛀虫！

讨论的过程中，只有余莉莉和陆英之两个人一直沉默着。

余莉莉信奉“不知者不言”。她归国时日短，对父母之邦缺乏了解，觉得自己无权讨论这些事情。

而陆英之……突然，有人问陆英之：“英之，你怎么不说话，你的看法是什么？”

陆英之沉默半晌，回答道：“抱歉，我就是你们说的蛀虫之一。我是故宫博物院古物馆的员工。”

底下顿时一片哗然。

片刻后，有人发难：“员工也可以有自己的立场。英之，你的立场到底是什么？你赞成南迁还是赞成留下来？”

他们在逼他表态。年轻人嘛，总想做一个有立场的人，并且总喜欢逼别人站在自己的立场上。

陆英之淡淡地回答：“若我反对，早就离职了。”

他赞成南迁！

社友们顿时义愤填膺。有人讽刺陆英之：“英之，你是个学佛的人，佛门最忌讳执着。有道是，一切有为法，如梦幻泡影，如露亦如电，应作如是观。所谓文物，本质上不外乎砖块瓦砾，你怎么这么看不开？你这十多年的佛岂不是白学了？”

陆荧之站起身："如来也曾狮子吼，学佛再久，心里也有放不下的东西。我与各位意见不合，从今天起我们就分道扬镳，各自珍重吧。"

他转身走出画社。

然而，他还没走出几步，就听见后面有人喊他的名字。

"荧之，陆荧之！"

他扭过头去，看到余莉莉气喘吁吁地跑了过来。她在他面前站定，双手扶着膝盖，仰起脸看着他："你走得真快，也不等等我。"

她鬓角有汗，眼里有星："既然咱们是一起进来的，也理当一起离开。"

陆荧之笑了："你舍得离开？"

这段日子，社里但凡有集会，余莉莉一次不落。她刚从国外回来，不仅漂亮、大方，美术功底深厚，而且还是青年人的偶像余先生的女儿。因此，社里的每个人都很喜欢她。

余莉莉也笑了，但她的笑容里带着一点羞涩之意。这下子，她性格里中国人的那一面悄悄地露出了一角。

可她的下一句话又展现了她西方人的那一面。她说："我来画社不是为了见他们，是为了见你。"

| 三 |

余莉莉和陆荧之就这样一起退出了小石潭画社。

余莉莉任职的《左岸画报》社离故宫博物院不远。她下班比陆荧之早，每天下班后就跑过来等着陆荧之。黄昏时分，陆荧之走出故宫，迎接他的就是午门外倚树而立的余莉莉。

北平的秋阳里，余莉莉的身影被拉得很长。在满树婆娑起舞的秋叶下，她是唯一坚定的身影。

黄昏里，他们沿着长安街漫步。陆荧之给余莉莉讲博物院里那些文物的故事。他讲散轶的《清明上河图》，讲最终没能保全的前清金瓯永固杯……余莉莉给他讲巴黎，讲塞纳河左岸、左岸的咖啡馆、左岸的艺术家……

十二月的一天，北平下了初雪。陆萸之对余莉莉说："今天是我母亲的忌日，我想去广济寺。"

于是，余莉莉和陆萸之一起来到了广济寺。

陆萸之的母亲生前是信女，常去广济寺烧香。陆萸之在宝殿里为母亲烧了一炷香。他走出广济寺时，天色已经黑透了，天上有星子在温柔地闪烁着。

余莉莉冲手哈了一口气，觉得陆萸之的眼睛好像天上的星子。

她问陆萸之："萸之，你是因为你的母亲才修佛的吗？"

陆萸之修佛，对佛家经典信手拈来，因此才会在二十四五的年纪里，有这样沉静安稳的性格。

陆萸之点点头："我十五岁那年母亲去世了，我难以排解心里的痛苦。父亲对我说，你不妨读读佛经。我就是从那时开始修佛的。后来我进了故宫博物院，经手的文物不少与佛教相关。从那以后，我修佛半是为了母亲，半是为了工作。"

说话间，两人已经走到了积水潭，这里是他们平时分手的地方。

暖黄色的灯光下，陆萸之对余莉莉说："明天见。"

突然，一声"莉莉"打断了这场告别。余莉莉循声望去，是小石潭画社的一位社友。

那位社友气喘吁吁地跑过来，警惕地看着陆萸之，伸手去拉余莉莉："莉莉，你不要和这个人混到一起。你猜他是什么人？ 我打听过了，他是爱新觉罗家的遗少！ 难怪他赞成南迁，他根本就是想把那些国宝当成他们爱新觉罗家的私产！"

余莉莉有些惊讶。

陆英之竟然是个满人。他姓陆，又不姓金，怎么会是遗少呢?

陆英之的一双眼睛仍旧十分沉静。他并不否认，只是淡淡地看着对方。

余莉莉甩掉社友的手："对不起，我和谁交往，是我自己的事情。"

社友怒而转身离去。

余莉莉问陆英之："你真的是满人吗？"

陆英之点点头："陆是我母亲的姓。前清亡后，我随了母姓。但英之是我的本名，我出生在重阳节，所以取名为萸。"

古都冬寒，哈气成雾，陆英之的面目在白雾后变得影影绰绰的。他说："我父亲是爱新觉罗家的贝勒，爱好金石。前清时，他在国子监任职，但他不是遗老遗少。光绪年间，敦煌发现了壁画，壁画为外国人所盗。父亲心急如焚，上书朝廷，希望保护壁画，但仍未能阻止壁画外流。他一生最爱韩干的《照夜白图》，但这卷画被溥伟卖给了英国人，父亲阻止未果。这是父亲一生之中的两件伤心事。

"我支持文物南迁，并非要把文物当成我家的私产。国家灭亡尚可复兴，文脉一断如何再续？"

他眉头紧皱，眼中的忧虑如水一般溢了出来。在这样的目光里，余莉莉的心柔软得一塌糊涂。

她柔声对陆英之说："就算所有人都反对你，我也会站在你的身边。"

余莉莉这个名字，在那个晚上被改成了余卿卿。是陆英之给她改的名字。

当年，余先生和余莉莉的母亲结婚后不久就离婚了。余莉莉随母亲姓杜兰。护照上，她的名字是 lily · Durand，莉莉不过是 lily 的汉译名。

陆英之对她说："我帮你取个真正的中国名字吧，叫卿卿怎么样？"

他在她的手心里写下"卿"这个字，一笔一画，十分复杂。

她问他："这个字是什么意思？"

陆萸之抿嘴一笑，有些羞赧："在中国古代，卿是一种官职，也是一种敬称……还是男女之间的爱称。林觉民的《与妻书》开头写道'意映卿卿如晤'，即我亲爱的意映，见信如同见面的意思。"

萸之卿卿，陆萸之，余卿卿。

余之卿卿，我的卿卿，陆萸之的余卿卿。

| 四 |

就在余莉莉改名为余卿卿后的一个月里，不知道谁把她和陆萸之交往的消息捅给了余先生。

余先生勃然大怒。他反对文物南迁，但他的女儿竟然和故宫博物院的一个小子混在了一起。

对他的愤怒，余卿卿不屑一顾："爸爸，我不是旧中国的女孩子，不讲三从四德。我和谁交往，你无权干涉。"

她每天仍旧欢欢喜喜地去找陆萸之。

一场雪后，北平已经进入深冬。

下雪天，最舒服的莫过于缩在暖意融融的房间里，温一壶酒，边喝酒边吃火锅。

陆萸之是个老北京。他从信得过的回回那里买来最正宗的羊肉，从最好的豆腐西施那里切了一块四方、光滑的豆腐，然后回家和余莉莉一起吃火锅。

外面大雪纷飞，屋子里炭火温暖。玻璃窗上的冰花被火锅的热气熏化了，水珠像眼泪一样，一行一行地往下淌。陆萸之和余莉莉盘腿坐在窗前的长案边。陆萸之拿着长筷子，拨弄锅里翻滚的豆腐。豆腐熟了，他夹起一块，在酱油碟里滚一滚，放到余莉莉的碗里。

岁月静好，现世安稳，莫过于此。

可惜这不过是短暂的假象。

火锅吃到一半，陆荑之沉稳地开了口："卿卿，南迁的日子已经定下来了，下个月五号出发，我会随着队伍离开北平。"

前不久，日本人侵占了山海关，平津告急，南迁已经迫在眉睫。

这次南迁，目的地是上海。

他们将穿越半个中国，路途遥远，此一去，福祸难测，此一去，归期难定。

一时间，屋子里寂静无声，别有幽愁暗恨生。

腾起的白雾后，陆荑之说："无论到了哪里，我都会写信给你的。"

陆荑之护送文物离开北平的那天夜里，从故宫到火车站，全程戒严。

深夜里，一辆辆板车满载着文物，从故宫出发，流水一样向火车站驶去。长街寂静无声，只能听到车轮子碾压在石板路上发出的咕噜咕噜的声音。

陆荑之站在队伍里，抬头看着民国二十二年北平冬天的月亮。他知道，这一刻一定有人与他共看这一轮明月。

他不知道一座高楼的窗子后，余卿卿正等着他路过，好静静地看他一眼。

| 五 |

卿卿如晤：

这封信，是我在火车窗前，借着月光写给你的。

队伍已经抵达郑州了。你不知道吧？郑州是华夏文明的真正起源地，是五千年前的黄帝出生的地方。这次我运送的文物里，有一尊莲鹤方壶，它的故乡就是郑州。你可能觉得有点好笑，但我仿佛能感受到它回乡的激动心情……我一切都好，祝好，勿念。

荑之，民国二十二年二月七日字

卿卿如晤：

今天，我在南京。

南京旧称金陵，是六朝古都。虽然此时国家风雨飘摇，但秦淮河畔仍旧繁华。我坐在画舫上，心中有无限的忧伤，半是为你，半是为国家。秦淮月圆，可惜我身边无你，金陵繁华，但谁又知晓这繁华能持续多久？文物本属北平，此番来江南，不知何时才能回去。

中国历史上曾有两次南渡，一次是魏晋时的永嘉南渡，一次是两宋时的赵宋南迁。这两次南迁，他们都未能北归，只盼望这次不同于前两次。

我一切安好，唯想念你而已，祝好，勿念。

荑之，民国二十二年二月八日字

卿卿如晤：

原以为南京是终点，没想到南京没有存放文物的仓库，我们只好辗转去了上海……

…………

书信来得迟滞，等余卿卿收到这些信时，陆荑之已经随着队伍来到了上海。

这天黄昏，陆荑之从库房回到上海暂时的“家”里，夕阳下，楼下门口，一个熟悉的身影正倚靠在墙上，含笑望着他。

余卿卿来到了上海。

从陆荑之告诉她，他将随着队伍护送文物南迁开始，她就申请调职到

《左岸画报》上海办事处。过了这么久，她终于拿到了调令，来到了上海。

两个人在上海五月的余晖里拥抱，余卿卿的声音里带着笑意：“我原以为自己要在上海和南京之间跑，没想到你也来上海了。这就是天意吧，我们俩天生是一对。”

| 六 |

分离不过三个月，余卿卿和陆萸之又在上海重逢了。

和北平不同，上海是一个现代化的都市，没有文化底蕴，却朝气蓬勃。

有情饮水饱，情人在一起，处处都是好的。余卿卿在陆萸之的住处附近租了房子。两个人闲暇时一起去国泰看电影、去百乐门跳舞，一起买粢饭糕和油条当早餐，一起下小馆子吃蟹黄汤包。两个人一个是北方人一个算半个洋人，都不知道汤包会喷出汁水来。被汤包溅了一脸的汤汁时，隔着一张桌子，两个人对着傻笑。

但国难当头，岁月静好是短暂的。

陆萸之又接到了任务。这次他要护送部分文物回北平，再把北平的一批文物带到上海来。

离开前，陆萸之对余卿卿说：“这次回来，我就向你的父亲提亲。”

北方的局势越发紧张，不少人都南迁了，当年极力反对文物南迁的余卿卿的父亲也是其中之一。余家原本就是南京人，南迁后，余先生就住在南京的老宅子里。

两年来，陆萸之与余卿卿的交往，余先生全都知情。但陆萸之知道余先生厌恶自己，所以从未上门拜访过。

余卿卿握着陆萸之的手：“没有必要，我不讲‘父母之命，媒妁之言’那一套。我嫁你，是我自己的事情。”

她是心疼陆荚之。

余先生的脾气和他文章的名声一样大。余卿卿怕陆荚之挨父亲的骂，她才舍不得让陆荚之挨骂。

陆荚之抓住她的手，放到嘴边轻啄："可我是个旧式文人，我认为男人对心上人最大的尊重，就是向她的父母求亲，然后纳采、问名、纳吉、纳征、请期、亲迎，把她娶回家来。"

她心疼他，他亦不愿委屈她。

陆荚之离开上海，再度返回北平。

这次的分离并不算久，余卿卿收到陆荚之到北平那天写给自己的信时，他已回到了上海。

陆荚之果然遵守了承诺，和余卿卿一起去了她南京的老家，向她的父亲提亲。

余先生果然如传闻里说的那样严肃，他的头发根根直立着，一看就知道他脾气暴烈，不是好相与的人。

余先生蹙着眉头看着陆荚之："你知道我讨厌你，还敢来见我？"

陆荚之跪在堂下，脊背却挺得笔直。余卿卿和他并肩跪着，手被他握着。他温柔却坚定地说："荚之今天来，不是请求先生把卿卿嫁给我，而是知会先生，我即将和卿卿结为夫妻，希望得到您的祝福。"

他这话一出口，余先生眉头一皱，就要发火。

然而余先生最终笑了："虽然我对文物南迁的意见和你不一样，但我欣赏你的执着坚定。我相信，你一定不会辜负我的女儿，我的女儿从此就托付给你了。"

第二年，滞留在上海的所有文物都迁到了南京朝天宫，陆荚之也随之来到了南京。

在南京，陆萸之和余卿卿举办了婚礼。国难当头，一切从简。他们的婚礼虽然简单，却并不简陋。陆萸之按照自己的承诺，做足了纳采、问名、纳吉、纳征、请期、亲迎……

纳采、问名，余卿卿送给陆萸之的是一幅她临摹的《照夜白图》。她学的是西洋画，为了画这幅画，她特地去学了中国画。好在她是美术专业出身的，虽然毫无中国画的根基，但因为通理论，所以画出来的画竟有几分相似。陆萸之送给余卿卿的是一枚红叶书签，是当年香山初遇时他捡回来的枫叶。

纳吉，陆萸之以古法行奠雁礼。他特地托人找来一只大雁，养在家中，还把大雁养得肥肥胖胖的。

纳征，陆萸之送给余卿卿的聘礼，是他用木头雕刻的敦煌壁画飞天，底上刻了两行字：情长如敦煌，心坚如磐石。

请期，陆萸之托他的领导去余家送请期礼书。

亲迎日，陆萸之穿红戴花，骑马来到余家大门前……

余卿卿是半个法国人，她从未想过自己的婚礼竟然是中国最古老的样式。

洞房花烛夜，陆萸之对余卿卿说：“从今往后，我给你写信的时候，就可以写卿卿爱妻如晤了。”

余卿卿嗔怪他：“多不吉利的话，你应该许愿我们从今往后再不用写信，再不会分离。”

他们没有想到，靠信件维持联系的日子竟然来得这么快。

婚后仅仅三个月，北平沦陷了。日本再次在上海挑起事端，陆萸之接到命令：南京告急，文物须再次迁移。这次，文物分成三路向内地疏散，陆萸之将护送一批文物去四川。

| 七 |

民国二十六年秋，陆英之随着文物离开了南京，走陆路经陕西，辗转入川。

余卿卿不能跟着他，一来路途凶险，任务紧急，二来余卿卿身为《左岸画报》的记者，也有任务在身。她要撰写关于淞沪会战的新闻。因为职责在身，她要前往上海。

两个人在南京车站分别之际，陆英之对余卿卿说："无论到了哪里，我都会写信给你的。"

北方全境已经沦陷于敌手，上海的战争也打得如火如荼，余卿卿真正明白了什么叫"烽火连三月，家书抵万金"。

陆英之的信总是经过一番波折才能到她的手里。为了搞清楚信有没有散轶，陆英之在每封信的页眉处都标了序号。

余卿卿收到第一封信，是在十月底。

卿卿爱妻如晤：

没想到，这一次内迁比上次南迁要凶险得多。

卿卿，开个玩笑，你险些就要做寡妇了。

我们昨天离开了徐州。火车刚出站，徐州火车站就被炸了。倘若我们延迟片刻，就没有这封信了。我现在就着月光给你写这封信，手还是抖的。

我怕的不是死，而是与你阴阳相隔。

你在上海安好？

徐州亦是古都，古称彭城，楚霸王项羽当年在此定都。我离开时抓了一把徐州的土，随信寄给你。这是我曾经走过的土地，愿将来能与你携手一起走过。

莫之，民国二十六年十月三十日字

余卿卿把陆莫之寄给她的信妥帖地收好，每晚拿出来就着月光细读。

上海的仗打得如火如荼，连空气里都弥漫着硝烟呛人的味道。但是，陆莫之的信却为她勾勒出另外一个世界。在那个世界里，有莲鹤方壶，有六朝金粉，有项羽之土……他用一封封信，带着她走遍了半个中国。

卿卿爱妻如晤：

昨天，我们终于离开了陕西，进入四川境内。从汉中到四川，需要渡河。河面宽阔，也没有桥，我们只好把卡车装载到木船上，然后用木船渡河。过河时下起了雨，冬雨有点凉，我淋了雨感冒了。给你写这封信的时候，我正窝在被子里，手边擦鼻涕的纸比写信的纸要多得多……西安是十三朝古都。离开西安时，我在古城墙下捡了一块石头，随信寄给你。石头如同我的心，我心坚如磐石，无论对文物，还是对你。

莫之，民国二十七年二月十四日字

卿卿爱妻如晤：

今天我们来到了乐山。白天，乘船过青衣江时，我看见了乐山大佛。所谓闻名不如见面，今日一见，果然十分震撼。

乐山大佛于唐玄宗开元年间开始动工，历经近百年才得以完工，中间历经安史之乱和晚唐乱世，几近停工，但最终还是修成了。船经过大佛时，我望着它，心里十分感动。我想起了让我父亲伤心一生的敦煌壁画。敦煌壁画始于五胡十六国时期，几百年里，一代又一代人凿窟作画，长情至此，每每想起，都令我泪凝于腮。

多希望有一天，我可以去敦煌，亲眼看一看那些壁画。

我不是一个擅长表达的人，有些话藏在心里，一直羞于对你说。不知道怎么回事，我今天突然想写给你——

十五始修佛，一生两执着，奔马敦煌壁，卿卿双柔荑。

荑之，民国二十七年八月六日字

| 八 |

民国二十七年秋，余卿卿在乐山收到了这封信。

这封信，八月份从乐山寄出，到达上海时，因为无人接收，被退了回来，辗转月余，终于到了余卿卿的手上。

余卿卿是在陆荑之的灵堂上收到这封信的。

民国二十七年八月七号，就在陆荑之写完这封信的第二天，搬运文物时，他失足跌落山崖，撞碎了脑壳，当场死亡。

之所以会失足跌落山崖，是因为在护送文物入川的途中，他被炸瘸了腿。

这件事情，他从未在信里提起过。

他提到的永远是秀丽的山河、沿途的趣事、晾晒文物时手指偶然滑过丝织物的愉悦触感……

死之前，他只来得及说出两个字。

他说的是，卿卿。

灵堂上，余卿卿抱着陆荑之最后写给她的这封信，哭得难以自抑。

“十五始修佛，一生两执着，奔马敦煌壁，卿卿双柔荑。”

我这一生啊，从十五岁开始学习佛法。佛法教人放弃执着，但我到头来，还是有两样东西难以割舍，一样是敦煌壁画《照夜白图》，另一个就是你，我的卿卿，那双温柔的红酥手。

| 九 |

1977 年，余卿卿来到美国纽约。

在纽约的大都会博物馆里，她见到了韩干的《照夜白图》。

站在《照夜白图》前，她想起了陆荚之最后那封信里的诗：

“十五始修佛，一生两执着，奔马敦煌壁，卿卿双柔荑。”

在陆荚之走后的第三十九年，她终于见到了这幅《照夜白图》。

陆荚之去世后，她继续留在中国做记者。

战火纷飞的那些年里，她撰写了许多新闻，关于淞沪会战的，关于南京大屠杀的，关于武汉会战的……

1949 年，在南方停留了许久的大批故宫文物开始北迁。余卿卿在南京火车站目送文物归乡。她蓦地想起那一年，是民国二十二年二月八日吧，陆荚之在写给她的信里说，中国历史上曾有两次南渡，一次是魏晋时的永嘉南渡，一次是两宋时的赵宋南迁，这两次南渡都未能北归，他只盼望这次南迁不同于前两次。

而今，他的梦想终于实现了。他心心念念的文物终于回到了故里。

可他呢，旧居里草木深深，卿卿尚在，荚之何处？

战争结束后，余卿卿没有回法国，而是去了敦煌。

她的余生都在敦煌度过了。她去看了那些美丽的壁画，庄严的佛像、慈悲的菩萨、飘逸的飞天……这些，她一一替陆荚之看了。

十五始修佛，一生两执着，奔马敦煌壁，卿卿双柔荑。

自他离开后，他的卿卿守着他的敦煌壁，他的一个执着守望着他的另一个执着。

就像那年结婚时，他在飞天木雕底上刻下的字：

情长如敦煌，心坚如磐石。

旧梦·新言：

我一直想写与敦煌有关的故事，《余之卿卿》是第一个。

我的敦煌情结，始于初中时读余秋雨的《文化苦旅》。《文化苦旅》里面有一篇文章讲的是敦煌壁画，写了当年外国的探险家们是如何无耻地劫掠了敦煌那些美轮美奂的壁画。我正处于热血沸腾的少年时代，看得咬牙切齿、热泪盈眶，因此对敦煌念念不忘。

在搜集以敦煌为题材的长篇小说的素材时，一条素材引起了我的兴趣。外国探险家盗取国宝，中国文化界的某些有识之士是知道的。他们心急如焚，上书清朝学部请求保护壁画。但结果我们也都知道了，国病民困之际，文化保护如纸上谈兵，大量敦煌壁画流往海外，成了大英博物馆的藏品。

我忍不住想，这群上书朝廷的人是什么样的心情？ 这会成为他们一生的心结吗？ 当他们垂垂老矣，因病而神思恍惚之际，是否会对敦煌念念不忘？

第七梦

愿君常欢喜

旧梦1935

你若希望爱一个好人，
那便送你一个好人。

| 一 |

他的前妻死了。

这天，护工给他洗脸的时候，他说：“我前妻去世了，明天举行葬礼，我想去现场悼念一下她。”

护工大吃一惊。

做护工这一行，客人多是风烛残年的老人，她见惯了死亡。

让她惊讶的是，竟然是他的前妻先去世了。

他叫谢寄生，生于1913年。护工第一次见到他时，安老院正为他庆贺百岁诞辰。他是院里唯一一位百岁老人，看上去却比那些六七十岁的“年轻人”的精神还要好，这让人艳羡不已。

听人说，谢寄生曾是一名高级军官，功勋卓著。1949年，他没去台湾，也没留在大陆，而是携家眷来了香港，一直待到如今。

“我不敢老啊。”谢寄生在众人的簇拥下笑得很爽朗，从他的笑容里可窥见他年少时的勃勃英姿。

毕竟是百岁高龄的迟暮英雄，生日刚过没几天，谢寄生就病倒了。

于是，护工第一次见到谢寄生的前妻。

老太太看上去不过七十岁左右的样子，后来护工才知道，老太太已经八十九岁了。

一进门她就又摔又骂，骂得真叫一个难听："你这个老不死的家伙""你怎么老是不死"……

骂完了谢寄生，她又扭头骂护工："人又没死，找我来干什么？"

话虽是这么说，她却没走，而是转身进了谢寄生的房间。

谢寄生这一病病了好久，于是护工常常能见到前谢夫人，她的名字叫常欢喜。

常欢喜是个怪人，快九十岁的老太太了，却时常显露出少女之心。有时候，她在谢寄生的房间里看电视。电视上三色台正在重播《义海豪情》，看到半个世纪后九姑娘与刘醒重逢，她感伤得用袖口去擦眼泪。谢寄生看不惯她这副小女儿之态，就递给她一块手绢："擦擦吧，也不嫌袖口脏。"

常欢喜忙着掉眼泪，竟难得地没有呛谢寄生。她接过手绢，拭了一下眼角，感叹道："有生之年，有一日盼一日呀！"

她盼的是什么？ 护工不解。

直到很久之后，护工才从谢寄生的口中得知，常欢喜盼的，是另外一个男人。

| 二 |

1935 年，谢寄生第一次见到常欢喜的时候，常欢喜不过是个十一岁的孩子。

十一岁的常欢喜，白而瘦，一双大眼睛很洋气，不似关内人。她作女学生打扮，二蓝竹布上衣，黑裙子，长长的白袜子包裹着少女没什么线条的小腿。

卫士毕恭毕敬地拉开小轿车的门，先探出来的是常欢喜的小脑袋，半圆形的发卡上有一只翩跹欲飞的银蝴蝶，蝴蝶翅膀在阳光下颤了一下，然后那个小脑袋微微一转，谢寄生看到了少女如花的笑颜。

常欢喜是和她妈妈一起来的，此前她们一直待在老家。年前，常旅长回了一趟老家，如今常夫人怀孕六个月了，常旅长想亲眼看着孩子出生，就把母女俩接到了任上。

那一年谢寄生也不过二十二岁，挺年轻的，在常旅长的手底下做一个小头目，常常出入常公馆，因此见过常欢喜不少次。

他们第一次说话，是在常欢喜来后的第二个月里。谢寄生为了送消息去了常家，路过花园时，看到常欢喜正在凉亭里一笔一画地写着什么东西。她的书写姿势不甚好，整个人几乎趴到了石桌上，肩膀拱起，头缩得低低的，竖起来的毛笔杆都要比头高了。谢寄生忍不住提醒她："小姐，坐直了写字，这样容易毁眼睛。"

常欢喜被吓了一跳，坐直身体寻找声音的来源。她的眼睛已经有些坏了，看东西时不容易聚焦。她只是冲着远处那挺拔而模糊的身影微微笑了笑，点了点头。

后来，谢寄生老是懊悔自己对她说的第一句话竟然是这个，听起来他跟个长辈似的，一辈子的基调或许就是那个时候奠定的。

更多的时候，常欢喜是健康活泼的，她踢毽子、捉蝴蝶、荡秋千……倘若她一辈子能这样过下去也是不错，可惜她偏偏生于乱世。距离孩子出世只剩一个月的时候，常旅长出事了。他乘坐的汽车被人安了个炸弹，他被炸了个血肉模糊，刚抬回公馆就咽了气。

常夫人的肚子一瞬间成了万众关注的焦点。

倘若常夫人生下个男孩，那么常家就有后了；倘若她生下个女孩，死去的常旅长就成了绝户。在这个欺负绝户的年代，若常夫人真生下个女孩，常旅长攒下的这份偌大家业顷刻之间就会被人瓜分得一干二净，常夫人和常欢喜的下场也就可想而知了。

多么荒诞，一个刚刚出生的孩子，脆弱得像只蚂蚁，一捏就死，却决定着两个大活人的命运，而这不过是那个年代里无数的荒诞剧情之一。

卫兵们前前后后将常公馆围得跟铁桶似的，众人虎视眈眈的，只等着劫富济贫的那一个瞬间。而谢寄生，恰巧被分配去看守大门，盘查进出的人。

幸运的是，瓜熟蒂落后，常夫人竟生了一对龙凤胎，常家的危机暂时得以解除。

那之后，常夫人带着儿女们和千辛万苦保住的家产回了老家，而谢寄生也很快去了别处当兵。

他们重逢，已是几年后的事情了。

这几年，谢寄生读了陆军大学，在抗日战争里初建功勋。1941 年与常欢喜重逢时，他已升到了副军长的位置。

故事重启的地点是重庆。1941 年，谢寄生去重庆述职，路上竟遭遇了一场游行。他摇下车窗察看情形，一张报纸伴随着女孩子甜美的声音被塞了进来。

“全民抗战，不要内战，麻烦先生支持一下吧。”

谢寄生瞥了一眼，是一份《新华日报》，上面的几行大字让人触目惊心：千古奇冤，江南一叶；同室操戈，相煎何急。

他吃了一惊，抬头去看塞报纸的那个人，看见那张脸后不由得愣住了。

是她，竟然是她。

几年未见，他却一眼认出了眼前的故人。就在他发愣的时候，一个警察冲上来一把将常欢喜推倒在地。

放眼望去，警察冲散了游行的人群，报纸满天乱飞，街上乱成一团。

| 三 |

谢寄生在监狱里找到常欢喜的时候，她跟许多人关在一起，整个人狼狈得不行。被警察推倒在地的时候，她跌进了水坑里，皱巴巴的衣服上全是泥点子。

谢寄生望着她，一言不发。狱卒识相地打开牢门把常欢喜拉了出来，然后毕恭毕敬地对谢寄生敬了个礼。

常欢喜一头雾水地跟在谢寄生的身后出了监狱。直到走出监狱，谢寄生才回过头来对她笑了笑，说："小姐，你好。我是谢寄生，是常旅长手下的兵。"

常欢喜歪了一下脑袋，显然没想起来谢寄生是何许人也，嘴上却礼貌地回应道："谢先生，您好。"

谢寄生心里有些沮丧，却自我安慰道，没关系的，常欢喜十一岁的时候视力已经那样坏了，她当年多半没记住自己的样貌。

重获自由的常欢喜向谢寄生鞠了个躬："多谢您的搭救之恩，大恩无以为报。"

谢寄生只是面带微笑地看着她，并不说话。常欢喜有些羞赧和尴尬，沉默了片刻，她试探着问谢寄生："我可以走了吗？"

谢寄生点点头："当然。"

常欢喜终于舒了一口气，又朝谢寄生鞠了一躬，转身就要走，却被谢寄生喊住了。那个英俊的军官望着她，叮嘱道："小姐，政治这种事复杂得很，不是一般百姓尤其是女孩子能参与的，还请你珍重自身。"

这话在常欢喜听来可就不那么好听了。在她看来，这话跟"女孩子不在家相夫教子，走上街头散发传单，不守妇道，成何体统"差不多。但她刚刚被他救了性命，只得按捺住自己的情绪，轻轻"嗯"了一声。

谢寄生再次见到常欢喜，是在他的下榻之处。卫兵突然通报说，有位常小姐求见他。

这次出现在谢寄生面前的常欢喜是扭捏的。她捏着一块小饼干，吭哧了半天才说出了最终的目的。她是来求谢寄生帮忙的，她舅舅因为参与政治活动被逮捕了，她希望谢寄生看在父亲的分上，出手搭救。

谢寄生含笑望着她，话语中却有些怅然之意："我原以为，常小姐是来向我道谢的。"

常欢喜窘得红了面皮。可不是吗？救命之恩，原该备好礼物上门道谢的，而她呢，一恩未报，就又厚着脸皮上门祈求他施恩了！

谢寄生扑哧一声笑了："说起来，常小姐，你欠我的可不止这一次的救命之恩。你还记得吗？那年常旅长在任上去世了，夫人当时怀着孩子，整个常公馆上上下下的人都盯着夫人的肚子，只等着夫人生出个女孩，然后好瓜分常家的家产。那时公馆被人围得水泄不通，而我就是站在大门口守岗的小兵……"

常欢喜想起来了。

那是多么惊心动魄的一件事呀。那段时间，常公馆阴云罩顶，母亲搂着她小声和从老家来的老妈子李嫂商议对策。最终，两个女人决定赌一把，学习赵飞燕姐妹，干一件瞒天过海的大事情。李嫂借着出去买菜的机会，偷偷向一户贫苦人家买了一个早产的男婴，然后算准了常夫人生产的日子，将男婴藏在菜篮子里偷运进常公馆。

这件事情实在太冒险了，稍有差池她们就会命丧黄泉。为了降低守卫们的戒心，暗度陈仓的那天，李嫂带着常欢喜一起出了门，回来的时候，篮子里装着那个小小的男婴。李嫂牵着常欢喜的手走向大门，常欢喜害怕得心都快蹦出来了，喉咙里也弥漫着血腥味。

进门的时候，看守大门的那个卫兵喊住了她们，常欢喜的心猛地一沉。完了，她绝望地想。这个多事的卫兵要是掀开篮子上的布瞧个究竟，她和妈妈还有李嫂就完了。

然而出乎她意料的是，那个卫兵没有检查篮子，只是说了句“小姐小心”。

常欢喜忍不住抬头看他。眼神相撞之际，于电光石火之间，常欢喜了然了——这卫兵知道篮子里有猫腻，但他还是放过了孤儿寡母，他是个有善心的人。

这些年来，常欢喜时常感念这位好心的卫兵，没想到，那人现在就在她的眼前，而且前不久又救了自己一命！

她睁大眼睛，打量着谢寄生：“你黑了，人也比过去胖了。”

可不是吗？ 一转眼十年过去了，他都三十岁了。谢寄生笑了起来，笑声十分爽朗，标准的军人模样。

常欢喜小心翼翼地重提：“我舅舅……”

谢寄生严肃起来，摇摇头，说：“常小姐，没那么容易。你舅舅的事情我略有耳闻，他的罪名是间谍，这种罪名可是很难洗清的。”

看着常欢喜黯然的神色，他微微一笑：“况且，我也没立场救你舅舅。我在长江边上驻防，此次来重庆不过是为了述职，你舅舅和我没有半点关系，不过……”

说到这，他顿了顿，不再说话，只是笑着看向常欢喜。

常欢喜被他玩味的眼神看得有些局促，便坐直了身体，问：“不过什么？”

谢寄生长叹一口气：“我今年三十岁了，也该娶妻生子了。”

| 四 |

常欢喜在1943年年初嫁给了谢寄生。

最初，在重庆谢寄生的寓所里听到他的求婚时，常欢喜不假思索地摔门而出。卫兵要追上去，谢寄生却阻止了他："没关系，她会回来的。"

他说得没错，几天后常欢喜果然回来了。

她能有什么法子？舅舅被人指控为间谍，而她不过是一个初出校门的女学生，父亲的旧部早已四散天涯，她所认识的有权势的人，唯有一个谢寄生。

谢寄生像是等候她已久，用人很快端上了奶味浓重的咖啡和小甜饼。常欢喜皱了皱眉头，谢寄生老是把她当成个小孩子。

然而，他却好意思向这个被他当成了小孩子的人求婚。

谢寄生功勋在身，很快就把常欢喜的舅舅救出来了。

就在舅舅出狱的前一天，谢寄生带着常欢喜回到了自己的驻地，长江边上的军事重镇郴江。

火车鸣笛，常欢喜回头望着重庆，眼睛里充满了哀戚的眷恋之情。谢寄生笑着问她："你这么喜欢重庆？当初你们是怎么来的重庆？"

常欢喜干巴巴地回了一句"妈妈娘家在重庆"就不再说话了。谢寄生知道她心中有怨气，沉默了很久才问："为你舅舅做了那么大的牺牲，你不后悔吗？"

常欢喜凶巴巴地瞪了他一眼："我爹死后一直是舅舅在照顾我们，如果不是舅舅，我们一家早就死了！"

谢寄生打断了她的话："这话不对吧，救你全家人的难道不是我吗？如果当初不是我放了你们一马，你们早就死在哗变里了。"

他又来了，常欢喜顶厌恶他这一点，挟恩图报，毫无君子气度。"谢军长，你非得一遍遍提醒我，我嫁给你是为了还债？"

谢寄生问她："你很不情愿嫁给我？"

常欢喜气愤极了："突然之间，因为救舅舅的性命，被人要挟嫁给了一个老男人，你乐意吗？"

老男人？ 谢寄生笑了。可不是吗？ 常欢喜双十年华初出校门，在她看来，任何过了二十岁的人都已是风烛残年了。谢寄生换了个舒服的坐姿，问她："那你说说，年轻人的恋爱和婚姻是什么样的。"

常欢喜陷入无限的遐想之中："应该是人群里的匆匆一眼，从此心心念念。从说第一句话到第一次牵手，中间隔着一个夏天。一起看电影，一起参加舞会，志同道合，心心相印，从恋爱到结婚，至少要隔个三五年。"

谢寄生扑哧一声笑了出来："大小姐，我还要保家卫国，可没闲工夫学那些年轻的男学生们风花雪月。"

| 五 |

到了郴江后，常欢喜方才知道，谢寄生说的不是戏言。

他忙得要命，总有处理不完的公务。常欢喜难得见他几回，有时候甚至一连几天都见不到他的人影。

郴江是长江边的军事要塞，因为有驻军，所以气氛肃然，进出人员都要接受严格的盘查，以防间谍混入。谢寄生所在的司令部就建在江边，偏僻得很，距离城里有一段距离。而郴江城唯一的一座电影院就在城里，放电影总比外面的要晚一些时日。

常欢喜觉得自己就像一只笼中鸟。她不禁想起了张爱玲的小说《茉莉香片》里面形容冯碧落的句子。

她不是笼子里的鸟。笼子里的鸟，开了笼，还会飞出来。她是绣在屏风上的鸟——悒郁的紫色缎子屏风上，织金云朵里的一只白鸟。年深月久了，羽毛暗了，霉了，给虫蛀了，死也死在屏风上。

每思及此，常欢喜便觉得心有戚戚焉。

毫无疑问，谢寄生给她的生活是富足的，一应吃穿都是最好的。谢寄生特地从重庆聘来厨子，还时不时地托人从上海、重庆捎来时兴的衣帽首饰。每次他从外地回来，都不忘带些当地的小玩意儿给她当礼物。

可这有什么意思呢？常欢喜想起久远的小时候，父亲在外地任上时也是这样的。谢寄生这个丈夫好似一个父亲，无聊透顶。

谢寄生把忙碌放在面上，常欢喜把抑郁藏在心里，他们的日子也就这么过着。

两人之间的第一次冲突爆发于 1944 年，谢寄生再次回重庆述职的时候。这一次常欢喜陪他回去了。妈妈悄悄告诉常欢喜，失踪两年的舅舅有音讯了。原来舅舅竟偷偷去了延安！

这件事不知怎的被谢寄生知道了。晚上睡觉前，谢寄生提起来，不无警告意味地对常欢喜说："你那个舅舅，最好不要联系了。"

常欢喜心里正烦乱不堪，听了这话忍不住回嘴："他是我的舅舅，你要逼我六亲不认吗？"

谢寄生冷笑道："你也知道他是你的舅舅，既是你的舅舅，也就是我的舅舅。舅舅是共产党，这话说出去可不好听，叫人知道了更是不好办。"

常欢喜了然："原来你是担心你的仕途。没关系，血浓于水的亲情不可断绝，但你可以不要舅舅的外甥女。"

话一出口再难收回，常欢喜就是在那个时候在心里埋下了和谢寄生离婚的种子。

而这颗种子破土发芽，是在遇到冯春生之时。

冯春生，多好的名字啊，春天来临，万物生长。1944 年的冬天，冯春生作为谢寄生的新副官来到了郴江城。冯春生那么年轻，又文质彬彬的，军装穿在他的身上也不显得那么严肃。他对着常欢喜微微一笑，说"夫人好"，常欢喜便觉得漫天遍野都开出花儿来。

| 六 |

从 1945 年秋天到 1946 年春天，是常欢喜年轻时候难得的太平时期。

谢寄生依旧很忙，比过去更频繁地出入重庆。冯春生似乎不受谢寄生的重视，并不随行。

冯春生和其他丘八不一样，他文质彬彬的，爱看书报、爱看电影。有时常欢喜去电影院看电影时会碰到他。他们隔着一排座位，冯春生礼貌地冲常欢喜点点头。

冯春生还会拉小提琴。天气晴好的日子里，他脱下军装，只着白衬衫，站在院子里拉小提琴。阳光下，他的背影生出柔和的光晕，常欢喜站在窗后托着腮看他，仿佛又回到了遥远的少女时代。

冯春生是从奥地利留学回来的，奥地利，好地方啊。常欢喜不由得忆起以前，当年如果没嫁给谢寄生，她也是要去国外留学的，奥地利是她的首选。她这辈子最爱觥筹交错、风花雪月，谁知天不遂人愿，她的大好时光全被掷于这一江东流水里。

那一次，常欢喜和冯春生又在电影院里碰到了。常欢喜清楚地记得，那天电影院放的是欧阳飞莺和严肃的《莺飞人间》。这部电影讲的是歌唱家与音乐家之间的爱情故事。

一出电影院天就下雨了，常欢喜是独自来城的，也没带雨伞，便站在屋檐下发愁。

晚出来的冯春生走上前问道："常小姐，要一起回去吗？"

他喊她常小姐而不是夫人，常欢喜有些躁动，便问："你带伞了吗？"

冯春生笑了笑，牙齿雪白："没有，但我是骑自行车来的，可以快快地回去，淋得少一些。"

那天，常欢喜是坐在冯春生自行车的后座上回的司令部。车矮腿长，她跷着脚，看雨水滴滴答答地打在鞋面上。她穿的是一双绿缎面的鞋，雨水打在鞋上，如同落在了青青的草地上。天街小雨，江畔好风，她好像回到了十七岁时的仲夏。

一算吓一跳，她竟然已经二十二岁啦。

没有多少青春好耽误了，看着冯春生的背影，常欢喜这样想。

然而没等常欢喜把自己的小儿女心思变为现实，内战就开始了。

谢寄生越发忙碌了。他是打仗的一把好手，过去打日本人，现在打自己人，而被他打的自己人里，兴许就有常欢喜的舅舅！

有一回和冯春生去看电影，放映的是费·雯丽的《魂断蓝桥》。电影放映结束，灯亮起来的时候，冯春生发现常欢喜哭了。

他弯腰，揩去常欢喜脸颊上的泪珠，柔声问："哭什么？"

常欢喜哽咽着说："哭天意如刀，哭世事残酷，哭有情人不能终成眷属……怕有一天我和你也会像电影里那样。"

冯春生沉默了。

他和她的处境，并不比电影里的男女主角更好。如果有一朝他俩的事被谢寄生发觉，等待他们的，也将是生离死别。

过了好一会儿，他握住她的手，轻声问："你愿不愿意跟我一起走，去一个没人认识我们的地方重新开始？"

| 七 |

常欢喜与冯春生约好私奔是在 1949 年的二月。一月底，战线推至长江，谢寄生驻守的郴江城就此成了兵家必争之地。各方势力虎视眈眈，都想一口吞下这块肥肉。

常欢喜原不想在这个时候离开谢寄生，但冯春生一再催促，说这是最好的时机，并且劝她说离开了谢寄生或许更为安全，常欢喜这才勉强答应。

她和冯春生约好了在电影院里碰头。打算黄鹤一去不复返的常欢喜打扮得一如往常。她什么都没带，就像只是出去看场电影似的。她走出房间，经过小院，出乎意料地，竟然看到了谢寄生。

谢寄生坐在枇杷树下自斟自酌，风摇树影动，他的背影有些落寞。

常欢喜看着他，鼻子有些发酸。距离他们第一次见面已经过去十四年，谢寄生都三十六岁了。她也过了觉得人过了二十便已是风烛残年的少女时代，觉得三十六岁还挺年轻的。然而，多年征战，谢寄生的鬓边已是白发丛生，他年少白头，白发本就比别人多。

她忍不住提醒他："身体不好少喝点酒。"

她看看天色，明天多半要下雨："这么凉的天你也不多穿件衣裳。明天是阴天，你的骨头又要痛了。"

话匣子一打开就难以关上了，想到这一别今后再难相见，她的嘱托便源源不绝："我看药瓶里剩下的药对不上数，你是不是又背着我不吃药？我在垃圾桶里看到了蜜饯核，你不遵医嘱，不吃药还要吃甜食。哪天把自己作死了你就高兴了……"

谢寄生始终没回头，却打断了她的话："今天放什么电影？"

常欢喜愣了一下，幸好她早有准备："白光和龚秋霞的《荡妇心》。"

话一出口，她就觉察到不对劲儿。

| 八 |

常欢喜在 1949 年的三月抵达香港，一个月后，谢寄生也来了。

常欢喜在报纸上看到了消息，郴江城和平解放了，南京亦被解放了。

谢寄生是如何在多方监视之下将自己偷运到香港的，又是如何在多方周旋下放下一切脱身而出的，常欢喜都懒得去想。像谢寄生这样的人，总有通天的手段。

从来到香港，她就被谢寄生软禁在小公馆里。她哭过、闹过，还威胁他要自杀，换来的却是谢寄生命人拿走了屋子里所有能让她伤害到自己的东西，连桌椅都换成了圆角的，还被厚厚的布帛包裹住。

她连一条上吊的麻绳都找不到。

但她到底有办法治他。

她绝食。

她滴水不进，饿到面色发白、气若游丝。谢寄生气急败坏地捏着她的嘴巴灌参汤，她咬紧牙关不肯喝。

谢寄生把碗一摔，冷笑道："大不了等你饿晕了，我找护士给你打葡萄糖。"

常欢喜不说话。

谢寄生看着她，发现她满脸泪痕。

他气得暴跳如雷，如困兽一般在屋子里转来转去。

半天后，常欢喜抹一把脸，带着哭腔，闷声闷气地说："谢寄生，你看看我们俩，哪里有夫妻的样子？ 爸爸管叛逆的女儿才会这么管，我们根本没有做夫妻的缘分。"

谢寄生的心蓦地痛起来。

常欢喜继续说："你防得了我一天，却防不了我一辈子，何苦来哉？"

和他在一起，竟让她这样痛苦。

可是他那么喜欢她。

他献尽爱，竟是哀，那么，不如相忘于江湖，两忘于烟水吧。

离婚谈判在喝下午茶的桌子上进行，摆在常欢喜面前的仍旧是奶味浓重的咖啡和小甜饼。谢寄生轻轻开口："你要想好，你在这里人生地不熟的，没有钱，也没有营生，要如何活下去？"

常欢喜却早已打算好了："我有出嫁时妈妈给的嫁妆，典当一下，够开间小铺了，不劳你操心。"

话已至此，她心意已决，谢寄生轻叹一声，只好签了字。

常欢喜真如自己打算的那样，典当首饰，开了家点心铺。她心灵手巧，做家乡的点心，也学做西式点心，生意竟还不错。

谢寄生也没有离开香港。

常欢喜的余生似乎只剩下两件事情，打点生意以及寻找冯春生。

那夜她与冯春生约好了私奔，人还没出小院就被谢寄生扣住了。很快她就被送到了香港。打那之后她再没见过冯春生，冯春生去了哪里？ 他定以为自己背信弃义了吧？ 兴许他在电影院里等了很久都没等到她，最后一个人失望地走了吧？ 他去了哪里？ 这天下这么乱！

常欢喜的店一个月里只有二十几天是开张的，剩下的日子里她各处跑，去找冯春生。

半个世纪过去了，她一直没找到冯春生。

| 九 |

离婚后，常欢喜和谢寄生断交了整整三十年。

起初，谢寄生常常去常欢喜的点心铺里坐一坐，但后来常欢喜一看到他就关门。没办法，谢寄生只好花点钱雇人去点心铺里坐坐，让人把常欢喜的情况向他汇报一下。

直到后来，谢寄生年过花甲，有一次突然病发被人送进了医院。

谢寄生随身携带的一个小记事本里端端正正地写着常欢喜的名字和欢喜点心铺的电话。医院只得给常欢喜打电话。

谢寄生和常欢喜在香港举目无亲，常欢喜只得来照料他。常欢喜嘴上当然说得不好听，什么“拖油瓶”“老不死”，一句比一句难听。

两个人的关系就这样胶着着，一晃又是将近三十年。

三十年里，谢寄生数度病危，照顾他的都是常欢喜。

常欢喜常说：“什么时候你死了，我也就解脱了。”

可是谁能想得到呢？ 先去的竟然是常欢喜。

2013 年的冬天，常欢喜突然病重住院，这次，终于换成谢寄生照料她了。

但是说白了，百岁的老人，又能照顾谁呢？ 他无非是在床前陪着她，说说话罢了。

常欢喜的病来势汹汹，她的脑筋已经有些不清醒了。她大半时间在睡觉，睡醒了就啰啰唆唆地说些没头没脑的话。

天气好的时候，医生允许两个老人出去晒晒太阳。两人并肩坐在树下的长椅上，常欢喜又开始说胡话。

她说：“春生来你身边的时间那么凑巧，说不定他是来策反你的？ 谁知道他遇到了我，最后没完成任务，又没和我私奔成，多半不敢回去，所以自个儿出国了吧？ 要不然我怎么会找不到他呢？”

谢寄生便顺着她的话胡诌：“嗯，他对我说过策反的话，还说那边会善待我的，我才不信他的瞎话，把他骂了一顿。”

过了一会儿，常欢喜又说：“其实我一直在想，会不会根本就是我一厢情愿、自作多情呢？ 兴许他根本就没喜欢过我，要不然，我怎么总是找不到他呢？”

谢寄生低头看着她，终于将大半生的担心和盘托出。常欢喜神情茫然，双肩抖动着。九十岁的老太太，却惶惑得像一个十几岁的小姑娘。谢寄生蓦地记起那一年，常欢喜和李嫂提着篮子跨过常公馆的大门，那时她的双肩也如风中的枯叶，瑟瑟发抖。

谢寄生闭上眼睛，再睁开眼的时候，已经下定了决心。

他说："有件事情，我瞒了你大半生。冯春生早就死了，1949 年，在你们私奔前，我亲手把他枪毙了。他没有抛弃你，他是喜欢你的，他死之前还在念叨你的名字。"

| 十 |

常欢喜在 2013 年的冬天去世了。

去世前，她留下了遗嘱，不许谢寄生参加自己的葬礼。

但谢寄生还是去了。

护工陪着他，在墓园对面站了很久。他一身黑衣，十分肃穆。小雨打头，但他没有撑伞。

他一言不发地望着对面，看着常欢喜被人装在盒子里，深埋于地下。直到最后一抔土撒下，他的眼角才痛苦地抽动了一下。

今生已矣。从此以后，君在泉下泥销骨，我寄人间雪满头。

回去的路上，护工忍不住问："冯春生真的是你杀的吗？"

谢寄生摇摇头："不是，1949 年他去了台湾，后来在政治运动中站错了队，被关进了绿岛监狱，最后死在了监狱里。"

这些，都是谢寄生的旧部下告诉他的。

常欢喜与冯春生之间的情愫，谢寄生早就知道了。那一年冯春生怂恿常欢喜和他私奔，谢寄生早就得到了消息。谢寄生去找冯春生，没想到这小子竟然这样没胆，将他的龌龊心思和盘托出。冯春生哪里是喜欢常欢喜，他不过是看中了她副军长夫人的身份，想着与她私奔，她定然挟带大量的金银细软。到时候，他将她的钱一卷，好去国外逍遥快活去。

西洋镜被人戳破了，冯春生哪还敢动歪心思？ 他连夜逃出了郴江城，根本没赴电影院之约。常欢喜那夜就算到了电影院，等着她的，也无非是彻彻底底的失望罢了。

护工大为惊骇，忍不住问谢寄生：“你为什么不把真相告诉她呢？ 你为什么蒙冤几十年，甘心做个坏人呢？”

谢寄生却望着蒙蒙细雨，答非所问：“她的护工说她去世的时候非常安详，嘴角还带着笑。你也是个女人，你告诉我，已经死了但无比忠贞的爱人，和还活着却背叛了自己的爱人，你选哪个？”

你若爱着一个人，就会认为他是个好人。常欢喜爱着冯春生，便认为冯春生是个好人，可冯春生偏偏是个坏人。没关系，谢寄生爱她，他会送她一个好人冯春生。

谢寄生爱了常欢喜一生，然而他穷尽一生，能为她做的，竟然只有这个。

旧梦·新言：

这篇文章的灵感来源，早在杂志刊登出来时就有读者看出来了。

没错，就是张爱玲的《小团圆》。

《小团圆》里提到了一段家族往事——外公在云南任上暴毙，外婆有孕在身即将生产，贪婪的本家们想要侵吞财产，只等外婆生下个女孩就要把外婆扫地出门。情急之下，仆妇从外面买了个男孩，放在菜篮子里偷运回来，冒充亲生的孩子。

看到这段故事，我突发奇想，仆妇进门时，卫兵会不会已经察觉到菜篮子里有个小孩，却故意放过了她？

所以，我就写了这个好心的卫兵与大小姐的故事。

第八梦

致爱丽丝

旧梦1937

谁能一生住在城堡里，
谁能一生尽得宠爱？

| 楔子 |

孟余光四十岁那年，以钢琴家的身份在维也纳金色大厅里举办了个人钢琴独奏会。

他是首个在肖邦国际钢琴比赛上获得第一名的中国钢琴家，也是首个在维也纳金色大厅里举办钢琴独奏会的中国钢琴家。

维也纳的听众们对这位来自东方的神秘音乐家充满了好奇心，门票开售不久便被一抢而空。

钢琴独奏会当日，音乐大厅里高朋满座，所有人都屏气凝神地望着坐在那架蓓森朵芙钢琴前的孟余光，千万道目光凝视着他修长的双手。大家等待着一场华丽的音乐盛宴。

孟余光抬手，手指落在琴键上。

音符流泻而出，是路德维希 · 凡 · 贝多芬的《致爱丽丝》。

曲子轻快、活泼，无比简单。全场一片哗然。

| 一 |

孟余光永远记得他第一次听说爱丽丝名字的那个夏天。

那是民国二十一年，孟余光十二岁。

那一年的夏天格外漫长，天光无垠，日头白亮，好像永远望不到头似的，让人感到绝望。孟余光从老虎灶打了热水回来，还没进家门，就听见了舅舅聒噪响亮的声音。

“你呀，也别在家里待着了，东借西借终究不是个长法。

“工厂嘛也不要去了，不晓得有没有在日本人那里留下案底。

“你也真是的，好好做你的工不好吗？ 非要搞什么大罢工，到头来政府还是要跟日本人讲和的，白填进去你们这些戆头的生计，连带着我姐姐和小光一起受苦。

“也就是我人好，还惦记着你这个姐夫……”

恩威并施，趾高气扬，莫过于此。

孟余光拎着竹壳热水瓶，站在门口静静地听完，没有进门。

直到舅舅发表完自己的一番高见，走出门来和孟余光打了个照面，孟余光才不得不向舅舅打了个招呼：“舅舅。”

舅舅蹙着眉头看了他一眼，不满地嘟囔着：“越长越像孟家人，一看就是个犟种。”

说完，舅舅扬长而去，黑纺绸褂子罩在干瘦的身上，在夏日黄昏燠热的风里晃荡着，像一面旗。

孟余光走进屋子里。

父亲坐在板凳上，脸色阴沉。母亲靠墙站着，身上一半是阴影一半是光。被做小舅子和弟弟的人教训了半天，两个人都不高兴。

但是再不高兴，母亲还是吩咐孟余光：“去弄堂口的熟食摊上买半只酱鸭回来。”

孟余光眼前一亮。

这是打父亲被解雇以来，家里唯一一次开荤。

饭桌上，见孟余光吃得香甜，母亲摩挲着他的后脑勺，长叹一口气：

"这些日子委屈你了。"

孟余光摇摇头。

父亲原本是日本纱厂的工人。年初，日本人进攻上海，炸了闸北，纱厂里的中国工人都很气愤，便组织罢工，发起抗议。孟余光的父亲就是其中一个组织者。

谁晓得，没过多久，仗打输了，政府和日本人签了停战协定。日本人秋后算账，拿几个头头开刀，把包括孟余光父亲在内的十几个工人开除了。孟余光的父亲还被巡捕房的人找借口抓进了监狱里，吃了小半个月的牢饭，亏得舅舅上下活动，才把他救出来。

父亲欠舅舅一条命，所以，孟家上下不得不听舅舅训斥。

父亲开口了："你舅舅帮我找了份工，帮人盖房子。"

在苏北乡下的时候，爷爷是泥瓦匠，父亲常给爷爷搭把手，这是个卖力气的活。孟余光"哦"了一声，问父亲："哪家的房子呀？"

说到这里父亲倒是笑了："挺滑稽的，是法国公董局的一个董事。说是他女儿做梦梦到了一个城堡，董事疼爱女儿，就想把这个城堡盖出来。"

孟余光呆住了。

他不晓得，世界上还有这样被娇宠溺爱的女孩。从小到大，他见过的女孩无不是小小年纪就出来做事，受人欺负，挨苦日子，皴裂的双手上一到冬天满是密密的小口子。

孟余光很好奇，这个备受宠爱的小女孩，到底是怎样一副模样？

| 二 |

孟余光真正见到爱丽丝，是秋后的事了。

那天阳光明媚，家里有急事，母亲差孟余光去盖房子的地方找父亲。

孟余光第一次来到这个日后被称为"仙境"的城堡前。

在别人的指引下，他走近“仙境”，一眼就看到了背对自己站着的舅舅。

天气还未转凉，舅舅依旧是一身黑纺绸裤褂。他正卑躬屈膝地和一个高大的外国人说话。

孟余光听见外国人说：“你们中国人盖房子真是一把好手！ 没想到这么快就建起来了，我还以为要等个一两年呢。”

孟余光小声地喊舅舅。

他喊了好几声，舅舅才听见。回头看见他，舅舅的脸色一变：“你怎么跑到这了？”

孟余光红了脸，刚想说话，就听到一声清脆的“Dad（爸爸）”。

一阵轻快的香风拂过，一个身穿纱裙的金发小女孩跑了过来。她不过十一二岁，有一头金色鬈发，穿着浅绿色的纱裙、栗棕色的皮鞋，很像西洋画上的洋娃娃。

见到小女孩，外国人的脸上露出了微笑：“爱丽丝，你怎么来了？”

爱丽丝伸手要爸爸抱：“我来看看我的‘仙境’造得怎么样了。”

原来是她，她就是那个被无限娇宠的法国小女孩。原来她的名字叫爱丽丝。

爱丽丝没看到他，更没注意到他。

那天去“仙境”找父亲到底是为了什么事，多年后，孟余光已经回忆不起来了。

他只记得爱丽丝跑过来时的那阵风，那是水的香气。

可是，无色无味的水怎么会有香气呢?

孟余光再次来到“仙境”，是在上海下第一场雪的时候。

坐在黄包车上，母亲把他揽在怀里，不断地催促着车夫“快，快，快”。大颗大颗滚烫的泪珠落在孟余光的脸上，烫得他的心一个劲儿地哆嗦。

父亲出事了。盖房子的时候，他从房顶上摔了下来，现在就在“仙境”附近的医院里，生死未卜。

来到医院，看到躺在病床上脸上毫无血色的父亲，母亲从胸腔里发出一声悲鸣，哭倒在床前。

舅舅忙过来搀扶自家姐姐，安慰着她：“姐姐，你不要太难过了，姐夫不会死的，医生说顶多瘸一条腿……”

孟余光的父亲命大，从那么高的地方摔下来，没有伤到五脏，只是坏了一条腿。

从此以后，父亲就是个瘸子了。

没想到的是，这一摔，倒是给父亲摔出了个铁饭碗。

董事先生来医院看望孟父。他满脸愧疚地对孟父说：“对不起，都是为了帮我盖房子你才变成这样的，你放心，我会负责的！”

这位叫皮埃尔的法国好心董事，负责的方式是等“仙境”造好后聘请孟余光的父亲做“仙境”的看门人。并且，孟余光和母亲也可以搬到“仙境”，住在门房里。

孟余光感到父母长舒了一口气。

穷人的身体不值钱，倘若一条腿可以换来一个铁饭碗，那将会有成千上万的穷人争先恐后地抢这个机会。孟余光知道，他们一家是遇到好人了。

| 三 |

“仙境”在民国二十二年的春天正式建成。夏天，皮埃尔一家搬进“仙境”，孟余光一家也搬进了“仙境”的门房里。

从此，孟余光就是看门人的儿子了。

第一个月，孟余光和爱丽丝毫无交集。

她是小公主，他是看门人的儿子。他们所有的交集仅限于爱丽丝每天进出“仙境”的大门。

从周一到周五，每天上午八点，爱丽丝出“仙境”去教会学校上学，下午六点回到“仙境”。礼拜日，皮埃尔一家会去教堂，有时皮埃尔夫人会带着爱丽丝去看电影……

爱丽丝来来回回地经过大门，孟余光就暗中观察她，但她从未注意到孟余光。

有一天，孟余光正在门房里看连环画，突然，皮埃尔先生过来叫他。

皮埃尔先生想寄一封信，需要有人帮他跑腿，就想到了孟余光。

信还没写完，孟余光站在皮埃尔先生的书房外，百无聊赖地等皮埃尔先生写信。

这是他头一次进到“仙境”里面。

“仙境”可真美啊！ 乳白色的石头在阳光下闪着粼粼的光。花木扶疏，暗香浮动，他闻得有一点醉，也有一点困。

驱散他困意的是突然传出来的钢琴声。

好难听的钢琴声……

孟余光早两年上过教会学校，听过嬷嬷弹钢琴，但他从未听到过比这更难听的钢琴声。

他从窗户里看了一眼皮埃尔先生。皮埃尔先生正蹙着眉头，看来一时半会儿还写不完。

于是孟余光小心翼翼地循着钢琴声找了过去。

他一直找到琴房里。

他站在琴房外的美人蕉丛里，踮起脚朝里看，爱丽丝正坐在里面弹钢琴。

她蹙着眉头的模样和皮埃尔先生如出一辙，那么难听的钢琴曲子就是她弹出来的。

她正弹得心浮气躁，一转头，看见了窗外的孟余光，便问道：“你是谁？”

她的中文说得挺标准的，看来她已经在中国待了好些年了。

“她不认得我。”孟余光酸涩地想。

爱丽丝问孟余光：“你被我的钢琴声吓到了吗？”

不等孟余光回答，她长叹了一口气，托着腮，眨巴着又密又翘的睫毛，说：“我也想弹好，可我没有天赋，但妈妈非要我学。”

她问孟余光：“你会弹钢琴吗？”

孟余光不知道该回答是，还是不是。

他学过一点钢琴，是教会学校的嬷嬷教的。但他真的只会一点，只能做到识谱，还从没学过任何一支曲子。

爱丽丝眼前一亮：“你犹豫了，那就是说你会，你快进来！”

她拍拍窗台。

孟余光犹豫了一下，双手按住窗台，轻巧地跳进窗来。

落地的时候他踉跄了一下，爱丽丝忙伸手搀住他。

两人的手握在一起，小公主爱丽丝的手暖暖的、湿湿的，孟余光觉得浑身像过了一道电。

爱丽丝把他带到钢琴前，说：“你弹给我听。”

孟余光看了一眼放在架子上的琴谱，试着弹了起来。

爱丽丝很高兴：“你真的会弹！你帮我弹琴好不好？妈妈让我周末每天练一个小时的琴，我快烦死了。以后你假装是我，在这里帮我弹琴好不好？”

孟余光嗫嚅地说：“可是我一会儿要帮皮埃尔先生寄信……”

爱丽丝小手一挥：“没关系，从下周开始好了，下周，你一定要来。”

| 四 |

孟余光就这样开始了他的“琴替”生涯。

每到周末，他便对父母撒谎，说自己要出去玩，然后偷偷溜进“仙境”里。爱丽丝在琴房里等着他。他从窗户跳进去，帮爱丽丝弹琴，爱丽丝从窗户跳出去，跑到外面疯玩。

第一个月就这样过去了。

孟余光觉得很满足，尽管他和爱丽丝相处的时间并没有增多，但他和爱丽丝是“共犯”。

从第二个月开始，爱丽丝不再跑出去了。

她带了画板来，孟余光弹琴的时候，她就坐在一旁画画。

她画外面的花木、画“仙境”，有时也画大脑里虚构出来的东西。

比起弹琴，她在画画上更有天赋。

十三岁的少年和十二岁的少女，一个弹琴，一个画画，有时他们什么话也不说，有时他们说很多的话。

爱丽丝问孟余光：“你的名字是什么意思？”

孟余光回答她：“余光，就是……”

他不知道该怎么解释，急得抓耳挠腮，想了半天，只好举了个例子。

“余光就是，我坐在这里弹钢琴，眼睛看着钢琴，但是也能看到你，看到你的那部分就叫余光。”

爱丽丝大笑：“我知道了，余光就是偷看，你偷看我！”

孟余光的脸噌地红成了幕布，他忙岔开话题，问爱丽丝：“那你呢，你为什么叫爱丽丝，这个房子为什么叫仙境？”

爱丽丝很惊奇：“你没看过《爱丽丝梦游仙境》吗？”

孟余光摇摇头。

爱丽丝说：“你等着！”

她向外跑去，跑到门口又想起了什么，转过头嘱咐孟余光："我回来前你先不要弹，免得穿帮。"

孟余光静静地等着她回来。

几分钟后她回来了，手里拿着一本厚厚的大画册："喏，给你看，《爱丽丝梦游仙境》。"

原来，《爱丽丝梦游仙境》是一个童话。

小女孩爱丽丝遇到了一只会说话的兔子。为了追兔子，她掉进了兔子洞，进入一个神奇的国度，遇到了很多神奇的事情，遇到了疯帽子、白皇后、红皇后……

爱丽丝说："我爸爸很爱我，所以给我取名爱丽丝。我梦到了城堡，爸爸就盖了个城堡给我，并给城堡取名'仙境'。"

原来如此，她的父亲真爱她。

世界上有多少女孩能像她这样幸运呢？她有一个富有且深爱着自己的父亲。她的父亲愿意大张旗鼓地满足她的愿望，把她的梦境变成现实。

受到无限娇宠的小公主，愿你永远被无限娇宠。

看着爱丽丝光洁可爱的面庞，孟余光默默地想。

"琴替"穿帮，是在三个月后。

有一天，孟余光正在琴房里弹琴，爱丽丝则坐在一旁画画。

突然，门开了，皮埃尔先生出现在门口，满脸寒霜地看着孟余光和爱丽丝。

孟余光脊背一凉。

他绝望地想，完了，皮埃尔先生肯定不会原谅他的，肯定会赶走他们一家人的。他不仅断了一家人的生路，而且从此以后再也见不到爱丽丝了。

| 五 |

然而事情出乎了他的意料。

静静地看了他十几秒后，皮埃尔先生满脸的寒霜融化了，他笑着说：“我就知道，爱丽丝怎么可能弹得这么好。”

他走到钢琴前，问孟余光：“你是从哪学的钢琴？”

孟余光老老实实地回答他：“我没学过钢琴，以前学校的嬷嬷只教过我识谱子。”

皮埃尔先生眼前一亮：“孟，你是个天才。”

第二天，皮埃尔先生把孟余光从门房叫到书房。

书房里，除了皮埃尔先生，还有一位先生。这位先生也是个外国人，身材高大却十分文雅。

这位先生和孟余光握了握手。这人的手好宽好大。

皮埃尔先生对孟余光说：“孟，这是亚历山大先生。亚历山大是俄国人，也是法国公董局乐队的钢琴家。你想学钢琴吗？ 亚历山大先生可以教你。”

孟余光懵懵懂懂地想，哦，原来是个白俄。

孟余光听父母说起过，他还没出生的时候，俄国那边闹了革命，国内的贵族们活不下去了，就来到了中国。他们都是些有身份的文雅人，有文化，懂艺术，上海人喊他们“白俄”。

亚历山大握住孟余光的手看了看：“真是一双弹琴的好手。”

孟余光手指长、手掌宽，舅舅常说他是个干活的好材料，可亚历山大说这双手很适合弹琴。

亚历山大转过头对皮埃尔说：“他是个好苗子，就是年纪大了，没有童子功，想弹钢琴非得下苦功不可，得问问他的父母愿不愿意。”

孟余光的父母自然十万个愿意。

从那天起，孟余光开始跟着亚历山大先生学琴。

每个周末，亚历山大先生来到“仙境”，在琴房里教孟余光弹琴。那架原本属于爱丽丝的钢琴现在被孟余光弹着，几乎成了他的私人物品。

爱丽丝很高兴，她不喜欢弹琴，但孟余光喜欢，她也乐意把她的钢琴送给孟余光。

孟余光练琴时，爱丽丝就在旁边坐着。她是真的爱画画，总是画个不停。

她一边画画一边和孟余光聊天，画完了就把画拿给孟余光看：“你看，好看吗？”

她的画越来越好看，她画花木、画房子、画幻想……

这天，她画了孟余光，正在弹钢琴的孟余光。画中，少年有着清秀的侧脸、单薄的肩膀，阳光从窗外照进来，落在他的颧骨上。

孟余光屏住了呼吸，说：“好看。”

爱丽丝嗤笑：“你这个人好不害臊，自己夸自己好看。”

孟余光连忙辩驳：“不是，我是夸你画得好看。”

爱丽丝又笑了：“你可真是个容易上当的傻瓜。”

她问孟余光：“你喜欢的话，我送给你好不好？”

孟余光拼命地点头。

爱丽丝在画上写了一行字：给孟余光，爱丽丝，1934.07.09。

这一年，孟余光十四岁，爱丽丝十三岁。

| 六 |

一转眼就到了民国二十六年，孟余光十七岁了，爱丽丝也十六岁了。

诚如皮埃尔先生和亚历山大先生所说，孟余光是个天才。

虽然他十三岁才开始学琴，按理说他的手指已经硬了，但他硬是凭着天赋和努力赶了上来。

民国二十六年的圣诞节，皮埃尔先生在“仙境”开圣诞派对，邀请朋友们来过节。

他也邀请了孟余光，并让他在派对上弹奏钢琴。

孟余光弹奏的是肖邦的曲子。

一曲终了，绅士太太们纷纷鼓掌。皮埃尔先生一脸的骄傲神色：“我就知道，孟是个弹琴的天才。”

这些人里，鼓掌鼓得最热烈的是爱丽丝。

壁炉里烧着火，爱丽丝的一张小脸被热气蒸得红扑扑的，眼睛里还闪着光。她为孟余光感到骄傲，一脸崇拜地看着孟余光。

表演结束后，派对正式开始了。绅士小姐们互相寒暄着，爱丽丝冲孟余光招招手：“来。”

两个人猫着腰偷偷跑出宴会厅，一口气跑到花园里。

冬天，花园里的喷泉是不喷水的，两个人坐在喷泉边上聊天。

爱丽丝夸孟余光：“你弹得真好！ 你以后一定能成为一个了不起的钢琴家。如果有一天你在维也纳金色大厅开演奏会，我一定会去看的！”

孟余光很茫然：“维也纳金色大厅是什么？”

亚历山大先生只教他弹琴，从没告诉过他这些貌似不切实际的事情。

爱丽丝解释给他听，维也纳金色大厅是奥地利维也纳的一座音乐厅，它是世界上最古老也是最高贵的音乐厅之一。世界上的音乐家都以在此地举办音乐会为傲。她曾和父母去过那里。

孟余光羞涩地笑了：“你别开玩笑了，我连上海都没走出去过呢。”

爱丽丝突然严肃起来：“别说傻话，你一定可以的！”

她睁着大大的眼睛，抿着嘴，表情很认真。孟余光看傻了眼。

突然，孟余光感觉脸上有点凉。

孟余光和爱丽丝抬起了头。

雪花正从天上飘落下来，下雪了。

密密的雪花落下来，落在人的头发上、眉毛上、手上、膝盖上……

孟余光看着爱丽丝，爱丽丝的嘴唇上也有雪花。

爱丽丝有一张漂亮的嘴巴，唇形如弓，唇尖饱满，唇角微翘。她的嘴巴有玫瑰一样的颜色，像丝绒一样柔软。孟余光鬼使神差地伸出手，拈掉她唇上的雪花。

下一秒，爱丽丝探身起来，冰凉柔软的唇落在孟余光的唇上。

大雪纷纷扬扬的，孟余光想起了爱丽丝钢琴上的那个水晶球镇纸。水晶球里面永远在“下着雪”。

“我是闯进了爱丽丝的仙境吗？”孟余光迷迷糊糊地想。

| 七 |

圣诞节后，爱丽丝和孟余光之间多了一层心照不宣的暧昧关系。

琴房里，孟余光弹琴，爱丽丝画画。画好后，爱丽丝举着画给孟余光看：“好看吗？”

她画的还是他，比起前几年，她的画技更加成熟了。但孟余光故意说：“不好看。”

爱丽丝嘟起了嘴巴：“哪里不好看了？”

孟余光说：“我天天在镜子里看这张脸，都看烦了。不如你画一张自画像送给我，这样，我时时刻刻都能看到你。”

两人正说笑着，突然有人敲门。

是皮埃尔先生，他对孟余光和爱丽丝说：“下星期公董局有一个舞会，爱丽丝要参加，孟，你也一起去吧。”

爱丽丝不乐意：“我不想去，都是不认识的人。”

皮埃尔先生却很严肃："不行，你大了，到了该交际的年龄。至于孟，他可以在舞会上认识更多的人，这对他的前途有好处。"

皮埃尔先生送给孟余光一套合身的西装，爱丽丝则穿上了缎子礼服，打扮得好像一个公主。

这是孟余光第一次去高级的社交场合。

公董局举办的舞会，座上宾朋都是有头有脸的法国人。衣香鬓影，觥筹交错，孟余光像刘姥姥进了大观园，手足无措。

一位中年绅士带着一位少年绅士走到他们的面前："皮埃尔，这就是爱丽丝小姐吗？ 爱丽丝，你和你的'仙境'在上海可是很有名啊。这是我的儿子小雷诺，他想请你跳一支舞，可以吗？"

爱丽丝十分不情愿，但皮埃尔先生的表情很严肃。他说："爱丽丝，去和小雷诺先生跳一支舞。"

爱丽丝噘着嘴，和小雷诺走进了舞池。

皮埃尔先生转头对孟余光说："孟，我和朋友聊会儿天，你自便。"

只剩下孟余光一个人了。

他靠墙站着，茫然地看着眼前陌生的景象。在这里他谁都不认识，像个尴尬的局外人。

背后，有人喊他的名字。他转过头去，是亚历山大先生。

亚历山大先生走到他的身边，小声说："孟，这不是你该来的地方……"

亚历山大先生迟疑了一下，接着说："爱丽丝也不是你该追求的人。"

血液涌了上来，孟余光的脸涨得通红。

他明白了。皮埃尔先生知道他和爱丽丝正在秘密交往，就带他来这，为的是告诉他，他和他们不是同一类人。

原来是这样啊，无论平时表现得多么平易近人，皮埃尔先生到底还是和其他外国人一样，瞧不起中国人。他们会对中国人施以好心，但那跟施舍乞丐没什么两样，他们永远不会把中国人当成朋友。

| 八 |

孟余光整整一个星期没去琴房，爱丽丝也没回“仙境”。

那天晚上，小雷诺的妈妈对爱丽丝大加赞赏，并直言自己一直想要个女儿。在皮埃尔先生的默许下，小雷诺一家邀请爱丽丝去自己家小住。他们无视爱丽丝的反对，把她带回了家。

一星期后，皮埃尔先生再次来到门房。

他依旧表现得彬彬有礼，仿佛孟家人和他们平起平坐似的，但他的话却让孟余光的父母觉得不对劲。

皮埃尔先生说，他觉得孟余光的父亲是个很负责任的人，因此，他希望孟先生有更远大的前程。公董局那边有一个闲职需要一个中国人，如果孟先生愿意，他可以推荐孟先生，薪水比做“仙境”的看门人高多了。

皮埃尔先生走后，父亲问孟余光：“发生了什么事情？”

孟余光无法欺骗父母，只好把事情和盘托出。

听了孟余光的话，父亲的胸膛不停地起伏着。过了半晌，他说：“我们不能让别人瞧不起，大不了回苏北乡下！”

父亲硬气了一辈子，绝不肯让人看扁了。

一晚上没睡，父母商量出了结果：主动向皮埃尔先生请辞。孟余光大了，可以出去做工养活家人了。

父亲咬牙切齿地说：“大不了你进工厂，我去烧老虎灶，你妈去给人做老妈子。”

孟余光无法拒绝父亲。他知道父亲一无所有，除了尊严。

可是爱丽丝，爱丽丝怎么办?

第二天，父亲向皮埃尔先生请辞。皮埃尔先生没有劝他留下，而是掏出一个信封，说："这是我的一点心意，感谢你们全家这几年的服务。"

父亲坚决地推辞了："您已经帮了我们很多，这钱我们不能收。"

皮埃尔先生又说："公董局那个职位，我会一直给你留着。如果你改变了主意，可以来找我。"

父亲坚定地摇摇头："我们已经倚靠别人太久了。"

爱丽丝还没回来，孟余光却要离开了。

孟余光磨磨蹭蹭地拎着不多的行李走出门房，离开了"仙境"。皮埃尔先生突然叫住他："孟，你是个天才，不要放弃弹钢琴。"

皮埃尔先生到底是个好人。虽然他对中国人有偏见，但他到底是孟余光的恩人。如果没有他，孟余光早就成工人了。遇到皮埃尔先生之前，所有人都说有一双宽宽大大的手的孟余光是个干活的好材料，是皮埃尔先生让孟余光知道，原来自己也可以成为一个艺术家。

孟余光对皮埃尔先生微微一笑。

他望向琴房的方向。

琴房里空荡荡的，爱丽丝还在小雷诺家。琴房外美人蕉依旧摇曳着，全然不管曾经站在这里的人心里是怎样的天翻地覆。

这一刻，孟余光一心想着爱丽丝。他不知道，前方还有更大的磨难在等着他，等着所有的中国人。

离开"仙境"后的一个星期，吴淞江面上，中国军队和日本军队突然开战。

这是民国二十六年八月，这场战役史称"淞沪会战"。

战争打了几个月，闸北遭到轰炸，四行仓库失守，上海华界及苏州河以北的公共租界沦陷。国民政府发布告市民书后仓皇逃离，上海到底没保住。

孟家离开"仙境"后就住在闸北。闸北大轰炸，孟家人虽然幸免于难，但也不敢在上海待下去。父亲做出决定：离开上海，去别处投靠朋友。

听了父亲的决定，孟余光的脑海里只有一个念头：

爱丽丝，爱丽丝。

离开上海前，他必须见一次爱丽丝！

孟余光拔腿就跑，从家里一路跑到“仙境”。他不理新看门人的呵斥，跑到琴房前，站在琴房外的那丛美人蕉里，大声喊爱丽丝的名字：“爱丽丝！ 爱丽丝！”

爱丽丝听到了他的呼喊，从楼上冲下来，半个身子探出窗子，和孟余光紧紧地拥抱在一起。

孟余光鬓角上的汗像水一样往下淌，他气喘吁吁地说：“爱丽丝，我要离开上海了。”

爱丽丝简短地说了一句“你等着我”，就飞快地跑上了楼。

几分钟后，她下来了，手里拿着一张画：“送给你，你看到画就像看到了我。你不要放弃弹钢琴，我会在维也纳金色大厅里等着你。”

她捧起孟余光的脸，在他的唇上印下深深的一吻。

| 九 |

孟余光就这样离开了上海。

离开上海时，他带走了两幅画，一幅是他的画像，一幅是爱丽丝的自画像。

后来，孟余光让照相馆的人把两张画合在一起，做成小相片放进挂坠里。他余生颠沛流离，这个挂坠始终紧贴在他的心口。

孟余光听从皮埃尔先生和爱丽丝的嘱咐，没有放弃弹钢琴。

孟余光和父母先是来到了武汉。孟余光在教会学校里找了个事情做，用学校的钢琴进行练习。

后来，武汉失守，他们辗转去了重庆。孟余光在一家剧社找到了工作——钢琴伴奏。周末，他去西餐厅做兼职——弹钢琴。无论走到哪里，他都没落下他的钢琴课。

爱丽丝说她会在维也纳金色大厅等着他。

他一定要一步步走到金色大厅，去见他的小公主爱丽丝。

孟余光再也没见过爱丽丝。

离开上海七年后，战争以日本宣告无条件投降结束，孟余光终于回到了上海。

可“仙境”已成了一片荒地。

孟余光辗转打听到了他离开上海后这里发生的事情。

最开始，上海的局势再坏也和外国人无关，日本人与他们井水不犯河水。四年孤岛时期，法国人依旧是上海的一等公民。

直到 1941 年末，日军偷袭珍珠港，美国愤而参战。为了报复，日本人入侵上海租界，大批没来得及逃离上海的各国侨民被日本人关进了集中营，这其中就有皮埃尔先生一家。

“仙境”被日本人霸占，成了日本某高官的私宅。后来战争结束了，“仙境”被政府接收了。

皮埃尔一家去了哪里？ 他们是离开了上海，还是死在了集中营里？没有人知道。

二十四岁的孟余光站在荒芜的“仙境”前，蓦地想起那一年他初见爱丽丝时的情景。那一年爱丽丝十二岁，留着金色的鬈发，穿着浅绿色的纱裙、栗棕色的皮鞋。她携着一股香风而来，轻盈得好像午后的梦。

爱丽丝，他的小公主爱丽丝，他曾经希望她永远高贵、永远被无限娇宠。

可是，他的爱丽丝到底去了哪里？

| 十 |

1950 年，孟余光三十岁。

他来到华沙，就读于肖邦的母校华沙音乐学院。

坐在钢琴前，他蓦地想起那一年在“仙境”的圣诞节派对上，他弹奏肖邦的曲子时，爱丽丝那闪亮的、带着崇拜和骄傲之意的眼神。

爱丽丝说：“我会在维也纳金色大厅里等着你。”

1954 年，孟余光三十四岁。他在肖邦国际钢琴赛上一举夺冠，震惊国内外。

1960 年，孟余光四十岁。从学琴到如今，已有二十七年，他终于走进了这座音乐家的殿堂。

坐在钢琴前，他举目四望，满座衣冠胜雪，然而故人没有来。

为了故人，他一步步走到这里，然而当他终于坐在这里时，那故人却未能来赴约。

在这里，他只想弹琴给一个人听，然而听他弹琴的人，却是千千万万不相干的人。

孟余光摸了一下挂在胸口的挂坠，那里面的合成照片上，少年孟余光和少女爱丽丝相互依偎着，十分甜蜜。

孟余光抬起手，开始演奏自己的开场曲《致爱丽丝》。

爱丽丝，爱丽丝，我永远的爱丽丝，我一辈子的小公主爱丽丝。

旧梦·新言：

上海有一座老建筑，叫“马勒别墅”，是民国时期犹太富商马勒为女儿建的城堡。

据说这个城堡源于一个梦。有一天，小女孩梦到了一座美丽的城堡，梦醒后告诉了父亲，父亲便为她盖了她梦里的房子。

最开始，我只知道这个故事的前半段。直到有一天，我路过马勒别墅，心血来潮搜索了一下，才知道故事的后半段——1941 年，日本人占领租界后，马勒一家被赶进了集中营。

那个受尽万千宠爱的小女孩结局如何？ 没人知道。

这让我感慨万千。我很伤感，为人世间那只玩弄人的命运于无形的翻云覆雨的手。

谁能一生住在城堡里，谁能一生尽得宠爱？

今时不同于往日，战争的阴霾早已消散，祝愿每个女孩都有备受宠爱的童年和光明的未来。

第九梦

大世界

旧梦1937

她终于有了大世界，可所求的，不过是有他的小世界罢了。

| 一 |

清道光二十三年，吴淞口的硝烟刚散，上海这个小渔村就毫无准备地对全世界敞开了胸怀，无数的外国商人、传教士、医生纷至沓来。到了1931年，也就是民国二十年，上海已经“膨胀”成了拥有二百六十四万人口的“东方巴黎”。“膨胀”后的上海喜欢夸自己“大”，城市叫“大上海”，巨贾、闻人叫“大亨”，连游乐场也要叫“大世界”。上海把自己看大的同时，把其他非上海的东西看得很小，卖杂货的是小宁波，唱评弹的是小苏州，卖三黄鸡的则是小绍兴……

程怀瑾是小宁波，沈相思是小苏州，周平是小绍兴。他们是民国二十年江淮大水里的难民，都被大水逼出了家乡。

故事开始的这一天，“三小”在“一大”前相遇了，这“一大”便是大世界游乐场。

“白相大世界”，上海人谁不知道这个地方？ 尽管慕名而来的人很多，进去的人很少，但它仍是大上海的门面。自开埠以来，上海从来都不是由那些住在石库门、棚户区和大马路上的大多数人来代表的。

程怀瑾、沈相思和周平就坐在离大世界不远的地方乞讨。尽管连月以来的逃荒和乞讨让每个难民都蓬头垢面的，但眼睛尖的人依旧可以窥见泥垢下三张可爱的面孔。程怀瑾清秀，沈相思漂亮，周平则虎头虎脑的。

“喂，”周平叫程怀瑾，“你是男的还是女的？”

程怀瑾瞪了他一眼。十三岁的程怀瑾有一双很凶很亮的眼睛：“你瞎眼了吗？”

周平嘿嘿一笑，这不怪他，十二三岁的清秀男孩本就雌雄莫辨，何况程怀瑾还有一头乱糟糟的长发，耳朵眼上还穿着红绳，想必他家里人很护着他，生怕他被阎王叫走了，故此把他打扮成女孩的样子。

坐在他们旁边的沈相思扑哧一声笑了：“我是女孩子，如假包换。”

程怀瑾和周平的脸都唰的一下红了。

踩着缎子高跟鞋的时髦女郎挽着男伴的手臂走了过来，走到他们面前停了下来：“哎哟，真漂亮的小女孩，作孽哦！ 饿不饿，面包给你吃？”

一块只咬了一口的面包被扔到了沈相思的面前。沈相思拿起面包使劲闻了闻，真香啊，一种她在乡下从未闻过的香气。

感觉有两道目光粘在自己的背上，沈相思转过头来，周平正眼巴巴地瞧着她，而程怀瑾呢，显然刚刚把视线移开，但他的余光却不受控制地朝她手里的面包瞟过来。

沈相思笑了笑，麻利地把面包分成了三份，然后把其中两份递给程怀瑾和周平：“吃吧。”

周平和程怀瑾犹豫了一下，便伸手来拿面包。沈相思的手和两个男孩子的手难免碰触到，但只有和程怀瑾碰触的左手发烫。

程怀瑾是那样一种男孩子，清秀文雅，仿佛还带一点能激发任何年龄段女人的母性的柔弱感。当然，沈相思后来就会知道，完全不是这么一回事。

三个孩子立刻一起狼吞虎咽起来。

小小的三分之一的面包当然不管饱，但小孩子的饥饿感是可以被甜头蒙蔽住的，何况是西洋味的甜头！ 这点甜头也拉近了三个小孩子之间的距离。吃完面包后，摸着肚子的三个人已然成了刘关张一样的生死兄弟。

沈相思长叹一口气："要是每天都有这样的面包吃就好了。"

"是啊是啊。"程怀瑾和周平附和着感叹道。

最初的最初，他们不过是想要一个面包罢了。

| 二 |

沈相思命运的转机出现在三年后的一个下午。一个尖嘴高颧骨的女人突然来到她的面前，上下打量着她："小姑娘，我有一份工在找人，你要不要做？"

沈相思的眼睛唰的一下亮了，她直起腰来热切地看着对方："什么工？包吃住吗？有工钱吗？"

女人笑了："哪有白做工的道理？包吃包住，住的是小楼，吃的是白面包，每个月还有两块大洋的工钱，要是做得好还另有赏银呢！"

这条件实在太诱人了！女人看出了沈相思眼睛里的渴望："怎么样，你现在跟我去见主人家？"

沈相思犹豫了一下，程怀瑾和周平结伴出去了，她想等他们回来商量一下再说。女人恫吓她："这份工可是有好几个女孩子打破了头在抢，你要是再犹豫，主人家就定下别人啦！"

沈相思不再犹豫，一骨碌站起身来，嘱咐旁边的算命瞎子："怀瑾和平哥回来后，你就说我去见工了。"

她急巴巴地跟着女人走了。她走了一个小时程怀瑾和周平才回来。一听瞎子的话，程怀瑾就急了："什么见工？八成是拐子把她卖到长三堂子里去了！"

程怀瑾是个聪明人。来上海的这些时日，他一边要饭一边摸清了大上海的种种阴暗勾当。他吩咐周平："我们两个分头去找，挨个儿打听哪家妓院今天来了一个又哭又闹的小姑娘！”

一直找到天黑，程怀瑾才打听到了沈相思的下落。那拐子倒是看重她的姿色，把她卖到了上海顶有名的一家书寓。程怀瑾在夜色的掩护下趁着混乱溜进书寓的后院，爬上小楼，找到关沈相思的那间房，轻轻地喊："相思，相思。"

沈相思听出了他的声音，扑到门上带着哭腔喊他："怀瑾，我害怕！"

程怀瑾安抚她道："没事的，我这就救你出去。"

他想得太简单了。

突然有人发现了程怀瑾，一声尖叫招来了打手们。打手们气势汹汹地包抄过来，把程怀瑾围在小圈子里。

沈相思哭着喊不要打了，然而，没有人理会她，然后她听到了栏杆断裂声，再然后便是什么东西掉到楼下的沉闷响声。

她被关在屋里面，什么都没看见。

但是她没再听到程怀瑾的声音。

她在房间里以泪洗面，对送来的饭菜视而不见。她想饿死自己以殉程怀瑾。她原本是想上吊的，但这个屋子里没有能上吊的东西。

程怀瑾是为了保她的清白而死的，她绝不能让他白死。书寓的鸨母肯定会逼她"下海"，她绝对不从。

然而出人意料的是，一直都没有人来劝说她或是威胁她。直到一个星期后，房间门被打开了，鸨母满脸堆笑地走了进来，说话也很客气："沈小姐，这段时间委屈您啦！ 都是误会！ 我们这就恭送您出门，您可千万别在陆先生面前说我们的坏话。"

沈相思蒙了，陆先生，陆先生是哪个?

她跟着鸨母走下楼，一眼就看到了等在下面的周平。她朝周平跑过去，一扑到他怀里眼泪就涌了出来。她哽咽着对周平说："平哥，怀瑾死了。"

周平一脸诧异地看着她："你胡说八道什么呀？ 怀瑾好得很，就是他让我来这里接你的。"

| 三 |

沈相思终于见到了程怀瑾。程怀瑾跟过去不同了，他穿着整洁的衣裳，脸洗得干干净净的，连长发都剪成了寸头，看上去清清爽爽的，像个富家小少爷。

确实，跟着他的人都喊他"程少爷"。

沈相思惊诧地和他咬耳朵："怀瑾，你这是怎么啦？ 难道你是富人家的私生子？"

程怀瑾嗔怒地拧她脸颊上的软肉："你胡说八道什么呢？"

他的手指凉凉的，沈相思被他拧过的脸颊却烫烫的。沈相思捂着发烫的脸颊听他讲这个星期的奇遇。原来他摔下楼后没有死，只是受了伤。天可怜见，这一摔让他遇到了大贵人。他摔倒在地的时候，一个人刚好从他面前走过，见他从天而降，便把他带走了。

这个贵人，就是鸨母口中的陆先生。

陆先生是书寓的贵客，上海滩无人不知的海上闻人。他把程怀瑾带回了家，还找人给他治病，好在程怀瑾伤得不重，第二天就醒了过来。

一醒来，他就求这位大善人救救他的好朋友沈相思。陆先生对此却很冷淡："这件事情不好管，陈妈妈花钱买的人，不管什么来路，都是合法的，我没道理让她白白受到损失。要是开了这个先例，书寓以后还怎么做生意？"

程怀瑾很沮丧，却没有气馁，只是默默地等待时机。

没想到时机竟然那么快就来了。就在一个星期之后，他竟然救了陆先生一命。事情很简单，陆先生与上海其他帮派的头目相约在茶楼里谈判，解决争端，没想到对方竟然打算借此谋害陆先生。程怀瑾偶然得知了这件事情，来不及告诉任何人，当机立断跑到茶楼去，唱了一出空城计，让对方误以为陆先生有备而来，早已经埋伏好大批打手。陆先生就此脱了身。

脱身后，陆先生对程怀瑾说："你救了我一命，我应当报答你，你想要什么尽管开口。"

陆先生以为程怀瑾会要钱要势，没想到程怀瑾干脆地说："我想要您救我的朋友。"

陆先生一怔，随后笑了："你倒是个有情有义的孩子。怀瑾，别让黄浦江水把你的情义淘走……我年过半百却膝下无子，你就做我的义子吧。"

就这样，陆先生出面救了沈相思，程怀瑾则成了陆先生的义子。

沈相思和周平在大世界见到了陆先生，原以为传说中的陆先生有三头六臂，没想到他看上去只是个温和的中年人。陆先生看了看沈相思："果然是个漂亮姑娘，难怪怀瑾拼了命也要救你。"

沈相思和程怀瑾的脸都红了。

陆先生一挥手："行啦，进去玩吧，来上海这么久还没进过大世界吧？我请你们。"

程怀瑾、沈相思和周平终于走进了大世界。

一进去，三个孩子的眼睛就被大世界里的花花景象晃晕了。天哪，这是怎样的一个世界啊？ 声色犬马，光怪陆离，然而又是那么令人着迷。动物园里日本野人在表演吃玻璃，杂耍舞台上小丑在用脚转彩球，然而，最让沈相思感兴趣的却是戏曲舞台上的苏滩。

沈相思望着台上的女演员，信心满满地说："我唱得比她好。"

陆先生饶有兴味地看着她："你大话说得倒蛮漂亮。"

沈相思凤眼一挑："我才没说大话，我是苏州人，我父母就是唱苏滩的。"

陆先生笑了起来："哟，还是世家出身，光说不练假把式，你唱两句听听。”

沈相思下巴一抬：“唱就唱，有什么了不起的！”

她略一沉吟，唱道：“你是个天生后生，曾占风流性。有情无情，只看你笑脸儿来相问。我也心里聪明，脸儿假狠，口儿里装作硬，待要应承，这羞惭怎应他那一声。我见了他假惺惺，别了他常挂心……”

她唱的是《玉簪记》，果然天生有副好嗓子。

但她唱的时候左顾右盼，看这看那，偏偏不敢看程怀瑾。程怀瑾也是一样，他看杂耍、看野人，就是不敢看她。

一曲唱罢，陆先生鼓起了掌：“好嗓子！你值得在大世界挂头号牌。怎么样？你要是肯，我跟苏滩班的班主说说，让他收下你。”

沈相思眼睛一亮，就要说好，程怀瑾却拉住她，礼貌地对陆先生说：“我们商量一下。”

他拉着沈相思和周平走到角落里，三个人叽叽咕咕的。

程怀瑾说：“我看你最好还是不要去，我们怎么能无缘无故地欠人家那么多情？再说了，大世界太复杂了，你在这种地方抛头露面唱戏，万一惹来麻烦怎么办？”

周平同意程怀瑾的看法，沈相思却不以为意：“陆先生是个好人，他救你就说明他是个好人。大世界复杂就复杂，我洁身自好就好了。”

她打定了主意。

陆先生领他们去后台，让苏滩班主收留了沈相思。陆先生又问周平：“你呢，小伙子？现在怀瑾和沈小姐都有着落了，你呢？用不用我给你介绍个差事？”

周平憨厚地笑了笑：“不用了，我已经找到工作了。”

他是真的找到工作了，就在一家面包店里，店主收了他做学徒。

同样逃难出来的三个孩子，从此走向了不同的人生道路。程怀瑾成了海上闻人的义子，沈相思成了大世界里苏滩预备头号牌，只有周平最没出息，甘心做个烤面包的学徒工。

| 四 |

陆先生说沈相思的嗓子值得在大世界挂头号牌。他阅人无数看人不假，果然，沈相思很快在大世界打出了名声。仅仅一年，她就挂上了二号牌，成为头号牌看上去也只是迟早的事情。

她是真的喜欢大世界，大世界，这个名字念上去就让她心潮澎湃。她喜欢站在舞台上唱戏的感觉，喜欢听众们叫好的声音，喜欢耀眼夺目的灯光，喜欢五颜六色的布景。

周末，沈相思、程怀瑾、周平在公园里相聚，程怀瑾提起苏滩班子的台柱子给人做姨太太的事情，沈相思毫不在意地说："那是她自甘堕落。"

周平有些担心："你在大世界里没遇到什么麻烦吧？"

她怎么会遇不到呢？ 那里到底是寻开心的地方，登徒浪子多的是，但她态度坚决，对这些人绝不假以辞色，久而久之人家就觉得无趣，不再找她的麻烦了。

但这些事情她不想同程怀瑾和周平说。她只是皱一皱眉，放下手里的面包，说："平哥，下次能不能不带这种面包来了，太粗糙了，下次我给你们带凯司令的奶油蛋糕吧。"

然而还没等到下次的聚会，沈相思就出事了。

一天晚上，从大世界出来后，经过一条正在施工的巷子时，她突然听到背后有脚步声。沈相思立刻警觉起来，拔腿就跑，然而对方早有埋伏。沈相思一头撞到了一堵肉墙上，后颈被一只强有力的手一砸，整个人就晕了过去。

她醒来时发现自己正处于一间颜色暧昧的房间里，这里有粉色的圆形大床和粉色的纱帐子，一切都暧昧得让人心慌。她跳下床就要往外跑，刚推开门就被人拦住了。一张似笑非笑的胖脸对着她："沈小姐，你可真是敬酒不吃吃罚酒呀！"

是叶老板。在大世界众多的登徒浪子中，叶老板是最财大气粗的那一个。他一连送了沈相思一个月的花篮，还在后台调笑说要娶沈相思做姨太太，却被沈相思拒绝了。沈相思原以为自己扔了他的花篮后他已经死心了，没想到他竟然胆大包天，做出绑架的勾当来！

叶老板狞笑着把沈相思往床上逼："我原本想风风光光地娶你进门，可你偏偏不识抬举……"

沈相思被他逼得直往后退，一直退到墙角处。

这情形比那年在书寓里还要糟糕，那时她只是被人囚禁了，那时她还可以等着程怀瑾来救她。但现在程怀瑾就算是说到就到的曹操，也解不了燃眉之急。

沈相思横下一条心来。

她猛地推开叶老板，使劲朝红木柜子撞了过去。

沈相思没有死成，过了不知道多久，她醒了过来。

再次醒来时，她已经不在叶家了，而是在她自己那个小小的亭子间里。程怀瑾和周平就趴在她的床边，想必他们守了她很久，都累得睡着了。

沈相思伸手去摸程怀瑾的眉眼，真好，她原以为今生今世再也见不到他了。

程怀瑾是痒醒的。他先是下意识地攥住沈相思作怪的手指，然后才醒过来。看着沈相思的眼睛，他愣了愣，过了半天才惊喜地说："相思，你终于醒了！ 你都睡了一个星期了！"

是的，沈相思睡了整整一个星期。

程怀瑾被陆先生的一个电话叫走了。周平喂沈相思吃粥，他一边喂一边跟她讲这几天发生的事情。原来沈相思是在面包店门口被人发现的。那时她昏迷不醒，额头的伤口却被处理过了。

沈相思想，大概是叶老板把她扔在那里的，他不想要一个死了的姨太太，更怕死人给自己带来麻烦，索性一扔了之。

伤好后，沈相思又回到了大世界的舞台上。这次自杀未遂给她的额头上添了一道疤。但是没关系，这道疤就是她的勋章。这枚勋章响亮地向整个大世界宣告，谁说戏子就一定要出卖肉体跟灵魂？ 戏子也是有尊严有傲骨的，既抵挡得住诱惑，也抵抗得了强权，她沈相思就是最好的例子。

| 五 |

沈相思发现程怀瑾变了，是在叶老板事件过去的一年后。

自从认了陆先生做义父，程怀瑾就一直在陆先生身边做事。沈相思其实从没想过程怀瑾到底在做什么，就像她没思考过陆先生到底是做什么的一样。大家都管陆先生叫海上闻人，听上去是个蛮好听的称呼，所以陆先生应该不是什么不正经的人吧?

直到发生了那场骇人听闻的帮派火并。

某天夜里，两个帮派为了争地盘打了起来，原本只是械斗，到了后来不知道哪个杀千刀的偷偷扔了颗手榴弹，现场顿时血肉横飞。

沈相思房东的儿子也牵扯进这件事里了。那是个十六七岁的少年，嘴唇上刚冒出胡茬，便跃跃欲试地搅和进下流的成人世界里，并因此送了性命。

一天晚上，沈相思回到家，还没进门就听到了程怀瑾的声音。

程怀瑾说话依旧那样轻柔：“对不起，陈太太，小忠的死我有责任，这是十块大洋，您先收下……”

然后便是陈太太一连串的咒骂：“我儿子的命就值十块大洋？ 他还是个孩子啊！ 你们这种人不得好死，骗人家的儿子拿命给你们打地盘！ 你滚！ 滚出我家！”

门哐啷一声被推开了，一个高却瘦的人被推了出来，一直被推到站在门口的沈相思的怀里。

沈相思从后面抱住程怀瑾的腰：“怀瑾，你离开陆先生好不好？”

程怀瑾没有回头，只是拍拍沈相思的手，轻声笑着说：“傻瓜。”

沈相思却很执拗：“你不要拿这两个字搪塞我，能不能离开？ 我要一个明确的答复。”

程怀瑾转过身来，捧住沈相思的脸，深深地凝视着她。他的眼神深邃而专注。他轻轻地说：“抱歉，不能。”

沈相思就是从这天开始和程怀瑾冷战的。

冷战的表现是，两个人不再私下里见面，周末的三人聚会也就此取消了，改成了两人单独去找周平。

周平已经出师了，正在盘算着开一家自己的面包店。

有一天，沈相思来到周平工作的面包店里，恰巧看到程怀瑾的车子离开。

她走进面包店，问道：“刚才怀瑾来过啦？ 他都跟你说了些什么？”

周平摇摇头：“他还能说什么？ 无非是那些话。我劝他离开陆先生，他不肯。”

沈相思冷笑道：“那当然了，陆先生的义子，人人都得喊一声程少爷。他手里握着上百号人的命，有钱有权，凭什么抛弃陆先生做回程怀瑾？我看他的心已经被利欲给熏黑了！”

周平叹了口气：“相思，你别这么说。”

沈相思随手拿起放在桌子上的一块面包。那面包被人咬了一口，这让她想起许多年前他们被大世界拒之门外的场景。她的眼圈泛红了：“当初我们只是想每天有个面包吃，为什么现在变成这个样子了呢？”

是啊，为什么呢？

| 六 |

匆匆变幻的不只是沈相思的小世界，还有大世界。不，我说的不是大世界游乐场，而是上海这个大世界。

民国二十六年，那场被后世写进教科书里的会战在吴淞江面上爆发了，仅仅过了几个月，上海就成了另一个世界。

无数东西被破坏了，但有些事情还是照旧，比如租界里的歌舞升平，比如大世界游乐场，比如程怀瑾所在的帮派。

在旧时代，无论政权怎样更迭，帮派总有立足之地。偌大的上海，三教九流，政府哪里管得过来？ 总得有人充当政府的好鹰犬，帮派就是这样的一种存在。

就在吴淞口打仗的时候，陆先生抱病而亡，接替他的是帮派的二把手。这位二把手是个最识时务的人，日本人一进城就请他去喝茶。等他从日本人的茶室里走出来，帮派已经由国民政府的鹰犬变成了日本人的爪牙。

一时间，痛骂程怀瑾所在的帮派成了上海人私下里最大的口头消遣。汉奸这顶帽子太沉太脏，谁戴上都要抬不起头来。中国人自古最恨汉奸，关云长的雕像、岳鹏举的戏文，都是最好的证明。

有次沈相思回到家，听见陈太太正在跟邻居痛诉："我现在觉得小忠死得那么早真是好，至少不用被人拐去做汉奸！"

汉奸，多刺耳的两个字!

她的怀瑾，现在是个汉奸。

她想起上次见周平，周平说他曾劝程怀瑾脱离帮派："我说'这个帮派已经变成日本人的走狗了，你不离开，难道要当汉奸吗'，他却跟我说，人在其位身不由己。我说'你有什么身不由己的，相思也在唱戏，可谁逼迫得了她？ 相思为了不做姨太太，以死明志，你一个大男人还不如个女孩子吗’。结果他只是跟我说，他跟你不一样。真是气死我了！”

还有什么好说的呢？ 程怀瑾早已迷失在上海这个灯红酒绿的大世界里了，他只要权势，至于权势是谁给的，他不在乎。

| 七 |

自从和周平吵了一架后，程怀瑾再也没找过周平。

他似乎打定了主意，要和这个贫贱之交割袍断义。如今他的身份可不同于往常了，帮会的二把手，日本人的好走狗，过去人家喊他程少爷，现在人家喊他程先生。先生，先生，他的少年时代彻底完结了，那么，少年时的朋友他也不必联系了。

沈相思原以为这就是程怀瑾想要的大富贵，没想到程怀瑾的野心远不止于此。

日本人来的第二年，程怀瑾所在的帮派突然发生了一件惊天动地的大事。

新帮主死了，死于冷枪，而放冷枪的人，正是程怀瑾。

程怀瑾篡了位，成了新一任的老大。

沈相思偶然在街上看见了他。他穿着笔挺的西装和风衣，戴着礼帽，说是帮派中人倒更像个儒雅的新派商人，但给他开车的“黑西装们”暴露了他真实的身份。

沈相思远远地望着他，一转眼都快十年了，他还是旧时的模样，清秀的面容，有点子忧郁又略带深情的眼睛，那种能激起女人母性的柔弱感似乎犹有遗留。谁能想得到呢？ 这样的人，竟然是杀人不眨眼的帮派中人，竟然是侵略者的一条好狗。

是的，侵略者的狗。

帮派已然成了日本人弹压中国平民的武器，而程怀瑾接手帮派，自然会接着做被他篡了位的前任帮主未完成的狗腿子大业。

然而沈相思这次却想错了。

就在程怀瑾成为帮派老大的第二个月里，虹口的一间日本茶室里发生了一场混战。混战的双方是帮派中人程怀瑾和日本人。报纸上说，程怀瑾当晚受到了日本人的邀约，前去谈事情，但不知怎的双方发生了枪战。根据对弹道的分析，最先开枪的应该是程怀瑾，日本人只是反击。

很快，一个新的小道消息在上海民众间流传开来。大家都说程怀瑾才不是什么汉奸，人们都误会他了，他是在蛰伏呢，他跟其他人一样恨日本人。

有天晚上沈相思回到家，听到房东太太在跟人聊天："我早就知道程先生不是个坏人。那时候我们小忠死于火并，程先生亲自到我家来，给了我十块大洋还跟我道歉。你说，坏人能做得出这种事吗？"

程怀瑾，她的程怀瑾啊。

| 八 |

有些事情，程怀瑾带到了地下，沈相思和周平永远也不知道。

程怀瑾不想混帮派，更想去读书。他爱死了圣约翰大学的林荫道。

可是他不能去。

程怀瑾家是做小生意的，后来破产了，父母变卖了所有的东西，把欠的货款全部还清了，并且教导他："怀瑾，记住，做人万万不可欠债。"

这个教诲，他终生信奉。

来到上海后，虹口枪战前的程怀瑾，人生分为两个阶段，一段用来还沈相思的债，一段用来还陆先生的债。

沈相思和周平多么天真哪，他们当真以为只要自己洁身自好，这个光怪陆离的大世界就不能拿他们怎么样。他们以此为傲。那么就让他们骄傲吧，不要让他们知道，大世界游乐场里的每一个登徒浪子都是他暗地里打发掉的，包括那次叶老板绑架沈相思一事，也是他求义父出手的。

每次，义父都说："怀瑾，咱们帮派中人有帮派中人的规矩，帮人不是不可以，但不能白帮哪。"

他只好每次都咬牙叩头："义父放心，您的大恩大德，我必粉身碎骨来报答。我给您做牛做马，甘受您的驱使。"

周平曾问程怀瑾"为什么你堂堂一个大男人还不如沈相思有骨气"，程怀瑾回答说，他和她不一样。

程怀瑾只回答了一半，另一半答案他咽进了心里。

他和她不一样，他没有一个程怀瑾可以倚仗。

就这样，一次次地，他去读书的时间向后推迟。直到义父死了，程怀瑾才觉得他在帮派中沉沦的日子终于要结束了。

可是偏偏日本人来了，偏偏义父一生的事业成了日本人的武器。

程怀瑾知道义父是怎样的一种人。义父坏，欺压起普通老百姓来坏得出水，义父的财富和帝国建立在无数人的痛苦之上。但是，哪怕让他家财散尽，他也是不愿做汉奸的。

新帮主从日本人的茶室出来的那一夜，程怀瑾在台灯下坐了一夜。最后，他拿起笔，重重地划掉了笔记本上的"圣约翰大学"。

那一夜，他决定用自己的血洗掉义父身上的汉奸污名。

是的，那个男人是束缚了他，让深陷泥淖中的他众叛亲离，但无可辩驳的是，如果那年不是陆先生在书寓救了他，这个世界上早就没了程怀瑾。

这也是债，他得还。

虹口枪战那一夜，程怀瑾去过周平的面包店。

他没有进去，只是隔着一条马路坐在汽车里，遥望着面包店的窗户。窗户上映出两个人的影子，是沈相思和周平。他们不知道说到了什么，笑得前仰后合的。

程怀瑾望着窗户上的人影，望了很久很久。

最终他还是没进去。

虹口枪战的现场没有程怀瑾的尸体，他的尸体是在距离茶室很远的地方被人发现的。他坐在车里，趴在方向盘上，血都要流干了。

沿着这条路，再开个两千米就到大世界游乐场了，游乐场附近有一家面包店，店里卖着一种非常质朴的面包。上海人嫌这种面包太粗糙了，可刚来上海的人却觉得它好吃极了。

| 九 |

沈相思在程怀瑾死后的第二年离开了大世界。

那时她马上要挂头号牌了，但她不在乎。程怀瑾死了，他仿佛把大世界所有的霓虹灯都带走了，大世界在她的眼里不再有吸引力。

她有时会想，如果那年她没有鬼迷心窍地跟着拐子走就好了。他们三个可能还是小乞丐，可能一辈子都攒不起钱买一张大世界的门票。可是那又有什么关系呢？ 至少他们还活着。有程怀瑾在的小世界，应该也蛮好的。

可是世事没有如果。

旧梦 · 新言：

写这篇文章，是因为上海最负盛名的大世界游乐场装修后重新开业了。

我花了几十块钱买门票进去参观，总得写点啥，把这个门票钱赚回来。

于是我搜索了大世界游乐场的历史，看到它在一个个上海滩大佬的手里辗转，看到它历经一次次的毁坏、一次次的重建……它即是上海滩的一个缩影。

很小的时候，我看妈妈追电视剧《上海滩》。后来我去了上海，发现南京东路上有和这部电视剧有关的拍摄景点，不由得感叹一部经典影视作品的影响力之深远。

我站在黄浦江边，连那首因为从小听了太多遍，以至觉得有些尴尬的主题曲《上海滩》都有了别样的风情。成功，失败，浪里看不出有未有。

我不由得想，自被迫开埠通商以来，有多少人怀着梦想奔赴这里，又有多少人的梦想被大浪抹平？

程怀瑾、沈相思、周平，哪怕是陆先生，其实本来也没什么分别。

第十梦

他从蓝桥走过

旧梦1938

若我们来生再见，
期盼是在蓝桥下。

| 一 |

对 E · C · 瑟林格的作品，评论界往往有两种截然不同的意见：有人认为他的作品肤浅无聊，不值得一看，纯粹是赚取稿酬的敷衍之作；有人却说，从他表面的玩世不恭之中能够看出他过尽千帆后对生命真谛的感悟。两边的评论家互相攻讦已达半个世纪，前者指责后者矫揉造作，牵强附会；后者指责前者思想浅薄，不配评价伟大的作家 E · C · 瑟林格……

但是，对瑟林格最近即将在中国出版的这本小说，双方却很有默契地达成了一致的意见——这是一部伟大的作品。

这是瑟林格的遗作。

文学界早就知道了这本书的存在，但它从未正式出版过。

这本书的手稿，一直存放于瑟林格的故乡，英国一个小镇的二战纪念馆里。

玻璃窗的铭牌上写着捐赠人的名字：顾蓝桥。

这是一个中国人的名字，一个中国女人的名字。她既不是瑟林格的妻子，也不是他的晚辈，她和他没有任何亲缘或者法律上的关系，只有瑟林格极少一部分粉丝知道这个人。

从《雾都》到《霓虹酒馆》，E · C · 瑟林格从 1932 年至 1941 年的作品全由同一家出版社出版。Echo&Echo（后面简称 E&E）出版社是二战时期伦敦一家极负盛名的出版社，而顾蓝桥是 E&E 的员工，一名校对人员，瑟林格 1938 年以后的作品全是她校对的。

更令人惊讶的是，2016 年 11 月出版的这本《错误》中文版，顾蓝桥是译者。

| 二 |

1939 年，伦敦一个冬天的傍晚，E · C · 瑟林格问顾蓝桥：“BB，你的名字是什么意思？”

“顾蓝桥”这三个字的发音对英国人来说实在太难了，瑟林格又不肯喊顾蓝桥的英文名字 Emily，于是瑟林格自作主张地翻译了她的名字，蓝桥，蓝色的桥，Blue bridge，简称 BB。这简称难听死了，顾蓝桥反抗过无数次，未果，只好随他叫了。

顾蓝桥把手从打字机上移开，转过头认认真真地回答他：“我的名字来源于清朝的一句词。”

她的名字出自清初词人纳兰性德的《画堂春 · 一生一代一双人》。想了很久，她也不知道该怎样给这个英国人翻译那句“浆向蓝桥易乞”，只好写在纸上给他看。顾蓝桥是第二代移民，从小在英国长大，中国字写得不怎么样。瑟林格忍不住撇撇嘴。

顾蓝桥无视他的鄙夷，向他解释自己名字背后的故事：“我爷爷是前清秀才，他很喜欢这位词人，便给我取了这个名字。关于蓝桥有个典故，唐朝时期一个秀才在蓝桥下遇到了一生挚爱，便向她祈求一瓢水，还赠给她玉兔捣药杵作为信物，最终与她携手成仙。爷爷希望我未来得遇良人，白头偕老，快活似神仙。”

瑟林格看了她一眼：“你们中国人真奇怪，我看过很多中国的故事，结局都是一定要在一起。在一起有那么重要吗？”

顾蓝桥奇怪地看着他：“当然重要了，相爱的人在一起，难道不是天经地义的事吗？”

对瑟林格那句“你们中国人”耿耿于怀，顾蓝桥愤愤不平地补了一句：“再说了，什么叫我们中国人真奇怪？ 你们西方人的《格林童话》，难道结局不都是王子和公主幸福地生活在一起吗？”

瑟林格脸上带着微笑，耸耸肩：“我可不觉得《格林童话》里有爱情。”

顾蓝桥重新打起了字。她手上不停，嘴里敷衍着：“是是是，只有你懂什么叫爱情。”

她这话是在揶揄他，瑟林格摸了摸鼻尖，没有说话。

小说家瑟林格是出了名的风流浪子。瑟林格知道，顾蓝桥对他的爱情观并不苟同。她虽然在伦敦长大，连长相都有些西化（二战纪念馆里有顾蓝桥的照片，她颇有两分像法国女明星玛丽昂·歌迪亚），但骨子里更像传统的中国姑娘，有着中国古老的爱情观。

比如，相爱的人就应该在一起。

瑟林格不再说话，只是把双手放在脑后再次躺下来，继续口述他的文章。

这是瑟林格和顾蓝桥认识的第二年，他们的关系已经很好了，不再像初识时那样针锋相对。

望着顾蓝桥认真的背影，瑟林格的嘴角忍不住翘了起来，他想起了他们第一次见面时的场景。

| 三 |

1938 年 11 月，一个难得没雨的傍晚，瑟林格的心情格外好，他哼着小曲，一只脚踩在凳子上，将一双崭新的皮鞋擦得油光锃亮。舞会一个半小时后就开始了，地点就在距离他的公寓三条街的酒店，他大可以慢悠悠地走过去，还可以边走边欣赏天边绚烂的云霞。

临出门前他瞟了一眼电话机，心里咯噔一下。

电话机已经一个小时没响了，难道那个小校对员已经放弃了？

为了新书的一些校对问题，出版社新来的校对员已经和他较了整整一星期的劲。瑟林格感到很惊奇，他和 E&E 已经合作数年了，当年 E&E 是费尽力气把他从别家出版社的手中抢过来的，所以向来把他当尊神供着。在遭受了一次拒绝后，出版社便学会了对他文章里那些大大小小的错误睁一只眼闭一只眼，实在不行，就会有编辑帮忙改正错误。但这个新来的校对员不知道哪根神经搭错了，非缠着他修改错误，而且还不是小修小改。

瑟林格对此嗤之以鼻，修改往往难于创作，他才不要浪费去酒会和剧院的时间改什么劳什子！

这周以来，新来的校对员越过编辑给瑟林格打了无数次电话，瑟林格几乎能背出她的开场白了："瑟林格先生，你好。我是 E&E 的校对员顾蓝桥，负责你即将出版的这本新书的校对工作，尽管编辑说无所谓，但我认为有些错误必须得到改正……"

顾蓝桥，听上去是个中国名字，想必是一个执拗的中国女孩子吧？

现在她终于放弃了，真是太好了！ 瑟林格长舒一口气，捞起外套下了楼。

他没想到，刚一出公寓就被人堵住了。

一个娇小的身影朝他扑了过来，又恰到好处地在他的面前停下，拦住了他的去路。那几句他听了几百遍的话又在耳边响起了："瑟林格先生，你好。我是 E&E 的校对员顾蓝桥……"

瑟林格无奈地看过去。

1938 年的顾蓝桥刚满二十岁，东方姑娘天生纤细、娇小。她穿着烟灰色的大衣，围了一条红围巾，仰起脸看着瑟林格，满眼的真诚和恳切。

瑟林格忍不住叹了口气。

他一字一句地对顾蓝桥说："我想我已经表达得很清楚了，我并不想做任何修改。现在我有很重要的私人事情，请你不要跟着我。"

说完他侧身闪过她，大步流星地走了。

这小小的中国姑娘有着非同一般的执着劲。她愣了愣，很快就跟了上来。瑟林格的速度越来越快，她只好小跑起来。

两个人你追我赶地走了半个小时，瑟林格闪身进了一家富丽堂皇的酒店。

顾蓝桥犹豫了一下，还是跟了进去。

瑟林格噔噔噔地上了楼，顾蓝桥仍旧跟在后面。但当瑟林格进入一个宴会厅后，顾蓝桥却被人拦住了——她没有请柬。

瑟林格回头看了一眼，小小的中国姑娘被人拦在门外，真是可怜。他心里好得意，然而他的得意之色没有持续几秒钟——顾蓝桥没有走，而是靠着栏杆站住了。

她是铁了心要他更正所谓的错误。

E&E 什么时候来了这么个不识时务的小东西？ 瑟林格心里很懊恼，跳舞的时候也不专心，不小心踩了舞伴的脚好几次。

舞伴叫伊莎贝，是位社交名媛，一朵伶俐的解语花。她看出来瑟林格有心事，便问："瑟林格先生今天怎么了，为什么心不在焉的？"

瑟林格嘴里敷衍着，眼睛却在往外瞟。舞伴好奇地看过去，一个娇小的异国女孩正在门外走来走去，还时不时地朝宴会厅里看一眼。舞伴瞬间了然，嗔怪起了瑟林格："没想到你连东方小姑娘都下得了手，她满十五岁了吗？"

瑟林格打断了伊莎贝的话："伊莎贝，别想当然，她只是我新书的校对员……"

他把事情大致向伊莎贝说了一下，伊莎贝笑了："竟然有这么不识时务的小东西！ 你等着，我来帮你个小忙。”

她丢开瑟林格，朝人群走过去，走到某个年轻男人的身边和他耳语了两句，又指了指门口。很快，那个年轻男人朝门口走了过去。他不知道和门卫说了句什么，回来时身后跟着顾蓝桥。

这场舞会是某位男爵夫人为了庆祝病愈而举行的，在场的人皆是伦敦社交界的名流。乍入这样的声色场合，顾蓝桥有些胆怯。她小心翼翼地迈着步子，用湿漉漉的眼睛打量着四周。

瑟林格皱起了眉头，问伊莎贝：“你想怎么样？”

伊莎贝笑吟吟地看着顾蓝桥：“没怎么样，让她出个丑，给她个小教训。”

她附在瑟林格耳边，将自己的计划娓娓道来。她找的年轻男人是伦敦的“万人迷”，无数名媛贵妇拜倒在他的柔情攻势之下，这个顾蓝桥自然不会例外。伊莎贝请求那个男人带顾蓝桥进场，和她共舞一曲后再丢开她，当众小小地羞辱她一番，好给瑟林格出这口被纠缠了一周的恶气。

听完伊莎贝的计划，瑟林格没有说话，只是大步走向顾蓝桥，然后攥住顾蓝桥的手腕，礼貌地对那个年轻男人说：“她是我的舞伴，谢谢你带她进场。”

然后他拉着顾蓝桥进了舞池。

音乐响起后，他附在她的耳边训斥她：“你是不是脑子有问题？ 竟然随便跟陌生男人搭话！ 你知道他是谁吗？ 你知道他抱着怎样的心思吗？”

乖顺无辜的她，好像一只待宰的羔羊。

偏偏瑟林格先生天生怜香惜玉，见不得任何一个漂亮姑娘受委屈。

嗯，漂亮姑娘，顾蓝桥算是吧。她有一双楚楚可怜的东方猫眼、一张翘翘的嘴巴。但这张漂亮的嘴巴老是说些旁人不爱听的话，现在，她又开始了：“瑟林格先生，你肯理我真是太好了！ 我觉得有些错误必须得到改正，这牵扯到故事的逻辑是否合理……”

瑟林格低声威胁她："Shut up（闭嘴）!"

她的大眼睛里闪过一丝委屈之色，瑟林格叹了口气："专心跳舞，出去再说，OK（好吗）？"

| 四 |

一跳完这支舞，瑟林格就迫不及待地拉着顾蓝桥出了酒店。

顾蓝桥还真是孜孜不倦！她从公文包里拿出一沓厚厚的稿纸："瑟林格先生，需要修改的地方我都标注好了，你只需要……"

瑟林格指指身后灯火辉煌的酒店，打断了她的话："说说你对这的看法。"

顾蓝桥犹豫了一下，小声说："醉生梦死。"

瑟林格长吁一口气："是啊，醉生梦死，我的小说就是给这些醉生梦死的人看的。你说，我有什么必要顾忌所谓的逻辑？我只想当一个流行小说家，用笔赚点轻松钱，给都市里的花花公子和小姐们编织一个个美梦般的故事。大家醉眼蒙眬，就着霓虹灯看这些故事，然后滴两滴有酒精味的眼泪。我轻松，他们也喜悦。这个世界已经够苦了，流行小说还那么严肃，还让不让人好好地活了？"

顾蓝桥咕哝了一句什么话。

那古怪的发音听上去像是中文，瑟林格便问："什么？"

顾蓝桥重复道："天地不仁以万物为刍狗。"

她用英文解释了一下："意思是，造物主没有仁心，把众生当成猪狗。既然造物主把生命的存在当成了游戏，人为什么还要游戏自己？为什么不把自己当回事，活得严谨、认真一些？"

瑟林格扑哧一声笑了："既然你喜欢把中国古话挂在嘴边，那不如这样吧，倘若你能做出一道像样的中国菜，我就按你的意见修改文章。不如你做饺子吧。”

他这纯属刁难人。二代移民顾蓝桥是吃 Fish and chips（炸鱼和薯条）长大的，恐怕连她的父母都不会包饺子！

顾蓝桥咬了咬牙：“成交！”

此后三天，顾蓝桥没出现过，也没给瑟林格打过电话。瑟林格以为她这是放弃了。他去过中国，了解过中国菜的做法。天哪，那是多么烦琐的过程啊，想必顾蓝桥打了退堂鼓，悄悄地消失了。

但他低估了中国姑娘的执着劲。

第四天中午，他还在蒙头大睡，房门却被人敲响了。

他打开门，一堆东西涌了进来。这堆东西后，是中国姑娘如花的笑靥：“我来履约了。”

瑟林格翻检着她带来的那一堆东西，嚯，面粉、面盆、蔬菜、肉、刀、木板……他挥舞了一下小木棍，问道：“这是什么东西？”

顾蓝桥告诉他，这叫擀面杖。

这三天，顾蓝桥晚上泡在唐人街的中餐馆里，向人学习怎么包饺子。等学得有模有样了，她就搬了这些东西过来，现场给瑟林格表演包饺子。

“直接拿包好的饺子来，我怕你说饺子是从唐人街买来的。眼见为实，我不欺你，你也别赖我。”

瑟林格扑哧一声笑了，这个中国小姑娘真是他生平仅见的头一号认真人物。

小姑娘认真地开始了她的包饺子大业。

她把面粉倒进面盆里，加了水揉成光滑的面团，然后把面团切成几块，再捞出其中一块，有模有样地用手揉成长条，接着把长条形的面团切成一小份一小份的，最后用那个叫“擀面杖”的东西不停地按压。很快，她手下出现了一张张薄薄的圆圆的饺子皮。

整个过程中，顾蓝桥抿着嘴一言不发。因为过于认真她出了满脸的汗。汗水沾上面粉，她的脸花得一塌糊涂。她做好了所有的准备工作，终于到了最后也是最难的一步——包饺子。

第一次她失败了，失败品都被她扔进了垃圾桶里。

第二次她还是失败了，幸亏她带的面粉够多。

直到第四次，顾蓝桥终于包出来了瑟林格觉得还不错的成品。此时，瑟林格已经陪着她包了几个小时的饺子，早已经饥肠辘辘了，他肚子里的馋虫也早被饺子馅儿的香味勾起来了。看到终于像样了的成品，他眉开眼笑地说：“我觉得这次的饺子不错……”

然而，他的话音未落，顾蓝桥又把东西全丢进了垃圾桶。瑟林格欲哭无泪，顾蓝桥却严肃认真地说：“不行，这些饺子下锅后会变成一锅糊糊。”

瑟林格真痛恨她的认真。

直到太阳下山，顾蓝桥才包出她满意的饺子。白白胖胖的饺子出锅后个个完好无损，顾蓝桥很得意，皱着鼻子对瑟林格说：“无可挑剔吧？ 现在你得履约改你的稿子了。”

| 五 |

吃人嘴软，愿赌服输，瑟林格只好如约改稿子。

一个星期后他亲自去出版社交稿子，惊煞了整个出版社的人。

他来出版社，还有另一个原因。

从 1932 年开始，瑟林格就把自己小说的出版权全都委托给了 E&E，至今已经六年了。眼见合同期满，续约与否需要另行商谈，他这次来出版社，正是因为这个。

这几年合作得愉快，他们大抵是会继续合作的，所以这次无非是走个过场罢了。

主编恰巧出去了，于是瑟林格四处闲逛等他回来。瑟林格心血来潮地去了校对部，想看看那个认真负责到死板程度的中国姑娘的工作环境。

兴许是午饭时间，校对部的人寥寥可数，只有一个女孩子在奋力敲打着打字机。瑟林格礼貌地说："请问，顾蓝桥坐在哪里？"

女孩子指了指一个位子："那里。"

瑟林格顺着她的手指望了过去。咦，奇怪，那张桌子上放着一个纸箱子，里面塞满了东西，桌子上却几乎空了，只剩下一台打字机。瑟林格问女孩子："这是怎么回事？"

女孩子的声音里听不出什么情绪："她要走啦，实习期没满，被辞退了。"

瑟林格大为惊讶："为什么？"

女孩子压低了声音："听说她得罪了人。"

女孩子小声说了个名字，是负责瑟林格作品的责编的名字。瑟林格恍然大悟，想必责编大人恼怒顾蓝桥越过她直接与自己联系，担心顾蓝桥有所企图，因此要把顾蓝桥驱赶出出版社。

下午，和主编谈合约的时候，瑟林格提出要求："续约没问题，但我要加一个条件，在新合约期内，我希望我的书的校对工作都由顾蓝桥小姐负责。"

直到出了出版社，瑟林格才有些后悔。哎呀，他指定了顾蓝桥负责校对工作，那顾蓝桥岂不是要烦他个五六年？ 要死了，要死了。

但人生如棋，落子无悔，他也只好这样了。

接下来的两年，顾蓝桥果真坚持不渝地"骚扰"着瑟林格。一开始，她只要他更正逻辑错误，后来连拼写错误都要他自己更正。对矫正错误，她十分热情，瑟林格却头痛不已。

不过，瑟林格倒是很怀念她包的饺子。于是他和顾蓝桥达成协议，如果稿子的语法和拼写错误低于某个数值，顾蓝桥就给他做一顿饺子。

从 1938 年到 1940 年，三年里，顾蓝桥给瑟林格做了三顿饺子，而瑟林格换了六七任女朋友。

成为他的校对员之前，顾蓝桥就听过瑟林格的鼎鼎大名。比起文采，他的风流有过之而无不及，伦敦半数的贵妇名媛以俘获他为荣。没有比他更放浪形骸的作家了，其他作家喜欢的文学沙龙他一概不参加，他只喜欢声色犬马的场合，比如舞会、酒会等。外界评论他，沉湎于声色从某种程度上影响了他的创作，如果肯收敛些，他绝不只是一个流行小说家。

这些批评，瑟林格从不放在心上。

但他到底为自己的风流付出了代价。

1939 年冬天的一个清晨，顾蓝桥接到了他的电话："BB，我需要你的帮助，我在公寓等你，速来。"

| 六 |

顾蓝桥在瑟林格的公寓里见到了他。他可真惨，脸上青青红红的，胳膊上绑着绷带，正靠在床头哼哼唧唧。

他日前刚和女友分了手，但这位西西里籍的女友可不好惹。瑟林格昨天在巷子里被人教训了一顿。用他的话说，对方不仅打了他英俊的脸，还打断了他点石成金的手。

但是新书半个月后就要交稿了，于是他只得求助顾蓝桥："我口述，你帮我写下来吧。"

他已经这样惨了，顾蓝桥怎么好拒绝他呢？

于是从那天起，顾蓝桥每天晚上都帮他打字。

台灯洒下暖黄色的光，顾蓝桥坐在灯光里，跟着瑟林格的节奏有条不紊地敲着打字机。瑟林格歪在沙发上口述他的新作。顾蓝桥发现瑟林格有一把好嗓子，平日里显得很轻佻，朗诵时却显得异常深情，尤其是念到男主角表白的话语时。

“我不知道该如何表达爱你的喜悦，但我知道，每天清晨我都会在八点一刻前起床，趴在阳台上，躲在花盆后面，等着你从对面的旅馆里出来。因为早晨这匆匆的一面，我的一天都变得绚烂起来……”

顾蓝桥强装镇定，手却一抖，敲错了字。

结束的那天，瑟林格的手也好得差不多了。他开玩笑地对顾蓝桥说：“每个字都是你亲自敲出来的，这下不需要校对了吧？”

顾蓝桥却认真地回答他：“要的，我们中国有一句古话，叫‘当局者迷’。”

瑟林格撇撇嘴，她还真喜欢她的中国啊。

瑟林格说：“既然你帮我写书，那我就帮你校对。”

顾蓝桥惊讶地道：“怎么校对？”

瑟林格说：“你做当局者，我做旁观者。你念稿子给我听，我来辨别是否有错误。”

他的眼睛里闪着兴奋的光，顾蓝桥只得应允。她念的那份稿子，是一个与暗恋有关的故事。

她念到女主角回应男主角的告白。

“我早就知道你躲在花盆后偷窥我，所以我用三分之一的收入置办衣裳，周一的嫩绿，周二的鹅黄，周三的枫叶红……我希望你每天都看到不同的绚烂的颜色。”

瑟林格突然打断了她，问道：“BB，你老实告诉我，你喜欢我的小说吗？”

他有些紧张地看着她的眼睛，顾蓝桥轻轻一笑：“我还以为你从不在乎别人对你的看法。”

瑟林格没说话，只是看着她。过了半天，顾蓝桥妥协了，老实地回答：“说真话，我并不喜欢。我能看到你的天赋，但我更能看到你的投机取巧。”

闻言，瑟林格内心的失望一浪高过一浪。他早该知道，认真是这位中国小姐唯一敬佩的品格。

他问她 :“那你喜欢谁的作品？ ”

顾蓝桥想了想，说出了一个名字 :“周念琛，出版社最新签约的作家，他的作品我很喜欢。”

周念琛，一个中国人。

她喜欢中国，她喜欢中国人。

| 七 |

后来，瑟林格偷偷找来周念琛的作品，那确实符合顾蓝桥的审美，内容认真，语法严谨。瑟林格知道周念琛是位年轻的中国作家，两年前来伦敦求过学。

瑟林格见到周念琛却是在一个舞会上。

和周念琛一起出现在舞会上的还有顾蓝桥，这让瑟林格大为惊讶。严肃认真的中国小姐向来瞧不起这种声色场合，但她今天打扮得多漂亮！那是中国式打扮吧？ 她穿的应当是旗袍，珍珠耳环的光芒映着她的脸。

瑟林格没想到，顾蓝桥参加舞会的目的，竟然不是跳舞，而是演讲和筹款。

更准确地说，她是来陪周念琛演说和筹款的。那个年轻的中国作家站在高台上，慷慨激昂地发表着自己的演讲。他说起了他的祖国，说起了正在遭受战火蹂躏的故乡，说起了日本侵略者的暴行。

听众们都沉默着。

这是 1939 年的 9 月，月初，德军侵占波兰，英法被迫对德宣战，战争的阴影又开始在欧洲的上空蔓延。在座的人都经历过战争，深知战争的可怕，而这可怕的战争，在他们未知的东方已经持续了整整两年！

这场舞会，最终变成了周念琛的“个人秀”。绅士贵妇们为遥远的中国慷慨解囊，周念琛声名大噪。

瑟林格站在台下，望着台上的周念琛和顾蓝桥，真是一对璧人，难怪顾蓝桥会喜欢周念琛，他是这样一个认真又慷慨激昂的年轻人。

从那之后，瑟林格和顾蓝桥的关系逐渐疏远了。瑟林格不再指定顾蓝桥校对自己的文章了。顾蓝桥很惊讶，便跑去问他。瑟林格笑她：“傻姑娘，我当初那样做是可怜你要被人家赶出去了。我对伦敦所有的漂亮女孩都心怀怜悯之情。现在你已经在出版社站稳了脚跟，用你们中国话来说，我已经送佛送到西啦。再和你合作下去，我的时间就都浪费在修改稿子上了，我会把伦敦社交界的名流们得罪光的。”

瑟林格和顾蓝桥的关系从此解绑。年底，瑟林格的新书由别人校对，而顾蓝桥呢，她去校周念琛的新书了。

有时候，顾蓝桥路过瑟林格的公寓时，会抬头看一看瑟林格的窗子上有没有花盆。

1940 年 9 月，认识满一周年的时候，周念琛突然向顾蓝桥求婚：“蓝桥，我的学业要结束了，祖国需要我，我想回去，想带着你一起回去。你愿意嫁给我，和我一起回中国吗？”

顾蓝桥不知所措。

她一直以为，他们不过是两个身在异乡的同乡，她从不认为他们是情人，而现在他竟然突兀地向自己求婚了，并且要带自己回从未去过的故乡。

她的耳边突然响起一段话。

“我不知道该如何表达爱你的喜悦，但我知道，每天清晨我都会在八点一刻前起床，趴在阳台上，躲在花盆后面，等着你从对面的旅馆里出来。因为早晨这匆匆的一面，我的一天都变得绚烂起来……”

她结结巴巴地对周念琛说：“抱……歉，我……我有事，先离开一下。”

她噔噔噔地跑开了，朝着瑟林格家的方向奔去。

他轻浮，他玩世不恭，他沉溺于声色犬马之中，他有她最讨厌的性格，她也不喜欢他的书……但是，被周念琛求婚的那一刹那，她突然觉得，她应当是喜欢瑟林格的。

她在瑟林格的公寓楼下撞上了他，他打扮得衣冠楚楚的，像是要参加什么酒会。顾蓝桥扑上去，就像 1938 年她第一次在公寓楼下堵住他那样：“瑟林格，我有话对你说……”

空袭就是在此刻来临的。

| 八 |

1945 年，二战以德意日的失败宣告结束，身在中国的顾蓝桥收到了来自英国伦敦的一封电报。

电报上只有简短的一句话：事关瑟林格，请速回，E&E。

顾蓝桥坐在石榴树下愣了很久。

事关瑟林格……事关他的什么呢?

五年前，她和瑟林格都离开了伦敦，她和周念琛回了中国，而瑟林格去了美国。

他们最后见面那天遭遇了空袭，瑟林格拉着她跑进防空洞里躲避。空袭终于告一段落，她鼓起勇气对他说：“就在我来之前，周念琛向我求婚了，他想和我一起回中国……”

瑟林格打断了她的话：“好事情呀，你不是一直都很喜欢你的中国吗?正好，我也要离开伦敦了。”

沮丧和悲伤的情绪像海浪一样席卷了顾蓝桥，她强撑着，颤抖着问

他 :“你要去哪里? ”

瑟林格耸耸肩 :“去美国，波兰已经亡了，欧洲眼见就要沦为战场了，我可不想在战争的阴影下讨生活。我要去美国，换个地方，继续纵情声色。”

顾蓝桥笑了，笑出了眼泪。最后，她轻声对瑟林格说 :“保重! ”

从防空洞里出来后，她再没见过瑟林格，也再没听过他的消息。

她和周念琛一起回到了中国，却没有结婚。战争岁月里，她成了一名英文教师，她原以为自己会在中国终老。

没想到，她收到了这样的一封电报。

1945 年底，顾蓝桥回到了伦敦。

虽然经历了战争的洗礼，但 E&E 还存在着。顾蓝桥推开门走了进去，还是旧时的摆设，还是旧时的人。百废待兴，大家都在忙碌地工作着。看到她，大家并未感到意外，都友好地同她打着招呼，就好像她昨天还来上班了一样。顾蓝桥径直走进主编室，主编已经等候她许久了。

桌子上放着厚厚的一沓稿纸，主编示意她拿起来 :“这是 E · C · 瑟林格先生的手稿。他委托我们出版，但要求稿子必须由你来校对……这是他的遗作。”

稿纸纷纷扬扬，落了一地。

1945 年冬，阳光从冰糖样的窗子外照进来，外面的大街上人来人往，经历了战争，浴火重生的人们在和平的空气里闲适地走来走去。

瑟林格却死了。

| 九 |

E · C · 瑟林格死于波兰的纳粹集中营。

1940 年他确实离开了伦敦，但他并没有去美国，而是加入了军队。在

1943 年的一次战役中，他被敌军俘虏，关入了集中营。这部遗作正是他在集中营里笔耕的产物。非常凑巧，集中营的一个头目是他的读者，给他提供了纸和笔，默许了他的创作。

这份手稿后来就是在这个纳粹头目的身上发现的，而瑟林格死于盟军大反攻的前夜。纳粹心知他们回天乏术，便丧心病狂地对集中营的战俘们进行了“大清洗”。瑟林格在胜利来临前化成了一阵烟尘。

在这份手稿的最后，瑟林格写道，手稿若能见天日，就由 E&E 出版，由顾蓝桥小姐校对。

半个世纪的时间里，没有人知道这是为什么。

直到前不久这本书的中文版得以出版，在新闻发布会上，顾蓝桥的后人才向大众公布这个秘密。

这个秘密伴随着顾蓝桥的中文译本被人发现了。顾蓝桥于 1977 年突发心脏病去世了，直到几十年后，她的后人才在她的遗物里发现了《错误》的中文译本。顾蓝桥余生都在努力钻研中文，只为了将《错误》翻译成中文。

E · C · 瑟林格的遗作里存在着非常多的拼写错误。

而把这些错误拼凑起来，恰好是一封信。

E · C · 瑟林格写给顾蓝桥的信。

| 十 |

亲爱的 BB：

是时候向你讲讲我自己了。

我的父亲死于第一次世界大战，从他死的那日起，我就知道，人生短暂，需要及时行乐。你们中国有句古话，叫“来日大难，口燥唇干，今日相乐，皆当喜欢”。

我很喜欢这句话，若未来必要遭受大难，那么，在大难来临前，不妨日日狂欢。

对了，我还要告诉你，你对“天地不仁以万物为刍狗”的解读是错误的。

我要告诉你的是，我是喜欢你的。

战争来临前，我就喜欢你了，可是你们中国人太固执，觉得喜欢就要在一起。我想了想，我大约不能跟你在一起，所以只好把喜欢放在了心里。

集中营里有一个和我一起被俘的战士，他跟我说，他这辈子最不后悔的事，就是在参军前和邻居姑娘互相倾诉了自己的喜欢。

我这才明白自己当初有多蠢。1940年，我应该把自己的喜欢告诉你的。

不知我们能否再见，你们中国人总爱说来生，若我们来生再见，期盼是在蓝桥下。

旧梦·新言：

这篇文章，是因为一个错误。

在我的首部长篇小说《旧梦 1913》里有一句话：民国三年等不到一场雨，这一生等不到一句我爱你。

直到小说发行后，这句话成了一个段子，我才惊觉自己算错了，应该是民国二年，而不是民国三年。

悔之晚矣！ 我只好加大审核力度。

于是同系列的《旧梦 1937》上市前，校对用了十倍于《旧梦 1913》的严格标准校对这本书。当校对修改得手忙脚乱时，我突然想，为什么不写一个校对和作家的故事？

于是，在一家麻辣香锅店里，我一边等菜，一边跟朋友构思了《他从蓝桥走过》这个故事。

第十一梦

春生

春天，从遇到她的那一刻开始了。

| 一 |

1939 年春天，钟意来到香港的时候，是从角门进的梅家。

梅家正门紧闭着，仆妇张妈领着她从角门进来了。张妈用一口半生不熟的国语向她解释道："全家人都在医院里为大少爷忙着，有怠慢的地方，请您多担待。"

话虽这样说，但她脸上没有半点的歉意，唯有不耐烦。

钟意忙问："大表哥生病了吗？"

张妈扑哧一笑："抽鸦片抽昏过去了，也算是病吧。"

钟意听得虽然有些费力，但还是听清了"鸦片"两个字。她心里一惊，大表哥竟然是个瘾君子！

看见她讶异的神色，张妈忙正色叮嘱道："主子们不喜欢提这个，您出去可别乱说。"

钟意忙应承道："那是自然，这个道理我还是懂的。况且我在香港举目无亲，就算想说又同谁说去？"

说话间，她们到了一处地方。

这是一处小小的院落，门上落着锁，是那种老式的大铜锁。因为经年不开，锁生了锈，看着黑乎乎的。张妈掏出钥匙，半天才把锁打开。一推开那扇沉重的、因吸饱了雨水而布满了裂纹的大木门，便有蜘蛛网落在了钟意半旧的皮鞋上。

张妈带钟意进去，说：“格格吩咐，委屈您先在这住着。原本这里应该打扫干净的，没承想您的轮船提前两天到了香港，又赶上大少爷那档子事……”

钟意半天才反应过来她说的格格是梅家的老太太，大表哥的母亲。这位老太太出身满洲爱新觉罗家，在前清是正经八百的黄带子宗亲。钟意赔着笑说：“您说哪里的话？ 这里很好，我很喜欢。”

张妈嘴里客套着，却站得像圆规一般稳当，毫无动手打扫的意思。钟意看出了她的意思，便说：“张妈管着家里的事，想必很忙吧？ 若有事要忙，张妈就不必陪我了。”

于是，张妈嘴上说着“该死”，却脚下生风，毫不犹豫地离开了小院。

她离开后，钟意才仔细地打量起这个寄居之地。桌上落着灰，墙角结着网，很显然，这里多年没住过人。梅家当真是怠慢到了极致。钟意倒也不生气。她是来投亲的，来的路上她就知道肯定没人把她这个一表三千里的表小姐当回事。她只是个打秋风的穷亲戚，不过，在这乱世，人家肯施舍一间屋子已算对她仁至义尽了。

钟家和梅家是远房表亲。几十年来，梅家远避香港，而钟意的父亲作为外交官，常年携家带口旅居国外。两家已经多年未走动了。三年前，钟意的父亲官场失意，钟家日渐式微。年前，钟意的父母接连病逝。广州沦陷后，钟家广州的祖宅被日本人强行征用，钟意彻底成了无家可归的乱世浮萍。

因为走投无路，钟意才想起了梅家这门老亲，便厚着脸皮来打秋风。

讨饭的岂有嫌饭馊的道理？ 屋子不干净，打扫一下不就好了。

院子里有一口井，钟意翻箱倒柜找出几块抹布，遂挽起袖子，打水，擦洗……她忙了足足一个下午，这个久无人住的小院终于重获新生。

收拾完房间，钟意擦了一把汗，在小院的石凳上坐下来，环顾四周。

这个小院好好捯饬一番，也算是一处静谧雅致之地。墙根儿原本种着蔷薇，只是多年无人料理，早已枯萎了……院子当中有一棵桂花树，也不知道还能否开出花来……

寄人篱下的日子到底还是开始了。钟意轻轻吐了一口气。

晚上张妈送晚膳过来，钟意言辞谨慎地跟她提起当面向梅太太致谢的事情。张妈却说格格忙。直到第三天，钟意才见到这位派头十足的前清格格。

张妈领着钟意去佛堂拜见梅太太。佛堂缭绕的烟雾中站着一个戴着旗头、穿着旗袍、踩着花盆底的女人。她冲钟意伸出手来，她的小手指上还戴着长长的护甲套。

钟意看得毛骨悚然，想起了外国电影里的一些场景。

梅太太同钟意客套了一番，说亲戚之间不讲虚礼，钟意不必每天过来请安。

听了这话，钟意长舒了一口气，然后逃跑似的离开了佛堂。

站在庭院里，钟意回头望了一眼。从踏进梅家的第一步开始她就隐约觉得有些别扭。现在她终于明白了这份别扭从何而来。

身在香港，梅家大宅却是老北京式样的建筑，不仅全无西方建筑的风格，连广州建筑的风格也不沾半点。

洋务派当权已是半个世纪以前的旧闻了。菜市口戊戌六君子的血早被雨水冲刷干净了。北伐早完了，日本人如今在北平横行……外面的世界已经天翻地覆好几回了，梅家还活在前清里。

梅家有自己的节奏，或者说根本没有节奏。

戴着指甲套的老太太、抽鸦片的大少爷，这是一个完全停滞了的世界。

| 二 |

直到桂树开花，钟意才见到大表哥梅清溪。

八月桂花开，钟意小院里的那棵桂花树也凑起了热闹，开了满枝丫的黄色小花。一场小雨过后，花香愈浓。黄昏时分，钟意走出屋子，一眼就看见了坐在桂花树下的陌生男人。

那个男人穿着长衫，一副温文尔雅的模样，正在看手里的书。

钟意投靠梅家前做过功课，略一想就知道这个人是大表哥梅清溪。

走近了，她果然闻到了一股若有似无的鸦片味。压下心头的不适，钟意落落大方地向他问好："清溪表哥，今天怎么有空过来了？"

闻言，桂花树下的梅清溪抬起头来。

他很年轻，戴着一副金丝眼镜，长着一张才子的面孔，清秀文雅，眼睛里有一点孤高之意。

他冲钟意微微一笑："我是循着花香来的。"

一阵晚风吹过，他头顶的桂花树抖落满院的香气。钟意眼睛一弯，笑着说："你是被桂花的香气引来的，还是被桂花糕的香气引来的？"

此时，她的袖子挽得高高的，甜甜的糕点香气从小厨房里散发出来。火上蒸着的桂花糕要熟了。她转身朝小厨房走去，说："既然来了，就一起吃桂花糕吧。"

钟意也算是世家小姐，没想到她蒸的桂花糕也像模像样的。两个人坐在桂花树下吃桂花糕。梅清溪拈了一块糕点感叹道："这个小院已经荒废好多年了，这棵桂花树也好几年没开花了。我原以为它死了，没想到我们还能吃到用它的花做的糕点。"

钟意侧过脸看着他，嘴角一翘，说道："草木需要人气养，兴许是我来了，这里有了人气，枯树也就开花了。"

她的头发上有碎小的桂花，嘴角上也沾着桂花糕的碎屑。在这傍晚的香风里她好像一棵成了精的桂花树。

梅清溪不自觉地举起手里的书，遮住自己的面孔，也遮住望向她的视线：“这是外国人写的小说？”

可不是吗？那是英国作家狄更斯写的《圣诞颂歌》，是钟意从英国千里迢迢带回来的英文原版小说。下午她在桂花树下看这本书，心血来潮想做桂花糕，就把书往石凳上一扣，进了屋。

钟意挺惊奇的：“清溪表哥看得懂？”

她虽然是头一次见到这位表哥，却对他的大名早有耳闻。梅家祖籍安徽桐城，是桐城大族。梅家先祖伯言公，是乾隆年间桐城古文派的大家姚鼐的门生。梅清溪从小就有才名，三岁能文，四岁会诗。亲戚们都说他颇有先祖伯言公的风采。

一个古文才子，竟然懂得英文。

梅清溪摇摇头，自嘲地笑了笑：“我只懂些无用过时了的骈文，哪里懂什么英文……对了，你在香港大学学得怎么样，书读得吃力吗？”

提起功课，钟意志得意满：“最初有些吃力，因为我听不懂广东话。这半年，我学会了广东话，听课就容易多了。”

提起广东话，她兴致勃勃地说：“广东话乍一听有些饶舌，听多了倒觉得挺有意思的。”

梅清溪好奇地问：“怎么个有意思法？”

钟意的嘴角翘得越发明显：“香港男同学向女同学表白，说的是我钟意你。钟意可不就是我的名字？没想到，我的名字在广东话里是喜欢的意思！”

她顾盼神飞，让人移不开眼睛。梅清溪不自觉地附和道：“果然有意思。”

钟意像是突然想起了什么：“对了，现在功课赶上来了，我想去找份零工。”

梅清溪的眉头一拧："你住在梅家，一应供给梅家自然会负责，你何必辛苦自己？"

钟意难得羞涩起来："自食其力总是好的，我又不是没做过事情。过去在国外，我还给人家送过报纸和牛奶呢。我爹也鼓励我赚零用钱。"

是啊，她从小随父母满世界跑，受的是西式教育。西式教育鼓励女性解放自己，鼓励女性走出家庭、走向社会……

提起曾经的旅居岁月，她越发眉飞色舞起来："有一年，我们去约克镇过圣诞节。买圣诞树的钱就是我平时打零工攒下的零用钱。我爹带着我去邻居家的庄园里挑圣诞树。翠绿的枞树顶着个白头，可爱极了！ 我们把挑中的枞树砍下来扛回家，立在客厅的壁炉旁，然后用各种闪亮的彩球和铃铛装饰它。我爹给包括用人在内的每个人都准备了礼物。礼物用彩纸和缎带包起来，堆在圣诞树下。爹让我们自己选，选中哪个就是哪个，结果所有人都选错了。给我准备的洋娃娃被门房选到了，我选到的却是送给管家先生的烟斗。大家笑得前仰后合的，那个晚上真是快乐极了……"

回忆起那个圣诞节，钟意的眼睛里闪闪发亮，话像糖莲子一样往外蹦，连听的人都觉得甜丝丝的。梅清溪含笑看着她，她才反应过来，觉得自己有点失态："这些英国人的玩意儿，你可能不感兴趣。"

身在香港，却生活在与世隔绝的梅家大院里，古文才子梅清溪对这些东西大抵是不感兴趣的吧?

梅清溪笑了笑，不承认也不否认。

钟意正讪讪地笑着，突然，一个东西落到了小院里。她快步走过去，原来是一只黄嘴小鸟。它受了伤，翅膀上沾着血。

钟意双手捧着小鸟，给梅清溪看。

他们给小鸟包扎了伤口，又找了个闲置的木箱子，铺上些干草和棉花，权且当作小鸟的巢。

| 三 |

钟意说她要去找工作，并不是说说而已。

一个月后，和梅清溪一起喂小鸟吃黄米的时候，钟意说："表哥，我找到了一份工作。"

梅清溪已经忘了这回事，半天才想起前因来："哦？是吗？什么工作？"

钟意回答他："在一家新开张的百货公司做康克令小姐。"

康克令小姐。

二十世纪初，先施百货公司在香港兴起，一举打破了原有的小商店零售的格局。随着华人百货公司的不断壮大，旧世界的固有观念渐渐土崩瓦解。漂亮的女孩们开始走出家门，成为百货公司一道亮丽的风景。坊间称她们"康克令小姐"，即百货商店女售货员的意思。

梅清溪有些发愣。

钟意问道："你怎么了？"

梅清溪这才回过神来。他摇摇头，说："没什么。"

他说没什么是假的。

几天后，钟意再次见到了老格格。

老格格依旧一副皇室贵族的架势，同钟意说话，仿佛是慈禧老佛爷在训斥自己的女官："我听说你找了份工作，在百货公司抛头露面。"

她这话说得委实难听。钟意的眉头皱了起来："只是一份工作而已，我给顾客推荐他们需要的东西……"

老格格不耐烦地打断了她的话："不就是店伙计嘛！士农工商，商原本就排在最末，更何况商人的伙计！你是个女孩子，虽然家道败落了，但到底出身名门。你这样抛头露面的，于家族名誉有损。你怎么对得起你死去的父亲？"

钟意觉得好笑："我父亲一向教导我要独立，什么名门贵族，不过是过眼烟云……”

老格格冷笑道：“是吗？ 很可惜，你能做这个康克令小姐，还不是仰仗你的出身？”

钟意有些蒙，老格格继续火上浇油：“你以为你是凭什么得到这份工作的？ 满大街都是找工作的年轻女孩子，人家还不是看中了你的家世！只要你往柜台前一站，名媛的旗号立刻就会打出去。到时候你卖的还不是你死去的爹的名声！ 你谈什么独立？ 可笑！”

钟意倒吸了一口凉气。

她想起那天她去应聘的场景。原本，她确实被人家婉拒了。她都已经下楼了，又被追上来的人叫住了。那人告诉她，她被录用了。

看到她犹疑的神色，老格格的口气软了下来：“你们钟家和我家是老亲，一荣俱荣，一损俱损。只要你安心待在这里，不做损害两家名誉的事，我自然拿你当自家小姐看待。梅家虽然也在走下坡路，但多养你一个也不是问题……”

这话听上去很温和，实际与威胁无异。

钟意心里冷冷一笑，表面上仍旧恭恭敬敬的：“我怎么好一直麻烦您？我已经找好了房子，过两天就会搬出去。”

看出了老格格神色间的不安，钟意补充了一句：“我在外不会倚仗名媛的身份，做给梅家丢脸的事。”

她把“梅家”两个字咬得很清晰。

老格格这才放下心来，冷淡地说：“你一定要走，我也不好强留……”

一个声音打断了老格格的话：“谁也不许走！”

钟意循声望去，梅清溪大步流星地走了过来。

他是个旧式文人，一向文质彬彬、从容不乱，眼下却脚步杂乱、仪态全失。他走得很急，有些气喘吁吁的：“我是梅家的主人，凡事我说了算，表妹不能走。”

他神色坚定地与老格格对望着，老格格望向他的眼神十分复杂。

| 四 |

钟意到底还是搬出去了。

就在老格格与梅清溪僵持不下的时候，钟意主动站出来，对梅清溪说："搬出去是我的主意，表哥不必归咎于其他人。"

她去意已决，梅清溪只能尊重她的选择。

钟意搬走的那天，梅清溪去送她，看着她把不多的行李一件件整理好，才发觉一个藤箱就足以抹去她在梅家所有的痕迹。梅清溪问她："你答应我母亲不倚仗你的家世。这下恐怕你连康克令小姐都做不成了。没有工作，你以后靠什么生活？"

钟意狡黠地一笑："谁说我没有工作了？"

工作的事情，她早已经处理好了。她仍在那家名为"华光"的百货公司工作，只不过她不做康克令小姐，而是做市场部的职员。

和老格格吵过架后，钟意就去了华光百货，直奔老板办公室。

在办公室里，她见到了华光百货的年轻老板邹先生。她惊讶地发现这位邹先生曾和自己有一面之缘。来华光应聘的那天，她沮丧地走出接待室时，曾与他擦肩而过。

钟意单刀直入，问邹先生聘用自己，是不是看中了自己父亲前清重臣的身份。

邹先生倒也无耻得坦坦荡荡。他痛快地承认了这一点。

钟意冷笑道："想必邹先生也看过了我的履历。我从小随父亲出使欧洲和美国，外国的各种百货公司，无论是英国的 Selfridges、Harrods、John Lewis，法国的 Galeries Lafayette，还是美国的 Macy's，我都是他们的常客。对它们，我可以说是了如指掌。我了解外国的百货商店，精通英、法、日、意等多国语言，还有好品位，能够分辨商品的优劣，判断市场的流行趋势。以我的见识和能力，我可以为华光带来更多的东西，你却让我做个康克令小姐！ 这是何等的鼠目寸光！”

听了她的话，原本大大咧咧地坐在沙发上的邹老板收敛起玩世不恭的笑容，把雪茄往烟灰缸里一摁，说：“好，我就聘请你做市场部的职员，看看你这位见识高、能力强的名媛小姐能为华光带来多少东西！ ”

钟意就这样成了华光市场部的职员。邹老板欣赏她的胆识，破格为她提供了一间职工宿舍。

听她说完，梅清溪仍旧不放心：“我送你去宿舍吧。”

不等她反对，他就提起了她的藤箱。

他和钟意从角门出去了。

一出梅家，钟意便感受到了久违的自由。她深吸一口气，侧过脸看着梅清溪，突然扑哧一声笑了。

梅清溪觉得莫名其妙的，便问：“你笑什么？ ”

钟意一本正经地说：“我还是头一次在梅家以外的地方看到你。”

梅清溪疑惑地问：“有什么不一样的？ 在哪不都是我吗？ ”

钟意摇摇头：“不一样。”

多么年轻啊，多么自由啊，沐浴着梅家之外的阳光的你！

| 五 |

1939 年冬天，钟意搬出了梅家大宅，住到了华光百货的员工宿舍。邹老板给她的待遇不差，分给她的那间宿舍只有她一个人住。那是个独立的小套间，还有一个小小的厨房。她可以在那里煮煮饭、煲煲汤。

钟意散漫惯了，并不喜欢做饭，通常在楼下的小餐馆里解决自己的三餐。所以，到头来，那个厨房反而成了梅清溪开火的地方。

梅清溪隔三岔五地来看她，还总在黄昏时分来。为了让他放心，每次他来，钟意总会点燃煤气炉煮饭，装出一副认真过日子的样子。

梅清溪来看她，也就是聊聊天。他不说自己，他没什么好说的。他只是听钟意说。钟意可说的就多了，她说她的学业，说她的工作，说她如何平衡学业和工作，但她最爱说的还是华光百货公司。

百货公司是个有意思的地方。这是一个热闹的世界，里面的物品琳琅满目。这里每天都人来人往的，发生着各种各样的故事……

梅清溪擅长聆听。他专心地听她讲各种事情，一听就听到了天黑。

煤气炉上的饭熟了，房间里飘着浓郁的米香。梅清溪的肚子应景地响了一声，钟意扑哧一声笑了："你留下来吃晚饭吧。"

在钟意小小的宿舍里，在窄窄的桌子旁，在昏黄的灯光下，两个人头抵着头，吃起了饭。钟意只有一双筷子。她把自己的筷子给了梅清溪，然后跑到隔壁，又借了一双筷子来。

第二天，从百货公司下班的时候，路过生活用品区，钟意停留了一下。

她买了一双漂亮的竹筷子，然后郑重地把它放进了筷笼里。

筷笼里，两双筷子静静地依偎着，一派岁月静好、现世安稳的景象。

钟意在邹老板面前说的不是大话。很快这位南洋来的邹老板就看到了她的价值。正如钟意所说，她既有从国外学来的经验，又能总结本土顾客的消费心理。进入华光才短短几个月，她就更换商品、策划活动，做出了不小的成绩，让华光在永安、先施、新新、大新四分天下的香港有了立足之地。

很自然地，钟意升职了。邹老板破格把她提拔为部门副经理。

梅清溪再来看钟意的时候，她迫不及待地把这个消息告诉了他。

梅清溪故作惊讶地说："这么了不起？ 看来我得送你个礼物，奖励你一下。”

钟意低下头，笑了。她笑的时候嘴角旁有两个小小的酒窝，甜得好像他们今晚吃的酒酿桂花圆子。

第三天，梅清溪独自去了华光百货。

这是他第一次独自去百货商店买东西。一路上他心里忐忑不安。一个三岁能文、四岁能诗的才子竟在心里盘算着，如何向康克令小姐开口。假如人家问他买东西送给谁、对方是男是女、和他有什么关系，那可如何是好？

然而，走到华光百货前，他看到了滚滚的浓烟。

华光着火了！

他的脑袋嗡的一声，响了。今天钟意上班，她在里面吗？

他冲上去，抓住从里面逃出来的人，急巴巴地问：“钟小姐呢？ 钟意小姐有没有逃出来？”

那人茫然地看着他，半天才反应过来：“哦，钟小姐，钟小姐下楼的时候崴到脚了，还没有出来！”

梅清溪松开他，一咬牙，掩住口鼻就要往火场里面冲。

可是，还没冲进火场，他突然一阵痉挛，整个人趔趄着栽倒在地上。闻讯赶来的消防员把他拖到了一边。

他焦急地望着火场。好像过了一个世纪，有人踉踉跄跄地从火场里冲了出来。那人怀里抱着的不是钟意又是谁？

梅清溪的一颗心终于安然落地。

他望着抱着钟意的那个人。那人被浓烟熏得面目黧黑，但依旧能看出他是个挺拔英俊的年轻人。

那人就是邹老板。望着邹老板紧抱着钟意的双臂，梅清溪一怔。

| 六 |

对华光来说，这场大火算是一个大劫。

作为后来者，华光能从永安、先施、新新、大新那里分一杯羹已是不易，如今刚刚走上轨道，就遭受重大挫折。这突如其来的一场大火虽未造成人员伤亡，却将整幢大楼焚毁过半，更不要说那些被焚毁的货物了。华光要想重新开业，必须得有一大笔钱。然而邹老板年纪轻轻，早已把全部身家压在了华光上，再筹钱，谈何容易?

他只能向银行借钱。

然而邹老板一个南洋华人，在香港并无根基，让银行借钱给他谈何容易?

梅清溪去医院看钟意，见她长吁短叹的，便问她怎么了。钟意便向梅清溪说了华光的困境。邹老板的贷款要求已经被三家银行拒绝了。

梅清溪眉心微蹙："你舍不得这家百货商店？"

是啊，她舍不得！这是她的第一份正式工作。她为了这个工作付出了许多。她喜欢百货商店，喜欢它的丰富，喜欢它的热闹，喜欢看人们在这里挑选自己喜欢的东西，喜欢看到孩子们被琳琅满目的货品吸引。这里的一切都是生机勃勃的。

梅清溪沉吟片刻，安慰她说："事情会得到解决的。"

之后，梅清溪去找了邹老板。

有了梅清溪的担保，邹老板终于从银行里借来了钱。

1940 年的圣诞节，华光百货再度开门营业。

若你翻找 1940 年的香港报纸，兴许还能在上面找到关于华光百货圣诞之夜的报道。华光的开业典礼以圣诞节为主题。大楼装饰了七彩霓虹，邹老板雇了人在门口派发糖果给小孩子，大楼内部挂满了红色和绿色的彩带，一楼辟出空地，放了一棵高大的圣诞树。圣诞树上挂着彩灯、彩球，树下堆积着彩纸包装的盒子。凡是当晚在华光百货消费了一定数目的人，都可以挑选一个礼物。这些盒子有的是空的，有的装着礼物。礼物有孩子们的玩具，有女士们的丝袜……总之，打开盒子之前，你永远也猜不到你选中的礼物是什么……

华光还开了一个小型的圣诞节舞会。参加舞会的是华光的员工、合作者，以及那些帮助过华光的人。

钟意邀请梅清溪参加舞会时，梅清溪一愣：“我没有礼服。”

钟意变戏法似的拿出一个礼盒。礼盒里是一件燕尾服。钟意说：“我早就帮你准备好了。”

梅清溪犹豫着说：“我不会跳舞……”

钟意截断了他的退路：“没关系，我教你啊。”

她从椅子上跳了下来，牵起梅清溪的手：“外国交谊舞很简单的，你扶住我的肩膀，跟着我的节奏……”

她的手很软，软得梅清溪不敢用力；她的肩头滚烫，烫得梅清溪哆嗦了一下。

| 七 |

圣诞舞会那天，钟意是梅清溪的舞伴。

她穿了件湖蓝色的礼服，在宿舍里等着梅清溪来接她。黄昏时分，梅清溪终于来了。

钟意从窗户里看见了他，眼前一亮。

以往他都是穿长衫，这是钟意第一次看见他穿西装。原来他穿西装这样好看！ 他肩膀宽阔，身材挺拔，完全不像吸食鸦片的人。

不等他上楼，钟意便提起裙子，推开门，跑了下去。他们在狭窄的楼道里相遇。钟意笑嘻嘻地挽着他的手臂：“我们走吧。”

门童为他们推开了舞会的大门，新世界的璀璨灯光流泻出来，笼罩住门口的一对璧人。世界如此光明。

梅清溪深吸一口气，挽着钟意的手走了进去。

衣香鬓影，觥筹交错，这个舞会让人目眩神摇。梅清溪和钟意喝了一杯又一杯的香槟，跳了一支又一支的舞。舞会上的每个人都同梅清溪搭讪。钟意向梅清溪介绍对方，梅清溪便友好地报以微笑……

舞会结束的时候，梅清溪和钟意挽着手下了楼。天色晚了，顾客们早就散去了，一楼冷冷清清的。圣诞树下的礼物也被挑选得差不多了，只剩下零星几个礼盒。

钟意快步走过去，拿起一个礼盒，兴高采烈地拆开，却发现里面空无一物。

她不服输地把剩下的盒子都给拆开了，可是每个盒子都是空的。

运气竟然这样差。走在大街上，钟意仍旧是一脸的不快。

见她不开心，梅清溪安慰她说："你想要什么礼物？ 我送给你啊。"

钟意眼珠子一转，说："我要什么你都答应我吗？"

梅清溪迟疑了一下，仍旧点点头。

钟意狡黠地一笑，说："好，那我希望你答应邹老板的邀请。"

邹老板的邀请……刚才在舞会上，邹老板邀请他来华光工作。邹老板看出他并非池中物，相信他的加入一定能给华光带来新气象。

钟意的眼睛里充满了向往之色："如果你也来华光工作，那我们就是同事了。那样我就能常常见到不一样的清溪表哥了。我还没见过工作时的表哥呢……"

她很开心，借着酒意转了个圈儿，湖蓝色的裙子跟着飞了起来。暖黄色的灯光下，她好像一只快活的飞蛾。

梅清溪望着她，觉得眼眶十分酸涩。过了半天，他轻声说："我想一想，过段时间答复你。"

| 八 |

圣诞舞会后很长的一段时间里，钟意都没见过梅清溪。

再见到他是一个月后，梅清溪来宿舍找她。他瘦了许多，越发显得神情郁郁。

他是来拒绝邹老板和钟意的邀约的。

钟意不解，问他："为什么？"

为什么？ 梅清溪淡淡一笑："梅家家底丰厚，我尽可以做个悠闲的大少爷，何必劳心劳力去工作呢？"

钟意很失望，忍不住讥讽他："悠闲的大少爷就会写写无用的古文，再抽抽大烟吗？"

话一说出口，她就后悔了，然而覆水难收。

梅清溪猛地抬起头，眯着眼审视着她。半晌，他点点头："没错，这样的生活自在安逸，我挺喜欢的……兴许你管它叫堕落？"

这次见面两人就这样不欢而散了。

整整一个春夏，梅清溪和钟意没再见过面。

他们再见面是桂花开的时候。

丫鬟突然送来一碟糕点，是桂花糕，说是钟家表小姐送来的。丫鬟还带来一句话：桂花开了，我做了些糕点，一个人吃不完，送一些给清溪表哥尝尝。

梅清溪放下手里的书追了出去。

他在角门外的长街上追上了钟意。

然而，他也没什么话可说。半天，梅清溪开口道："谢谢你的桂花糕。"

两个人的交往这才续上了。

从那以后，两个人绝口不提曾经的不愉快，权当没发生过这回事。

冬天很快就来了。

十一月底的一天，钟意问梅清溪 :“邹老板昨天向我求婚了，你觉得我该不该答应他？”

梅清溪捏筷子的手微微顿了一下，片刻后，他说 :“好啊，邹老板是个好人，你们很般配。”

钟意点点头 :“我也这样觉得。”

过了半天，她又开口 :“下个月我要和邹老板离开香港，去一趟国外。”

去国外？ 去哪个国外？ 去英国、美国，还是南洋？ 为什么要出国？为公还是为私？

这里面可问的话很多，然而，梅清溪最终只是“嗯”了一声。

他什么都没问。

他们谁都没再说话。

那是 1941 年的 11 月。

| 九 |

钟意再回到香港，是 1945 年的秋天。

秋天是桂花开放的季节，然而梅家小院里的那棵桂花树却连半点颜色也没有。

钟意站在树下，望着那一树的枯枝，耳边是张妈的絮叨声。

“这树就在您住的那年开了一回花。您搬走后它就没再开花了……格格和大少爷都是在日本人来的当年去世的，总算没受什么苦。大少爷去世后，梅家宅子就被日本人霸占了。多亏大少爷在遗嘱里写明了这宅子是留给您的。否则日本人走后这宅子八成会充公……”

梅清溪死了。

香港在 1941 年的圣诞节沦陷了，而梅清溪病逝于 1942 年的春天。

1941 年 11 月，她对他说，邹老板向自己求婚了，他们要去一趟国外。

那时，他除了“嗯”什么都没说。

没有想到，这个“嗯”字竟然是他最后对她说的话。

钟意和邹老板原是为公事出差的。没想到他们刚到英国就传来了香港沦陷的消息。他们因此滞留在英国，从此和香港失去了联系。钟意也曾向梅家寄过信，却从未得到任何回应。

原来无回应是因为无法再回应了。

四年里，人世间天翻地覆，这小院却还是旧时的模样。或许是因为它过于偏僻了，所以强占了梅家大宅的日本人也懒得打理它。这才成全了她故地重游，寻找旧时踪迹的心愿。

钟意走过齐膝的草丛，走到屋檐下。屋檐下挂着一只空空的鸟笼。那年她和梅清溪初见，曾救了一只受伤的鸟，梅清溪还特地找了个鸟笼。

如今鸟笼仍在，但鸟何在？

曾经一起喂鸟的故人又何在？

她推开门，走进屋里。

满目落灰无人扫，钟意的目光最后落在了桌子上。桌子上放着一本书。吹去落灰，钟意不禁一愣，竟是那本《圣诞颂歌》。

翻开书，每一页都有被人抚摸过的痕迹。这本书好像被人反复读了无数遍。

是梅清溪，是他。

他不是不懂英文吗？ 他为何把这本书翻了无数遍？

钟意捧着书愣在原地。

她永远也不会知道，梅清溪是读得懂这本书的。

他懂的不只是无用的骈文，还有英文。他父亲在世时，曾为他请过家庭教师。那个教师是英国人，那时，他学会了英文。那时，他还是个十四五岁的少年，也曾幻想过有一天去英国，去看看老师说的博物馆和大教堂……

如果不是他的父亲病逝了，如果不是他生病了，又被母亲诱骗吸上了鸦片……

他的母亲，那个沉浸于王朝幻想中的女人。她将自己和儿子囚禁在深深的宅院里，幻想着挽住时代的巨轮。

他是她唯一的儿子。他只能眼睁睁地、清醒地陪着她沉沦下去。

直到那一年钟意出现了。

他不是没为她挣扎过。那年的圣诞夜，她邀请他去华光工作，他认认真真地考虑过这件事。

那夜他回到家，把自己关在小院里，任凭谁来敲门都不开。他想靠意志力戒掉烟瘾。他在心底发誓，只要戒了烟，就反抗母亲，敲碎她的王朝梦，为自己，也为自己和钟意的未来搏一把。

然而，他没能成功。

他晕倒在房间里，下人们撞门而入，用一口鸦片救活了他。

躺在床上，在鸦片制造的幻觉里，他看见自己的未来破碎了，最终碎成粉末，随风散去。

后来，他打开鸟笼，放走了那只鸟。

然后他去找钟意，拒绝了她的邀请。

她是那么新鲜、那么生机勃勃的一个人，他怎么能把她拖进这阴暗无望的世界里，让她陪着自己一起沉沦？

就让她在新世界璀璨的霓虹灯里翩翩起舞吧，会有人牵起她的手，和她跳一支又一支的舞的。

至于他，就在旧世界的泥塘里独自沉沦，悄悄腐败掉吧。

她永远也不知道他是怎样的一个人。

她何必知道呢？

| 十 |

1939 年的秋天，他们一起坐在桂花树下。

他以为桂花树早就枯死了。

她说："草木需要人气养，兴许是我来了，这里有了人气，枯树就开花了。"

是啊，她的到来令枯树重获新生，然而，重获新生的又何止那棵桂花树?

那时，他听见自己枯萎已久的心上，有东西在破土而出。

那时，他多希望她永远留下来，让他心里的种子顺利地长成一棵参天大树……

但是人世间有一双翻云覆雨的手。

她是一线春光，照进他灌满寒风的阴暗世界里，让他的世界变得温暖而明亮，他一生中的春天从遇到她的那个瞬间开始了。

但是，她是他留不住的春光。自她走后，他的生命一瞬间从春天掉到了冬天。

从此，春天再没光临过他的生命。

旧梦·新言：

我喜欢看年代英剧，譬如大热的《唐顿庄园》之类的。有一次我看到一部英剧《塞尔福里奇先生》，讲的是伦敦百货业先驱塞尔福里奇的传奇故事。

于是我想，中国是怎样从杂货铺时代进入百货时代的呢？

于是我找了几本相关的闲书，在里面看到了一个词“康克令小姐”。说的是早期百货业为了打开局面，聘请年轻漂亮的女孩子充当店伙柜员，时人称之为“康克令小姐”。

于是我很想为康克令小姐写一个故事。

在那样的时代里，一个女孩子抛头露面，是需要很大的勇气的，是要背负很多指责的。

我又想，如果这个女主角身上有更重的包袱呢？比如她出身名门……

最后，我写了这个落魄贵族小姐冲破家族的藩篱，进入百货业的故事。

第十二梦

沉睡在 1941 年的秘密

旧梦1941

我爱上他全是自愿的，
我的心是自由的。

| 楔子 |

他想起那一年，在宣家书房里，她专注地看着他，透过他去雕琢自己心上人的模样。

| 一 |

从长辈的亲戚那里，我听了很多的故事。少女时期的我顶不喜欢的，就是四叔公和四叔婆的故事。

说是叔公叔婆，实际上我们在血缘上并不亲密，他们于我而言，属于“一表三千里”的那种远房亲戚。十九岁之前，我从不知道这两位亲戚的存在。直到大二那年我作为交换生去台北读书，父母因为我一个小姑娘独在异乡不放心，特地找了台湾的亲戚，托他们照看我。

四叔公和四叔婆的家在罗斯福路三段，就在台湾大学附近。我在台湾读书的那段日子就寄居在他们家，听四叔婆把她和四叔公的那点子故事说了一遍又一遍，简直不胜其烦。

简单而老套的故事，无非是年轻时四叔公嫌弃四叔婆是旧式女子没文化，但四叔婆对四叔公一往情深，一生执着，终于感化了四叔公，最终两个人白头偕老。

四叔婆讲这些给我听，其实也是为了感化我，因为那段时间我和男朋友为了点鸡毛蒜皮的事闹得不愉快。四叔婆无非是想告诉我，对爱情里的女孩来说，忍是一种美德。

哼，我信她才怪！

那时我正值青春年少，想要骑最快的马、喝最烈的酒，认为生命中的一切都要像火一样，痛快淋漓，轰轰烈烈。我认为自尊顶重要，因而看不起委曲求全的人，无论男女。我觉得卓文君写诗祈求司马相如回心转意，简直丢尽了古今才女的颜面。古诗里说“此情应是长相守，你若无心我便休”，我击节赞赏，为此节此烈浮一大白。

直到最近四叔婆去世了，我才知道，他们的故事原来有另一个版本。

我初见他们的时候，四叔公和四叔婆就已经到了耄耋之年。

每个老人都年轻过，都有过丰腴的脸、清澈的眼、乌黑的鬓发和洁白的牙齿……以及成为“四叔公”和“四叔婆”前美丽的名字。

四叔公的名字叫莫启桑，四叔婆的名字叫宣青檀。他们的故事里还有另一个人，那个人的名字叫聂雨声。

| 二 |

1941 年 5 月，聂雨声来到泾县的时候，天正在下雨。

暮春的细雨，如牛毛又如绣线，弥漫了整个乡村。这地方多树，一种叫作青檀的树。树木翠色亮眼，被水汽笼罩后，看起来朦朦胧胧的。

聂雨声擎着伞慢慢地走在青石路上。他是第一次来这种乡下地方，走得小心翼翼的，生怕滑倒了。拴在路边的水牛好奇地看着他，仿佛在问这个外乡人是谁。他穿着长衫，戴着眼镜，手里提着藤编的小箱子，若不是脸太年轻，倒像个先生。

细雨扑面，聂雨声抬起袖子擦了一把脸，然后就看见了宣青檀。

宣青檀正坐在绣楼里看雨。高高的绣楼，小小的窗被人推开了，十五六岁的少女托着腮，凝神望着雨。窗台上摆着的月季开花了，少女的脸和绽放的花，是两个俏丽的粉团。

隔着烟雨，聂雨声出神地看着绣楼上月季后的少女的脸，一个不注意，脚下打滑，狠狠地跌了一跤，整个人顺着斜坡滚了下去。

他这一摔，就摔断了右臂的骨头，直到一个月后，他的右臂还打着绷带吊在胸前。

幸好他是个左撇子，受了伤也不妨碍教书写字。他左手拿着书，在宣家的书房里踱来踱去，用清朗的声音念着书上的诗句，是卞之琳的新诗：

你站在桥上看风景，
看风景的人在楼上看你。
明月装饰了你的窗子，
你装饰了别人的梦。

念着念着，他不由得想起一个月前的初见。他在心里默默地改了这首诗——

你在绣楼上看雨，
躲雨的人在油纸伞下看你。
月季装饰了你的窗子，
你装饰了别人的梦。

那个“装饰了别人的梦”的宣小姐就坐在书桌前。十五六岁的少女娇憨可爱，歪坐着，用手托着腮听他读诗。她面前摊着一张大大的宣纸，纸是好纸，可纸上的字却不是好字。那字软塌塌的没有根骨，歪歪扭扭的没有章法。但这不赖写字的人，她大字不识一个，这算她写的第一个字——宣，她的姓氏。

有小孩故意成群结队地从窗下跑过，笑嘻嘻地叫着："大姑娘小学生，断了手的小先生！"

他们都是宣青檀的弟弟。这也怨不得他们，在泾县这个地方，女孩长到十五六岁才开始读书写字是很奇怪，是会被人笑的。而且宣青檀早已许了人家，等姑爷从日本留学回来他们就成亲了。

让她读书写字的人，恰恰是她的未婚夫。

宣青檀的未婚夫叫莫启桑，他们是从小定的娃娃亲。莫启桑大她几岁，是从黄埔军校毕业的军校生，年前赴日留学了。走之前他留下话来，为防婚后夫妻俩没有共同语言，大字不识一个的宣青檀要读书认字。

他这个要求让宣家父母有些为难。宣家是乡绅家庭，都民国三十年了却仿佛活在前清。他们家信奉"女子无才便是德"那一套，从不让女孩读书，更何况宣青檀已经十五六岁了，让她进学堂和小孩子们一起读书肯定是不行的。

几番商量后，莫启桑最终托人给出了一个方案：宣青檀在家接受私塾教育，但学的内容不能是四书五经、《女德》这种腐朽的东西，要学就学新文化。

要在泾县这种地方找一个通晓新文化的先生未免有些强人所难，于是聂雨声来了。

聂雨声是莫启桑军校同袍的中学同学，原本也是想出国留学的，但因为家境贫困，又有一个生病的妹妹要照顾，毕业后只好去找工作。莫启桑委托他当宣青檀的老师，一下子解决了两家人的燃眉之急。

宣青檀的父母对聂雨声也不是没有微词，一个二十出头的男先生……但莫启桑反驳了他们。他振振有词地说，民国已经成立三十年了，宣家的思想何以如此古旧？ 上海多的是男先生和女学生，结了婚宣青檀总归是要跟他去上海的，难道那时候也抱残守缺，不见外男吗？

就这样，聂雨声来到了泾县。

| 三 |

来之前，聂雨声在心里多次勾画过宣青檀的形象。

在那个年代，新青年娶“旧妻子”的例子不在少数。他见过很多“旧妻子”，大多瘦瘦小小、怯生生的，声如蚊蚋，不敢抬眼看人。他想，这位宣小姐大概也是这个样子。

然而事实并非如此，宣小姐瘦却清秀、小却玲珑、静而不怯，这一切都显示出她良好的家庭环境和淑女教养。她时不时还会展现出少女的热情活泼。她的女红做得很好，手绢上、袖口上绣着的翩跹欲飞的蝴蝶就是她的杰作。

她的一切都很好，除了一点，她不爱读书。

或许觉得自己这个年龄才读书有些不好意思，她表现得很敷衍。她学写字，学了半个月却没有一点进步，依旧跟小儿涂鸦似的。很多次聂雨声都想狠下心来批评她，但看到她那双坦然无辜的眼睛时，他心里的一腔火气便烟消云散了。

他跟她讲道理：“你这样是不行的。启桑是留日的高才生，你若连字都不识一个，以后怎么和他聊天？ 你总不能和他聊邻居家鸡毛蒜皮的事吧。”

宣青檀眼珠子一转，问聂雨声：“听说你是他的同学？”

聂雨声犹豫片刻，点了点头。

宣青檀的眼睛瞬间就亮了：“你跟我讲讲他吧。”

聂雨声反问她：“你和他见过面吗？”

宣青檀点点头："我家和他家是世交，他也是泾县人。以前住在泾县的时候，他时常和他的父亲来我家拜访我的父亲，或者预订新纸。"

泾县以造纸闻名，宣家有泾县最大的造纸坊。

宣青檀伸手攀过窗前的一枝花，揉捏着花瓣。丰沛的花汁浸染了她的手指，散发着甜蜜芬芳的气息。她的指甲是新橙色的。乡下女孩喜欢用凤仙花染指甲，前几天，聂雨声看到她和丫鬟把凤仙花摘下来，放在石臼里加了白矾捣碎。丫鬟用簪子挑一点碎花挨个儿敷在宣青檀的指甲上，敷好后用白棉布包住手指，再用细线一圈圈缠紧。整个过程中，宣青檀一直坐在石凳上伸开十指，翘着指尖。她蹙着眉，抿着嘴，在午后的阳光下，就像被风吹得颤巍巍的凤仙花。

宣青檀重复了一遍："你跟我讲讲他吧。自从他家搬去了上海，我再没见过他，算一算已有三年了。他在学校里读书好吗？ 先生和同学们喜欢他吗？"

她顿了顿，咬了咬嘴唇，飞快地问："有别的女孩喜欢他吗？"

聂雨声放下手里的书："我不是黄埔的学生，平时很少见到他，只是偶尔在聚会上见到他。听说他的军事理论读得很好，枪法也很好，是老师的得意门生。我们聚会的时候，总有年轻漂亮的姑娘偷偷看他，笑得满脸红霞……"

那天下午他们没有学习，聂雨声给宣青檀讲了一下午的莫启桑。

宣青檀的脸始终像敷了粉一般地透出一层桃红色。提起未婚夫，她就变得很羞怯。她小声地问聂雨声："他现在长什么样子呀？ 我们已经三年没见了，不知道他长高了多少，容貌有没有变化……"

聂雨声想了想，站了起来："他现在大概和我一样高，眉毛比我的长一点浓一点，嘴巴比我的薄一点……"

宣青檀仰起头看着聂雨声，聂雨声突然转过身去，顺手拿起书本匆匆地说："今天的课就上到这里，我晚上有事，就先走了。"

他大步流星地离开了，留下宣青檀懵懵懂懂地坐在原处。

| 四 |

从那以后，聂雨声便不再管宣青檀读书是否认真。而宣青檀在消极了一段时间后，突然在某天认真起来。

那是聂雨声来宣家后的第三个月，他走进书房时，发现宣青檀已经坐在里面了。

她端端正正地坐在书桌前，安静地翻阅着书。晨光从窗子外照进来，洒在她的身上，温柔而模糊，这画面就好像一个梦境。聂雨声忍不住揉了揉自己的眼睛。

他检查了昨天留给宣青檀的作业，破天荒地，她第一次完成了作业。一张大字，字迹虽幼稚，但看得出她已经很努力了；背诵诗词，她虽然背得磕磕巴巴的，但好歹记全了。

展示完功课的宣青檀眼巴巴地看着聂雨声，等待着他的夸奖。聂雨声夸奖了她，然后问她："你怎么突然想好好学习了？"

宣青檀避而不谈，只是垂下了眼睛，她的眼睫毛像扇子似的忽闪了一下："聂先生，上海的女学生们都是什么样的？"

1941 年，上海的女学生们在学校的时候，喜欢穿阴丹士林的旗袍，配着长筒袜和黑色皮鞋，像一阵阵清香的风；在校外，她们有很多选择，旗袍、小洋装……她们有文化，爱参加诗人举行的沙龙，爱笑爱闹，爱去国泰电影院看最新引进的外国电影，爱在舞会上大出风头……

宣青檀听得有些神往，她抖动着长长的睫毛，自言自语道："上海的姑娘，听上去是比乡下的姑娘好。"

聂雨声却否定了她的话："不是的，你没有必要变成上海姑娘，你是独一无二的，所有的上海姑娘都没有你好。"

他说得很严肃，宣青檀却好像没听到似的，呆呆地望着庭前的落花。

一转眼，小半年的时光匆匆过去了，泾县进入了秋天。

秋天是收获的季节，是成熟的季节，但对宣家来说，是开始准备嫁妆的季节。

莫启桑明年就回国了，按照两家父母商量好的，他们明年年底就要完婚，所以，该准备的东西都要准备起来了。

宣家一时之间变得喜气洋洋的。宣家在木匠作坊里订了几十口大大的檀木箱子。箱子刷上金的、红的漆，等着往里面放各色的嫁妆。宣家每天都有人来，今天是绸缎庄的老板，明天是裁缝铺的老板娘……

等待出嫁的日子里，宣青檀就好像沉浸在美梦当中，脸上带着醉酒般的笑意，整个人都恍恍惚惚的。

聂雨声看在眼里，觉得心里真是难受极了。

终于有一天，他对宣青檀发了火。

那天，裁缝刚给宣青檀量了尺寸，她的喜服就要开始做了。旧式喜服考究、繁复。宣家只有这么一个女儿，必定是要风光大嫁的。这风光，除了表现在那几十箱的嫁妆上，还表现在那一身鲜亮华美的喜服上。

裁缝给宣青檀看了图纸，那喜服真是太美了，每个女孩都会被这件喜服迷倒的，宣青檀也不例外。坐在书房里，她神思飘飞，想着那件喜服。或许她已经想到了自己穿着这身喜服嫁给莫启桑的场景……

聂雨声打断了她的想象，他的话生冷而僵硬：“我劝你别想了，莫启桑根本不值得你喜欢。”

突然被人从美梦中拉回现实里，宣青檀吃了一惊。她睁大眼睛看着聂雨声，就好像魂魄未能彻底回到肉体里似的。

这个样子的她很动人。聂雨声突然恶从心头起，他反手关上了窗子，然后扳过她的肩膀，俯身吻了下去。

一记响亮的耳光结束了聂雨声的意乱情迷。

宣青檀推开窗户，冷冷地看着他：“聂先生，今天的事情我就当没发生过，您明天就辞馆走人吧。”

| 五 |

聂雨声在来到泾县的第七个月里离开了宣家。

他向宣家父母提出的辞馆理由是妹妹突然病发，需要照顾。

他是提着藤箱来的，走的时候也只提着这个藤箱。这七个月里，他在宣家并未留下太多的痕迹。他沉默地收拾着自己为数不多的行李。

收拾完行李，他转身就看见宣青檀站在门前，静静地望着他。

半晌，她开口道：“我爹说师生一场，让我送你一程。”

她跟在他身后送他出了宣家，走出宣家大门，又默默地陪他走了一段。今天的太阳很好，斜坡上的大片空地上晒着青檀枝。草木发酵出清香的气息，他们沿着斜坡走着。聂雨声蓦地想起曾经在书上读到的“陌上花开，可缓缓归矣”。

忧伤的情绪如潮水般涌来，他看了宣青檀一眼。或许这是最后的一眼了，他一生中关于她的部分，或许只有这么多了。

宣青檀却在石板上坐了下来，并招呼他：“聂先生，你也坐。”

石板被太阳晒得有些烫，他们并排坐着。

宣青檀突然说：“聂先生，你来这里的原因，其实我都知道的。”

聂雨声心里咯噔一声。

宣青檀转过头，望着远处的青檀树：“你们都怕我难堪，不肯告诉我。但其实在你来的第三个月，弟弟和我吵架时就告诉我了。弟弟说启桑原本是想退亲的，他以我没有文化为借口要退亲。我爹娘不同意，决定找先生教我读书。我还知道启桑有一个女朋友，是个女学生。”

她指着斜坡上的青檀枝跟他讲：“这是青檀树，我的名字就是出自它。”

她问聂雨声："先生知道我父母为什么给我取名青檀吗？"

她家造纸，造的是宣纸，又恰好姓宣，而青檀，正是宣纸的原料。

她又问聂雨声："你的箱子里有宣纸吗？"

聂雨声打开藤箱，从里面取出一张纸。宣青檀捧起雪白的纸嗅了嗅，然后展颜一笑："是我们家做的新生宣。"

她把那张纸揉成一团："聂先生，这张纸您回去后熨一下，又会平整如新。这正是我父亲给我取名为青檀的原因。他希望我像这张生宣一样，无论经历了怎样的揉折，都能恢复最初的样貌。"

她把纸递给了聂雨声："曾经的我很不解，为什么爹不希望我一生毫无波折呢？ 为什么爹祝愿我的不是拥有一生平安的好福气，而是具备遭受揉折后重整旗鼓的好勇气呢？ 后来我终于明白了，一生平安不过是一个理想，人的一生怎么可能一直平安呢？ 有些事情你是一定会遇到的，有些人你也注定会喜欢上。就像飞蛾扑火，你明知自己会受伤，可你不想躲。因为你贪恋那一刻的温暖，你宁愿死在火里，也不愿在黑暗里忍受犹豫和后悔的折磨。"

她看着聂雨声，眼珠子漆黑如墨。她很认真，认真得仿佛在佛前许愿。她说："我对莫启桑，就是这样的。"

她絮絮叨叨地说着自己和莫启桑的事。从小时候开始，她就暗恋他了。她最幸福的时刻就是听到自己和他定了亲。如果她能嫁给他，那前者就退居其次，成为她这一生中第二幸福的时刻……

她不无惆怅地说："我知道，上海的女学生们要自由恋爱，反对包办婚姻。可无论是自由恋爱还是包办婚姻，有什么要紧的？ 要紧的是那个人，我爱上他是自愿的，我的心是自由的。"

她爱他，对她而言，他是她的命运。为了爱他，她愿意去扑火。

| 六 |

聂雨声在那个冬天离开了泾县，从此宣青檀再也没见过他。

聂雨声离开后的第二年秋天，莫启桑留学归来。但宣青檀和他的婚礼并没有如期举行，他找了各种借口一拖再拖。每次媒人带消息回来时，宣家父母都暗自叹气。但他们从不和宣青檀说，他们只说莫启桑忙，刚刚回来，又进了政府部门做事，忙得很，私事先放到一边……

而莫启桑在干什么呢？ 他一心想毁了这门亲事。他是有女朋友的，他们从大学开始就谈起了恋爱，又一起去了日本。他们有很深的感情，莫启桑只想和自己的女朋友白头到老，并不想让一个自己连脸都不记得的乡下土包子做自己的妻子。

莫启桑的父母自然不同意，于是事情就这样拖着。直到 1943 年的春天，莫启桑被抓了，罪名是卖国。

政府怀疑他在日本留学期间加入了日本间谍组织，回国后从事阴谋破坏活动，理由就是他那个鹣鲽情深的女朋友。

那个女孩刺杀某个政界要人未遂，当场被击毙，确系间谍无疑。既然她是间谍，那么和她谈了五年恋爱的莫启桑会清白吗？

莫启桑被投入大牢，原本热热闹闹的莫家顿时门可罗雀。莫启桑有叛国的嫌疑，人人都对他避之不及。

莫启桑的父母老泪纵横地来到宣家，请求他们原谅自家养了个大逆不道的儿子。他们不敢连累宣家，若宣家愿意，他们即刻取消婚约，不连累宣家小姐。

宣家父母也很犹豫，不管莫启桑叛国是真是假，现如今他人在牢里，前途未卜是错不了的，不如趁此机会给双方一个解脱……

两家父母正沉默着，门帘一掀，宣青檀走了进来。

她径直走向莫启桑的父母，单刀直入：“法庭和政府还没给他正式定罪呢，二老作为他的父母，怎么可以放弃呢？”

她转头看向自己的父母，表情很坚定：“我相信启桑是清白的，我会等他的。”

然后她一掀门帘走回自己的房间，再没有出来。两家父母面面相觑，不知该如何开口。

后来的事情，就是年老的四叔婆和我讲了无数次的那些情节。

宣青檀坚信自己的未婚夫是无辜的。她催促自己的父母托关系、找人脉，给莫启桑洗刷冤屈。她不退婚，坚定地等着他。

被关押的第六个月里，莫启桑在监狱里给她写了一封信。

在那封信里，他表达了自己的感激和忏悔之情，并说在牢里的这半年，他回忆起了他和她的童年、少年时光，想起了那些早被自己遗忘的她的美和好。

收到这封信的当天，宣青檀哭了一整晚。

对莫启桑，她所求的不多，甚至可以说无所求。如今猝不及防地得到了回应，她被狂喜淹没了，唯一的发泄途径竟然只有哭。

又过了半年，莫启桑终于接受完调查，洗清了嫌疑，出了狱。

莫启桑出狱的当天，宣青檀就等在监狱门口，等着见他一面。他一出来，她就不顾旧式淑女的矜持，跑过去紧紧地抱住他。

莫启桑的手在她的肩膀上徘徊了半天，最终悠悠地落下去，虚虚地放在她的背上。

他们没能立刻结婚，因为战事正紧，而莫启桑是军校毕业的高才生，国难当头，国家正需要他这样的人才。

出狱不久，他就奔赴前线去打仗了。

两个人正式结婚是在抗战胜利以后。

宣青檀的婚礼很隆重，嫁妆放在几十个红底金漆的大箱子里。她的嫁衣华美得令人嫉妒，她的新郎官年轻有为、英俊倜傥。她的婚礼是泾县那十年间最体面的婚礼。多年后还有老人家艳羡地提起来，啧啧有声地说："当年宣家嫁女儿，那个排场……"

后来，解放战争以国民党的败退宣告结束，身为国民党军官的莫启桑便带着妻子宣青檀去了台湾。

再后来，几十年的光阴转瞬过去，他们成了四叔公和四叔婆，红颜成了白发，垂髫变成花甲。

他们的爱情故事一直在亲戚间流传着，用以忠告后辈，爱是恒久的忍耐，完美的婚姻更需要忍耐……

而在四叔婆的葬礼上，四叔公却告诉了我一个与流传的版本截然不同的故事。

故事不同，主题自然也不同。

如果说众口相传的那个故事的主题是忍耐，那么真实故事的主题便是牺牲。

牺牲的是谁？ 我困惑不解。

| 七 |

1941 年，分别时，宣青檀对聂雨声说："聂先生，你来这里的原因，其实我都知道的。"

听到这句话的聂雨声吓了一跳，他的心怦怦直跳，就好像小时候偷了妈妈的钱却被发现了，他害怕看到在乎的人脸上露出失望的表情。

但幸运的是，宣青檀说的只是莫启桑试图退婚这件事。聂雨声长舒了一口气。

他到底为什么来？ 他确实有事瞒着她，但那件事，可比她知道的要可怕得多。

他来泾县，并不是为了教她文化知识，好让她配得上自己的高才生未婚夫。

他是带着目的来的。他受雇于人，要拆散这门婚姻，而雇他的人，正是她的未婚夫，那个叫莫启桑的青年军官。

莫启桑厌恶这桩婚姻，却受到长辈的阻挠无法退婚。无奈之下，他想出了一个恶毒的招数：找一个英俊的年轻人接近宣青檀，和她日日相对。朝夕相处加上刻意的引诱，她多半会动心吧？若她主动提起退婚，他的父母还有什么理由阻止他另觅佳偶呢？

聂雨声正是带着这个目的来的，他才不是什么学生，他不过是个拆白党罢了。

他风度翩翩，谈吐优雅，却不是学生、先生或者其他有身份有地位的人。他只有一个患有心脏病的妹妹。为了支付妹妹高额的医药费，他无奈地将所有的资本——相貌、气质、谈吐，投于行骗之中。他是拆白党中最为上流的那一类人，以乔装身份引诱富家小姐和阔太太为生。

他遇到莫启桑，是因为一桩任务失败了。他受组织的委派去引诱一位年轻的孀居的军官太太。而那位军官太太正是莫启桑老师的儿媳。莫启桑识破了他的伎俩，却并没有对他怎么样，只是让他去泾县为自己做一件事……

去之前，聂雨声将这趟差事当成一桩再寻常不过的生意。不过是没见过世面的乡下小姑娘罢了，有比这更容易骗的人吗？

但聂雨声没想到的是，他不仅失败了，还赔上了一颗心和余下的人生。

第一次在雨中看到绣楼上的她，他就被她那种清新的美打动了。

可是这个小女孩心坚如磐石，情韧如蒲草。她执着地等待着，明知前面是火也愿意为光送命。

他又能怎么样呢？

他只好认输离去。

大部分的人在情场上并不是输给了自己的情敌，而是输给了自己的情人。

1941 年，聂雨声怀着对爱情的绝望离开了泾县和宣青檀，从此再没见过她。但他的余生，其实全都与她有关。

去世的四叔婆永远也不会知道，莫启桑在狱中写的那封信其实是由聂雨声口述的。

心里有了爱情，人就会发生变化。遇到了宣青檀的聂雨声再也不愿做骗人感情的拆白党。妹妹因病情恶化离开了人世，孑然一身的他几经辗转成了一名狱警。而关押莫启桑的那个监狱，恰巧是他任职的地方。

在牢里，他威逼着莫启桑给宣青檀写了那封信。

那时莫启桑的事情真相未明，他的生死也难以预料。但这个叛国嫌疑人的忠贞未婚妻，整个牢里的狱警却都有所耳闻。有的老狱警不无羡慕地咒骂着 :“哼，这么好的女人怎么就让这个小赤佬遇到了？”

是啊，她是这么好的女人，可莫启桑却不爱她这样的女人。

可这个好女人却爱着他。

聂雨声觉得好难过，于是威逼莫启桑写了那封信。如此一来，即使莫启桑第二天就被枪毙，至少对宣青檀来说，她爱的人是爱过自己的。

| 八 |

聂雨声死于 1945 年抗日战争胜利的前夕。

他死在了战场上，他死的时候，身边的人是莫启桑。

那原本是一场由莫启桑率领的国民党部队和日本军队的遭遇战。战争来得很突然，莫启桑的部队被打了个措手不及。情势危急之际，友军突然赶来支援。但莫启桑万万没想到的是，他从出狱后就再没见过的聂雨声竟然在这支部队里。

聂雨声是为了救莫启桑而中枪的，莫启桑扶着中枪的聂雨声就往营地里跑。

聂雨声喋喋不休地说着话。

他说，莫启桑，青檀是个好姑娘。

他说，莫启桑，那年监狱里的人都说青檀是个好姑娘。

他说，莫启桑，监狱里的人都说这样的好姑娘怎么被你给辜负了。

他说，莫启桑，你配不上她。

他说，可是她喜欢你呀，莫启桑，她喜欢你。

他说，莫启桑，你能不能假装喜欢她？

他说，莫启桑，我活不成啦，我这条命是为了救你而没的，你假装喜欢她行不行？ 就算是为了我。

莫启桑踩到一块凸起的石头，脚下一个踉跄栽倒在地上。已经如血葫芦一样的聂雨声滚出去老远。莫启桑爬过去看他，他的目光已经开始涣散了。

他望着天空，嘴唇翕动着。莫启桑要贴上去才听得到他在说什么。他在问："你有没有她的照片？"

莫启桑摸了半天，可身上连张纸片都没有，眼泪瞬间就涌了出来。

莫启桑跪在地上，附在聂雨声的耳边说："她现在眉眼长开了些，眼角的那颗泪痣更明显了。我上次见她，她披着一条藏青色的披肩……"

莫启桑的脸上浮现出淡淡的微笑，他轻声说："她真好看，是不是？"

从战场上回来后，莫启桑就和宣青檀结了婚。他们的婚礼办得很体面，婚后他俩也很恩爱，他们的婚姻更是亲戚朋友中的完美范本。

可又有谁知道呢？ 这一切不过是一场延续了半个世纪的骗局罢了。

| 九 |

我问四叔公："你爱过四叔婆吗？"

他笑了笑，没有回答我。

我没有再问，只是和他一起凝视着相框里四叔婆宣青檀年轻时的容颜。她真好看，静静的笑容，长长的眉眼，她的肩上披着一条藏青色的披肩。

相框里的她就像那年莫启桑跟濒死的聂雨声描述的那样好看。

而那一刻，聂雨声在想什么呢?

或许他想起了那一年在宣家的书房里，他向她描述她心上人长大后的脸。她看着他，看得很仔细，她的目光一点点抚过他的脸庞，透过他雕琢着自己心上人的模样。

她有一双极清澈的眼睛，那目光中有温度。被她看在眼里，聂雨声感觉有一双温柔的手在慢慢地、一寸不落地抚摸着自己的脸。

旧梦·新言：

1941 年的两个关键词，“宣纸”和“拆白党”。

小时候学国画，宣纸是必需品，长大后写小说，我一直想为宣纸写个故事。

“拆白党”三个字，我在关于民国的坊间八卦里一直有所听闻，所以也一直好奇一件事——拆白党有真情可言吗?

所以我写了这个故事——一个拆白党，对自己的行骗对象，一位家里造宣纸的姑娘，产生了真情。

有意思的是，写完这个故事后，我去了一趟宣纸的产地，安徽宣城泾县，亲自体验了一下造纸的过程。回程路上，我遇到的出租车司机恰是纸厂的前员工。在他的解说下我才惊觉，我小时候用的宣纸，以价格而论，可能只是书画纸，并不是真正的宣纸。

我又看到了喜欢的编剧芦苇的一篇访谈。他在访谈里提到了拆白党，说经过他的考证，拆白党只是个传闻，并无真凭实据证明其存在过。

好吧，原来，本文是由两个错误造就的故事。

但是，如果你从中得到了一点感动，只要感动是真的，有些错误又有何妨呢?

第十三梦

牡丹亭外

旧梦1942

牡丹亭里，爱情可以令死者还生，
可他在牡丹亭外。

| 一 |

1942 年，重庆有一桩花边新闻：傅小姐登报宣布离婚。

1942 年，重庆有一桩悬案：谁将是傅小姐的再嫁对象？

傅小姐的先生，不，应该叫前夫了，姜先生，是一位失了运道的上海小开。姜家祖上不是没有过阔绰的日子，但是按照姜先生的说法，滔天的富贵难抵连天的硝烟。人们常在舞厅里看到姜先生义正词严地为家道的中落做辩解："我们不发国难财，真的！ 乱世对商人来说是好时候，有多少瘪三借着战争囤积居奇发了国难财？ 这种人的良心都坏死掉了，我们姜家是不做这种事情的。我们祖上是有身份的人，大明的忠臣，宁死不降清的，我们有祖训……"

别的遗老遗少效忠的是清朝，姜先生不同，他效忠的是明朝。

明朝遗少姜先生却又是个时髦人。1941 年的社会潮流是抨击时政，他便跟着抨击时政。皖南那边出了事，姜先生晚上在白宫舞厅跳舞的时候便大发议论："都什么时候了，国难当头，不说同御外敌，反而还内斗。党派之间要斗，党内不同派系之间还要斗，册那（上海方言，表示心情不爽）！"

虽然早在 1937 年就来到了重庆，但姜先生依旧是上海小开的腔调。一声"册那"让他仿佛回到了 1937 年之前的上海。那时他还是个纨绔子弟，百乐门的霓虹灯与音乐多销魂，白宫和圆圆怎配与之相比？

姜先生这话还是掷地有声的，如果不是在舞厅里搂着舞女的腰说的话。

总而言之，谁都知道傅小姐的先生是块扶不上墙的烂泥，不懂生计，百无一用，每天只知道拿着傅小姐的钱在交际场合和人厮混，装时髦、装风流……说白了，他是一个不知上进的落魄小开，不值一提。

因此，傅小姐与他离婚简直是件普天同庆的大喜事。

傅小姐的追求者中最出名的有两位，一位是姜先生口中发国难财的败类，一位是姜先生口中搞内斗的蛀虫。

败类先生姓董，靠着布匹生意发了家。1943 年他三十五岁，正是春风得意的时候。

蛀虫先生姓许，这位许先生可是大有来头。他是调查统计局的，也就是所谓的中统局的高官。而且他刚被交通部委以要职，可以说仕途通达，前途不可限量。

董先生有钱，许先生有权，美人自古爱慕才子，最终却都委身于权和钱。因此，绝大多数对此事感兴趣的人，都觉得傅小姐会在董许之间择其一。

姜先生、董先生、许先生。

1942 年的重庆，与傅小姐相关的故事里，没人知道林羡鱼。

| 二 |

1942 年抗建堂剧院的雾季公演，林羡鱼和傅小姐第一次见面时，台上演的那场戏是郭沫若的话剧《屈原》。

台下人头攒动，每个座位上都坐了人，另有大批穷学生挨挨挤挤地站着。傅小姐是有身份的人。她受邀而来，自然坐在舒适的前排位子上。这一圈位子都是为有身份的人留的。戏未开演，其他人还没来，傅小姐独自坐在位子上，四周空荡荡的，和后面挨挨挤挤的场面比起来，显得有些冷清。

她的票是许先生送的，因此身边的空位理所当然是许先生的。许先生是重庆官场的“当红炸子鸡”，忙得很，戏没开场是不会到的。

然而，戏开场了，许先生也没到。坐在他位子上的是一个年轻人。这个人约莫二十岁，身板挺直好像刚下战场，英俊的脸上却有一道疤痕。他径直走到傅小姐面前，站定，敬了个礼：“傅小姐，许先生有事走不开，让我来跟您说声抱歉。”

傅小姐点点头，看向他的眼神中却有些疑惑。许先生身边的人她都见过，却从未见过这个人。那人看出了她的疑惑，便笑了笑，那笑容却意外地明媚：“我叫林羡鱼，是许先生的新机要秘书。”

灯光暗下来了，林羡鱼没再说话，只是在许先生的位子上坐了下来。

《屈原》不是首演，傅小姐和林羡鱼却都看得很认真。幕布落下，剧场里到处是嘈嘈切切的杂声，林羡鱼突然探过身来说：“傅小姐怎么不登台？”

傅小姐茫然地“啊”了一声，半天才反应过来：“哦，不登台，我早就不登台了。”

她的脸上带着凄然的微笑：“不是我的时代啦，我谢幕了。”

话说得老气横秋的，但她今年不过二十五六岁。1937 年以前，在上海谁不知道电影明星傅秋荻的名字？ 就算后来有了周璇、王人美、黎莉莉，但总有人记得傅秋荻在大银幕上的倩影，比如林羡鱼。

林羡鱼说：“我还记得您的《牡丹亭还魂记》，您演的杜丽娘真好。”

《牡丹亭还魂记》是傅小姐 1935 年拍的一部戏曲电影，那是她的巅峰时期。那一年，无人不慕杜丽娘。说着说着，林羡鱼竟忍不住以手打拍，轻轻哼起戏里的唱词来：“你梳妆我调脂粉，你烧香我祈苍穹，你作画我碾朱红，你弄箫我拨弦弓…………近睹分明似俨然，远观自在若飞仙，他年得傍蟾宫客，不在梅边在柳边。”

他一会儿扮演春香，一会儿扮演柳梦梅，捏着兰花指，拿腔作势。傅小姐忍不住笑出了声。看见她笑了，林羡鱼一本正经地说：“傅小姐，您笑起来比较好看。能博您一笑我很荣幸，希望您以后多笑笑。”

傅小姐一时之间不知道该怎么答话，好在灯光又暗了下来，第二幕开场了。

戏还没结束，就有人把林羡鱼叫走了。林羡鱼匆匆起身离开，没向傅小姐打招呼。直到戏散场了，茶水伙计突然递给傅小姐一张字条，上面是一句道歉的话。傅小姐忍不住翘了翘嘴角，这个年轻特务——他既是许先生手下的人，叫他一声特务不过分吧——竟然这样细致妥帖。

有相熟的人来看戏，散场时看到了傅小姐，便和她结伴回家。路上，熟人突然提起了林羡鱼：“傅小姐，坐在你旁边的那个人，你可得离他远点。他不是什么好东西。”

傅小姐笑了笑没答话。在普通人看来，特务都不是好东西。熟人却严肃地说：“我不是说他当了特务。你晓得吧，他是从战场上下来的逃兵。”

傅小姐吃了一惊：“逃兵？”

熟人斟酌了一下，说：“也不完全算逃兵，他是个当兵的，去年从战场上死里逃生，结果再也没上战场。不晓得他巴结了什么人，结果进了中统，现在还当了许先生的机要秘书。干什么不比当特务强？我听说，这人擅长曲意逢迎。你可要小心，别被人当了踏脚石。”

傅小姐没再说话。春寒料峭，她裹了裹披肩，眼前浮现的却是林羡鱼刚才一本正经地劝她多笑笑的脸。

| 三 |

傅小姐再次遇到林羡鱼是在机场外。

她是去送前夫姜先生的。她和姜先生离婚自然有许先生干涉的因素。但是许先生没有亏待姜先生。他出了点本钱，给姜先生做生意，又豪爽地送了姜先生一张特别通行证。这张通行证可以让姜先生在滇缅公路上畅通无阻地运输货物。民国二十九年，越南被日本占领后，滇缅公路越发重要了。有了通行证就如同请来了财神爷。其他做生意的人眼睛都烧红了，许先生的手笔不可谓不大。

姜先生显然也很满意。他迫不及待地想要投入新天地之中。傅小姐在机场外送他。她替他整理系歪了的领带，又掸了掸他肩上的尘土，嘴里不停地嘱咐着："云南那边湿热，多瘴气，你要注意身体，遇到危险就跑，不要逞强……"

这话说得好像他们还没离婚似的。

姜先生有点难堪，又有点不耐烦。他推开傅小姐的手，说："我得走了。"

他走了两步，才想起来有些话没说，便转过头，生硬地对傅小姐说了一句："你也多保重。"

闻言，傅小姐欣慰地笑了。

站在不远处的林羡鱼替她感到心酸。

傅小姐转过头就看到了林羡鱼。她淡淡地同他打了个招呼，脸上带着掩饰不住的嫌恶之意。很显然，她认为林羡鱼是许先生派来监视自己的。

林羡鱼没有解释，只是跟了上去。傅小姐走在前头，他跟在她的身后，也不说话，只是跟着。最后，绷不住的倒是傅小姐。她说："你觉得我很可怜是不是？"

何止可怜，简直太可怜了！ 他可怜傅小姐是乱世中的浮萍、骤雨中的海棠，他可怜中国任何一个衣食无忧的小姐太太都不觉得自己可怜。

1935 年《牡丹亭还魂记》公映后，傅秋荻和丈夫姜先生的故事被小报记者宣扬得尽人皆知。因情而死，为情而生，傅秋荻和杜丽娘一样，是俗世里的传奇。傅秋荻小小年纪就和落魄的纨绔子弟姜先生私奔了。她从家里逃出来，当了明星。她就算红透上海滩也对先生不离不弃。姜先生却净做些丢脸面的事。他现在还毫不犹豫地把老婆拱手让给了大特务！

“我不怨他。”傅小姐轻轻地说，“你们都只看到了他的坏，但我见过他好的时候。”

不知怎么的，今夜她的话多了起来：“他是不争气，只知道花天酒地。按你们的说法，他还卖妻求荣。可是我们能怎么办呢？ 你们统计局的人都是有权有势的大流氓。但我们过去在上海拍戏，连拆白党都不敢得罪，只能忍辱求生。大家都要活下去，就像林先生你，不也是为了活下去而做了逃兵？”

这句话说出口她才觉得有些伤人。她抬眼看着林羡鱼，林羡鱼的脸上却没有恼怒的神色。半晌，他才回答：“您说得没错，为了活下去，人做什么都没错。您知道我为什么叫林羡鱼吗？”

他在台阶上坐下来，点燃一支烟：“我家世代住在江边。我出生时正闹饥荒，每天都有人饿死。上游在打仗，每天都有人因为打仗死掉。我娘说‘做鱼多好呀，永远不缺吃的。就算人间有再大的灾祸，人死了落在水里，就成了鱼的粮食，鱼照旧能活下去。我真羡慕鱼呀’。于是，她便给我取名羡鱼，盼望我无论在何种境地下都能活下去。”

他轻轻吐了个烟圈：“什么尊严、血性，我不要它们，因为我心里有比它们更重要的东西。”

傅小姐有些动容。她在他的身边坐下来，安慰他似的讲起了自己的身世：“我原本不叫傅秋荻。傅秋荻是我后来改的名字。我叫傅求弟。我爹想要个儿子，于是给我取名求弟……”

天阶夜色凉如水，那时傅小姐认为，林羡鱼所说的，比尊严和血性更重要的东西，不过是命而已。

| 四 |

傅小姐是厌恶许先生的，而且这厌恶里还带着一点恨。但有时候她又不得不仰仗许先生。

十一月，傅小姐收到一封来自上海的电报，是她的继母发来的。信上说她父亲病危，要她回来见最后一面。傅小姐收到信就慌了。她早年为了与姜先生私奔和家里断绝了关系，但这并不意味着血缘亲情真的被割裂了。父亲病危，她怎能袖手旁观？

不过她自己是不敢回上海的，所以只好求助于许先生。最后，许先生派林羡鱼护送她回上海。许先生亲自送她去机场，路上一直在道歉：“如果可以的话我是想陪你回去的，但你也知道现在的上海是什么局势，汪伪政府嚣张得很哪……重庆这边也不太平，军统那群赤佬……”

中统的许先生那两年正和军统斗得难解难分，傅小姐体谅地笑了一下。

他们到上海的第二天，傅小姐的父亲就去世了。

傅小姐赶着回重庆。上海这个地方，她的仇家多，她不敢多待。

但出殡那天，仇家还是找上门了。

傅小姐早年在上海拍戏遇见过些登徒浪子。她性情贞烈，因此得罪了不少人。谁知上海沦陷后，这些地痞流氓和日本人以及七十六号搭上了关系，在上海为非作歹、仗势欺人。这次，他们不知道怎么听说了傅小姐回到了上海的消息，于是特地来找碴儿。

为首的那人眼见就要摸到傅小姐的脸了，林羡鱼一把攥住了他的手腕，沉声道：“你应当知道傅小姐现在是许先生的人。你为谁服务我不管，但你要想清楚，许先生是什么人，他手底下是怎样的一支队伍。无论你是谁的人，许先生要取你的性命都易如反掌。”

他的话震慑了那个流氓，但流氓们显然并不甘心就这么走人。于是他们嘁嘁喳喳了一番，然后，为首的那个人冷笑着说：“放过她也可以。许先生现在不在上海，我是不能怎么样他，但你嘛……”

他一脚踩在桌子上：“你要充英雄，我们就给你这个机会。今天你学一回韩信，这事就了结了，我保你们安全离开上海。”

傅小姐吃惊地站了起来，却被人按回到座位上。她脸色煞白地看着林羡鱼，林羡鱼也望着她。他摇了摇头，脸上是无所谓的笑。他还不忘安慰她：“没关系，我可是叫羡鱼啊！”

说完，他跪了下来，低下头，从那个人的胯下爬了过去。流氓们哄笑着一拥而上，林羡鱼面不改色地从这座“桥”下钻了过去。

前一天刚下过雨，地上一片泥泞。泥水浸透了尊严，撕碎了斯文。傅小姐想起那夜林羡鱼说的话：“什么尊严、血性，我不要它们，因为我心里有比它们更重要的东西。”

可她分明看见一滴水砸进了泥泞里，是汗水还是泪水？傅小姐双眼酸胀地扭过头去，不忍再看。

那群流氓还算讲信用。林羡鱼爬完后，为首的那个人在他的背上狠狠地踹了一脚便带着手下离开了。傅小姐跑过去将林羡鱼扶起来，又解下手帕为他擦去嘴角的血。林羡鱼攥着手帕的一角，没有说话。

他们当天下午就离开了上海，一路上林羡鱼都没有说话。

直到上了飞机，他才开口：“我哭，不是因为受了侮辱。”他确实哭了，却是因为别的。傅小姐不懂，后来也一直没懂。

1942 年 11 月，在飞机上，傅小姐看见林羡鱼仰起头来，将那块他一直攥在手里的手帕盖在脸上，静静地哭了一场。男人哭起来是无声的，只能看见眼泪一点点濡湿了手帕，连手帕上的血迹都稀释了。

| 五 |

1942 年，关于傅小姐的大悬案，在 1943 年初发生了大逆转。

许先生倒台了，被他的老对头以一场私藏假钞案扳倒了。许先生被免职了，千年道行一朝散去。作为许先生的机要秘书，林羡鱼摇身一变，成了军统的新面孔。

于是，关于他的闲话再次在傅小姐耳边响起——

“怎么样？ 我就说他不是个好东西，礼义廉耻全不讲的，做特务都是特务里顶没有操守、顶下流的那一种。傅小姐，你可千万离他远一点！”

傅小姐淡淡一笑，没有答话。

她又登台了，演话剧。

世道太乱，《牡丹亭还魂记》的导演和编剧也从香港来到了重庆。1943 年的雾季公演，傅小姐和老搭档们重新登台，以话剧的形式重现《牡丹亭还魂记》。

这场话剧自然是一票难求。林羡鱼来看傅小姐时说：“我可是《牡丹亭还魂记》的忠实观众，您一定得给我留张票。”

许先生倒了，林羡鱼和傅小姐却还保持着联系。因为没了许先生，他们相处起来反倒更自然了。他救过她的命，她看过他的泪。一对男女若共同经历过一些事，就会变得亲密些。

公演那天，林羡鱼有事没来看戏。他很擅长在政坛上打滚，进入军统后步步高升，人也越来越忙。傅小姐站在台上往下看，看到为他留的那个位子空荡荡的，难免有些失落。

演完戏回到后台，有人跟了进来，是董先生。

董先生涎着脸贴了上来：“傅小姐，你演得真好，风采不减当年。我第一次知道你就是因为《牡丹亭还魂记》。那时候我刚到上海，不名一文。我看的第一场电影就是《牡丹亭还魂记》……”他说得含情脉脉的，手却不安分起来。

许先生倒台对傅小姐来说有好有坏。好处是她终于摆脱了这个特务头子，坏处是没了这个特务头子，原本待她以礼的董先生一天比一天放肆起来。这几个月里，傅小姐一直躲着董先生。没想到董先生不识趣，竟闹到后台来了。这让傅小姐有些心慌。

董先生满嘴的酒气眼看就要喷到傅小姐的脖子上了，他却突然僵住了。一只有力的手攥着傅小姐的手腕，将她拉过来，护在身后，一支乌黑的枪顶住了董先生的太阳穴。林羡鱼再次救了她。

董先生连滚带爬地跑出了后台。傅小姐心有余悸，问林羡鱼："万一他报复你怎么办？"

董先生的生意能做到如今这个地步，说明他也是有些人脉的。怕只怕他对林羡鱼怀恨在心。林羡鱼收回枪，望着董先生背影的眼神十分阴鸷："没关系，我不怕他。"

很快，董先生倒了大霉。据说他在滇缅线上走私，被政府查办了。

从那之后，董先生再也没在傅小姐面前出现过。傅小姐隐约觉得这事与林羡鱼有关。林羡鱼斩草向来除根，不留后患。傅小姐不由得想起那一年在上海，他为了脱身甘愿忍受胯下之辱。如今，他已不是当年那个只能含恨受辱的年轻人了。他有了权势，会主动出击，去消灭那些潜在的危险。他如同他的名字，不管骂名，食腐前行，只是为了心中那比尊严和血性更重要的东西。

| 六 |

董先生被查办后，傅小姐倒是清净了一段时间。与她有来往的异性似乎只剩下林羡鱼了。他们之间的来往说不上来算什么，他们似是君子之交，偶尔一起吃个饭、看场电影。林羡鱼从外地回来常送傅小姐一些小礼物。傅小姐也会回赠，但那都是些不值钱的小玩意儿。

9 月 13 号是林羡鱼的生日。从 1942 年认识至如今，林羡鱼终于提出了一个稍显唐突的请求。他请求傅小姐给自己庆祝生日，而且地点是他家。

“你就请了我一个人？”傅小姐问道。

林羡鱼点了点头：“我就请了你一个。”

如此说来，他们是孤男寡女了。傅小姐踌躇了一下，最后还是答应了。

晚上，因为被某些事情耽搁了，傅小姐去得有些迟了。她到的时候已经八点半了。

开门的人是林羡鱼。这是傅小姐第一次进林羡鱼家的门。她不晓得，他竟然是一个人独居的，家里连个仆妇都没有。

今晚的林羡鱼很怪。他把傅小姐带到餐桌边，说了一句“稍等我一下”就上了楼。傅小姐百无聊赖地看着被火烤得刺啦直响的棉线。她等了好久，楼梯上终于传来了脚步声。

她抬起眼，却吃了一惊。从楼梯上下来的林羡鱼，画着戏妆，穿着戏服，那是《牡丹亭还魂记》里柳梦梅的装束。他走到她的跟前，笑容里有些孩子气，又有些羞涩之意：“我看多了你演的戏，你却没看过我演的戏。今天我演一段给你看看。”他唱的是《拾画》。

可记得，牡丹亭畔曾相识，我与你，自定终身在柳树下。

谁知匆匆一梦醒，从此茫茫各天涯。

我离别家乡把你访，天作美，今朝巧得小姐画。

…………

林羡鱼曾是军人，气质刚韧，唱小生要多怪异就有多怪异。傅小姐像第一次见面那样，扑哧一声笑了出来。

唱罢，林羡鱼在她对面坐下，望着她的眼睛，轻声问道："傅小姐，我这柳梦梅配你这杜丽娘，你说好不好？"

原来如此，原来如此。

傅小姐没有回答。半晌，她从手包里摸出一个小小的红绒布方盒，打开来。里面是一枚钻戒，闪着刺眼的光芒。她说："今天我来晚了，是因为来之前，赖先生突然派人来见我，还送了我这个。"

赖先生……林羡鱼的上司赖先生。

走了姜先生还有许先生和董先生，倒了许先生和董先生又冒出来个赖先生。名伶身边总是有各种各样的先生。

过了很久，林羡鱼问："你打算怎么办？"

傅小姐摇摇头，一脸茫然地说："我不知道。"

林羡鱼也沉默了。赖先生比以往的每个先生都要难缠。林羡鱼不知道赖先生对傅小姐有多大的兴趣，肯为她付出多少心力。林羡鱼甚至不知道，赖先生是什么时候盯上傅小姐的。

| 七 |

很快，林羡鱼就知道了，赖先生对傅小姐可以说是志在必得。

不久之后，林羡鱼突然被赖先生叫了过去。赖先生给他布置了一个任务，这个任务是逮捕傅小姐的前夫姜先生。姜先生的罪名是走私和通共。有证据表明姜先生在滇缅线上偷偷运送军用物资给延安方面。

林羡鱼哑然失笑。姜先生通共？ 那个只知道花天酒地的姜先生会通共？ 赖先生这理由未免太可笑了。

赖先生打算在姜先生回重庆时将他一举抓获，但不巧的是，他们在机场没截到姜先生。这个落魄的纨绔子弟嗅到了危险的气息，像一滴水一样融进了山城的人群里。

于是，他们设了关卡，势必将这个狡猾的通共分子抓获。

但姜先生到底还是逃走了。不仅是姜先生，连傅小姐都一并失踪了。

1944 年，傅小姐失踪于重庆。人们最后见到的是她的汽车。据说最后见到她脸的人是一个军统特务。傅小姐坐着自己的车去了附近的乡下，经过盘查的关卡时照例要接受检查。检查她的是负责盘查的那个特务。那个特务仿佛与她相熟，问了一句“傅小姐好”，又探身向车里望了一眼便放行了。车子摇摇晃晃地驶离了重庆，从那以后，重庆再无人见过傅小姐。

很长的一段时间里，人们猜想，姜先生或许躲在那辆车里逃离了重庆。

1952 年，这个猜想终于在当事人那里得到了验证。姜先生出了一本回忆录。他在回忆录里详细地描述了他当时逃离重庆的情景。

“我打扮成头发花白的老太太，坐在车里。秋荻在前面开着车。我们都很紧张。我的心都要从嗓子眼里蹦出来了。如果被发现，我们就全完了。

“我很确定，那个特务认出我来了。那一刻我已经做好了赴死的准备。谁知他竟然放过了我们。他盯了我足足一分钟，才缩回头去，喊了一声‘放行’。他是个良知未泯的特务。”

那个良知未泯的特务正是林羡鱼。

姜先生没在回忆录里说出林羡鱼的名字，林羡鱼很感激他。

| 八 |

后来，姜先生的事情被人披露出来。人们知道了一个全然不同的姜先生，知道他是怎样伪装自己，周旋在重庆、云南与延安之间的。

后来，姜先生和傅小姐去了香港。兜兜转转，两人又在一起了。他们在香港做生意。姜先生研制出一种香水，名字就叫“秋荻”。后来的日子他们很恩爱。姜先生曾为了他所谓的理想和主义做戏，亏欠傅小姐良多，现在他只想做傅小姐的丈夫，其他事一概都不管了。

这些，都要托那位良知未泯的特务的福。

良知未泯的特务林羡鱼后来总是梦到傅小姐离开重庆的那一天。当时，看到姜先生的那一刻，他大脑里闪过无数的念头。他知道，只要她的车子离开了这道关卡，今世今生，他或许再也没有机会看到她了。

他想起他向赖先生进言，搞垮董先生的那个下午。

他想起他偷偷去找赖先生，向赖先生揭露许先生私藏了原本应该被销毁的一车旧钞的那个黄昏。

他想起他刚来重庆，在别人的引荐下去见许先生，从此一脚踏入为人所不齿的特务行列的那个清晨。

他想起更早的时候，他在战地医院醒过来，得知战友已经死了的消息，心中浮现的那句话：要活着，活着才能去找她。

这辈子，他一步步走到现在，撕碎尊严，泯灭血性，不是为了活命，全是为了她。

现在，他只要一声令下，就可以留住她。只要留住她，就留住了希望。他可以想方设法，像当初搞垮许先生和董先生那样，搞垮赖先生，可能时间会久一些，但也不是完全没有可能……

到时候，他还可以同她“你梳妆我调脂粉，你烧香我祈苍穹，你作画我碾朱红，你弄箫我拨弦弓”。

早在抗建堂里，他就借着春香之口说了他对她的想法。

他闭上眼睛，再次睁开眼睛的时候已经做出了决定。他抬起手，说：“放行。”

她的车子重新启动，他望着她的车子，僵硬得好像一座石像。

石像忽地一动，因为远去的车子的车窗被摇了下来，里面探出一张俏丽的面孔。她回头望了他一眼。那一眼，抚平了林羡鱼心中所有的躁动。

至少，她还回头看了他一眼，这一眼，足以慰藉他的后半生。

| 九 |

晚年，林羡鱼只看一部电影，那就是修复过的 1935 年的电影《牡丹亭还魂记》。他反复地看，就好像自己重新回到了 1935 年。

1935 年，《牡丹亭还魂记》在上海公映。当时，傅小姐十七岁，林羡鱼十三岁。十三岁的小乞儿捡了一张电影票，就兴冲冲地去电影院看他人生中的第一场电影。谁知他被势利眼的检票员推倒在地。好心的傅小姐恰巧看见这一切，便把他从挨挨挤挤的人群里扶了起来，带他到售票窗口，重新买了一张票，又解下手绢，擦了擦他脏兮兮的手和脸，然后将票塞到他的手里，说："去检票吧。"

她的声音真好听，她的一双柔荑真温暖。

他愿她的声音永远温和，她的双手永远温暖。他曾希望自己有能力让她的声音永远温和，双手永远温暖。但这份温柔若他不能给，别人能给，也是好的。

有时候林羡鱼会想，自己这辈子没做过什么好事，全是因为傅小姐。倘若没遇到傅小姐，他大概会成为芸芸众生中的一分子，浑浑噩噩地活着。

有时候林羡鱼又觉得自己还算做了一件好事。然而，救姜先生也是因为傅小姐。

他这一生，坏是为了爱她，好也是为了爱她。

牡丹亭里，爱情可以使生者转死，也可以令死者还生。

可惜他在牡丹亭外。

牡丹亭外，爱情让他从好人变成了坏人，又让他从坏人变回了一瞬间的好人。

旧梦 · 新言：

《牡丹亭外》的灵感来源，是胡蝶。

胡蝶和戴笠的那段隐秘的往事，一直众说纷纭，被描绘成各种模样。

我的关注点却在于，如果这段往事是真的，那么在那段岁月里，与丈夫被迫分离，在特务的淫威下求生，作为被监视的笼中鸟，她可曾遇到过一个真心待她的人？

她曾是最红的电影大明星，影迷遍布中国。或许她会遇到一个林羡鱼一样的影迷，他会帮一帮她，给她一点心灵上的慰藉。

我希望是这样的。

第十四梦

樱绿缇香

旧梦1982

你若爱上一个浪子，
就要有和他乘风破浪于五湖四海之上的勇气。

| 一 |

沈樱绿不喜欢周缇。

周缇的到来，总是那么不合时宜，总是会打破无锡周家老宅的安详、静谧。

暮春五月樱桃季，隔着樱桃树叶重重的绿影，他穿着牛仔裤，长腿跨过八角门，走进花园里，走到青石铺就的小路的尽头，推开了半旧的隔扇门。朱门慢悠悠地晃荡着重新合上，声音轻得像一声叹息。

片刻的静寂后，朱漆门内传出争吵声。老爷子的声音很威严："我的生日在后天，你为什么今天来？

"就这么见不得人？

"既知今日，何必当初。

"现在回头还来得及。"

虽然老爷子是说一不二的泰斗，但平日里他的声音如秋打芭蕉的细雨，只有周缇出现了，他才变得不像自己。

沈樱绿真讨厌周缇。

面对愤怒的老爷子，周缇却沉默不语。

朱漆门又是一晃，那双穿着牛仔裤的长腿迈了出来，朝着樱桃树的方向走了过去。沈樱绿忍不住攀着树枝，把自己往深处藏了藏。

一个熟悉的身影拦住了周缇，是周缃。

轮椅咯吱咯吱地碾过青石板，停在了周缇的面前。

周缃的声音比老爷子的声音更温和，像被阳光晒着的春水。他柔声细语地对周缇说："后天是爷爷的七十大寿，所有的亲朋好友、爷爷的学生、美术界的后辈都会来，你真的不来吗？ 人一生只有一次七十大寿。"

周缇懒洋洋地笑着："那么多人，不缺我一个。我不来，大家反而自在一些，可以毫无负担地说我的坏话。"

一阵难堪后，周缃的声音依旧那样平和："你开心就好。"

周缃转动轮椅，推开隔扇门，进入屋子里，周缇继续朝着樱桃树走去。

他的脚步好快，沈樱绿来不及躲，猝不及防地与他隔着樱桃树的重重绿叶打了个照面。

这个传说中的周家的逆子，有一双亮如寒水底的黑曜石的眼睛。带着一点戏谑的笑意，他问沈樱绿："你就是周缃收养的女孩子，老爷子新近收进门的入室弟子？"

沈樱绿皱起了眉。

这个人多没教养，竟然当着外人的面直接喊自己哥哥的名字！

她礼貌而矜持地点点头。

1982 年，沈樱绿十六岁。周缇看着她，这樱桃树下的女孩子有一张饱满如新桃的面孔，她唇色如樱，眼睛的形状美好如荷花瓣，眼神清澈，像夏天雨后荷花瓣上滚动的水珠。她扎着高马尾，有如墨的长发和毛茸茸的云鬓，穿着小方领衬衫，套了件米色的薄毛衣，配着 A 字形灰白格子裙和黑色圆头皮鞋。她抱着一个小竹篓，里面散落着几颗樱桃。

乌发红唇，杏眼桃腮，少女生动，樱桃新鲜。

如果用两个字来形容她，那就是"乖"和"静"。

她有和周宅最合拍的气质，仿佛就是为周宅而生的，仿佛是这花园里的花精灵。

周缇微微一笑，指了指樱桃树上的樱桃果，说了一句莫名其妙的话：“这树上的樱桃味道是酸的，并不好吃。”

| 二 |

沈樱绿是周缃收养的女孩子。

这话也对也不对。因为周缃的好意，沈樱绿才得以还生，住到这周家大宅里，成为所有学画的人都想成为的美术界泰斗周老爷子的入室弟子。

但在法律上，她和周缃毫无关系。按照《中华人民共和国收养法》，周缃毫无收养沈樱绿的资格。

于她而言，周缃亦兄亦父。

沈樱绿和周缃相识于泰国，那一年周缃十八岁，沈樱绿十四岁。

那是一次最寻常不过的旅行，周缃独自一人，沈樱绿却是和父母一起来的。他们同乘一艘游船。天意弄人，游船突然倾覆，游客齐齐坠海。沈樱绿的父母死于那场灾难，而沈樱绿最终为周缃所救，捡回了一条性命。

周缃是沈樱绿的救命恩人，同时也是沈樱绿的债主。

为救沈樱绿，周缃受了伤，伤在腿上。此后，他再也站不起来了，余生只能在轮椅上度过。

对周缃而言，最致命的还不是腿伤，而是手上的伤。

周缃右手腕骨因船难而粉碎性骨折，从此再也拿不起画笔了。

可他是一个画家呀！ 他出身于美术世家，爷爷周老爷子是国画界的泰斗，他也继承了爷爷的天赋。就在这次船难前，他刚刚参加了一个青年美术大赛，交出的作品惊艳业界，被誉为周老爷子的接班人、新国画的希望。

他的名字是周缃，缃即是浅黄色，他生来就是要成为画家的。

他的人生因救沈樱绿而猝然转了个弯。

然而，这温柔平和的少年没有因此而怪罪沈樱绿。得知沈樱绿也学画后，他躺在病床上，脸色苍白地微笑着安慰她："没关系啊，以后你把我的那份也一起画了，好不好？"

他赐沈樱绿重生，送她后半生的远大前程，沈樱绿感激他如感激天神。

更何况，他得奖的那幅作品，沈樱绿曾经看过。她好爱那幅画，还把那幅画的摹本挂在自己的床头，每天许愿自己未来也能画出那样的画来。

沈樱绿爱周缃，爱周老爷子，因此讨厌周缇，在她还没见过周缇的时候，就讨厌他。

周缇是周家的叛徒。

他叫缇，缇是橘红色的意思，由名字可见老爷子对他的厚望，然而他辜负了老爷子。他不肯画画，刚刚成年就离开了家，去外面流浪，和一群所谓的"先锋艺术家"混在一起，用喷漆在街头涂鸦，用易拉罐和废弃灯管搞那些所谓的装置艺术。

美术界人人都知道，周家出了一个逆子。他们在背后讽刺周缇，惋惜周缃，同时，可怜周老爷子后继无人。

他们甚至私下议论，为什么碎掉腕骨的人是周缃，如果是周缇该有多好，反正他不爱画画。如此一来，周老爷子的衣钵得以传承，对周家来说，最圆满不过。

1982年的周缇，如果用两个词来形容，那就是"臭名昭著""众矢之的"。

老爷子七十岁大寿这天，周缇果然没有来。

沈樱绿站在樱桃树的阴影里，听两个客人谈论周缇："真是作孽，老爷子儿子儿媳死得早，一手把两个孙子带大，除了画画，心里就只有两个孙子。结果一个断了手，一个不肯学。周缇这个小畜生，我要是老爷子，直接把他赶出家门。”

沈樱绿摘下一颗樱桃，用手搓一搓，放进嘴里。

嗯，真的好酸，周缇没有骗她。

| 三 |

再见周缇时，沈樱绿已经十八岁了。

虽然她成了周老爷子的入室弟子，但她的人生轨迹和普通女孩子毫无二致。她照旧读书，升高中，进大学。十八岁这年，沈樱绿考进北京的美术学院，成了一名美术学院的新生。

周家在南方，沈樱绿的家也在南方，北方是她从未涉足过的地方。

沈樱绿真喜欢北方，尤其是秋天的北方，碧云天高远，黄花地缱绻。北方秋天的阳光金灿灿的，明快干爽，积极向上。她最喜欢在秋天的下午坐在写生教室外走廊的尽头处，背对着阳光读闲书。

重遇周缇的这天，她读的是加西亚 · 马尔克斯的《霍乱时期的爱情》。

那是 1986 年，那是马尔克斯自 1982 年获得诺贝尔文学奖以来写的第一本书，尚未在中国发行。沈樱绿看的，是从老师那里借来的英文版。

周缇的声音在身后响起时，她正在看书。

书中，在少女时代的那次长途旅行里，乖乖女费尔明娜背着父亲，和十几个表姐妹躲在房间里抽烟。

为了不让香烟的火光暴露自己，费尔明娜学会了把香烟有火的一头放在嘴里反着吸烟。

沈樱绿看得又惊奇又迷惑，完全被马尔克斯优美的文笔带进了书中的世界。

所以，周缇那句“小樱桃”骤然响起时，她吓得缩了一下肩膀。

她慌乱地扭过头去，发现眼睛里带着戏谑笑意的男人正居高临下地看着她。他穿着古怪的复古背带裤，岔开双腿站着，白衬衫上的扣子解开了两颗，袖子挽到了手肘处，双手大大咧咧地插在裤兜里。四年不见，他又长高了许多，带着一点来自异性的野性攻击力。

哦，他和周缃只差一岁，算起来，他今年二十一岁了，是一个真正的男人了。

沈樱绿慌乱地站起身。

周缇眼尖地看到了她手里的书：“嚯，《霍乱时期的爱情》，这在国内可稀罕得很。你读完了没有，愿意借给我几天吗？”

沈樱绿还没看完，但又不好直接拒绝：“这不是我的书，是聂老师的书。”

周缇笑了：“好巧，你们聂老师是我的朋友呢。”

沈樱绿有些惊诧。

聂老师，她的素描课老师，一个四十岁左右的中年人，在当今国内画坛也算是一流人物。他是周老爷子的仰慕者，画痴一个，为人严肃端方。

周缇竟然是他的朋友！

看出了她的质疑，周缇笑着指了指她的身后：“不信，你自己问老聂。”

周缇果然是聂老师的朋友。尽管他们一个是学院派的画家，一个是所谓的“先锋艺术家”，一个性格严肃，一个为人浪荡，但世事就是这样奇妙，他们是朋友。

因为聂老师的关系，周缇开始频繁地出现在学校里。

素描课，教室里坐了满屋子的学生，只有周缇一个外人。他坐在教室的最后排，笑眯眯地看其他人画画。

这天他们画的是人体，周缇就坐在沈樱绿的背后。沈樱绿握铅笔的手满是汗，滑得简直要拿不住笔了。

有大胆的女同学向聂老师提出了抗议："老师，每天都画同一个人，腻都腻死了，我们想换个模特。"

换模特？聂老师挑起了眉："哦，想换谁？"

于是，十几双眼睛齐刷刷、火辣辣地望向坐在后面的周缇，除了沈樱绿。

二十一岁的周缇，高大英俊，眉眼锋利，浑身散发着阳光的香气，像一枚漂亮的柠檬果，新鲜、耀眼、富有生机。

周缇站起来，假装认真地问："那你们是要裸模呢，还是要穿衣服的模特？"

刚才的女生大胆地喊："当然是裸模！"

周缇粲然一笑，一本正经地说："抱歉，我是个很传统的人，裸体只给女朋友看。"

几个女学生开始起哄："我们愿意当你的女朋友！"

午后慵懒沉闷的气氛一扫而空，教室里顿时充满了快活的气息。

沈樱绿攥着铅笔，一直没抬头。

周缇是一个受欢迎的人，在周家大宅外，他有截然不同的人生和待遇。

| 四 |

沈樱绿很快就发现了，周缇虽然是所谓的"先锋艺术家"，但毕竟出身世家，对国画也有自己的见解。

学校举办绘画比赛，沈樱绿参赛了。这次比赛很刁钻，是命题作文，沈樱绿抽到的题目是"大唐"。她咬着小白云的笔头蹙眉发愁，大唐，一个看似简单却非常难的题目，因为大唐气象无所不包，所以分外缥缈，难以捉摸。

画什么才能表现出大唐？ 李太白？ 杨贵妃？ 唐明皇？ 还是郭子仪、安禄山？

一只漂亮的手越过她的肩膀拿走了她手里的字条：“大唐？ 嗯，一个不容易出错却也不容易出彩的题目。我猜，抽到的大部分人都会画杨贵妃，你呢，你打算画什么？”

心思被他戳中，沈樱绿的脸有些红。

周缇沉吟片刻，说：“我建议你画虢国夫人。”

沈樱绿惊讶地问：“为什么？”

周缇笑了笑：“虢国夫人在某些方面和杨贵妃很像。她是杨贵妃的姊妹，一样的美丽华贵，一样的奢侈铺张，最后也死于安史之乱。同时，她和唐明皇有一点暧昧关系。她是杨贵妃的一个影子，也是唐明皇和杨贵妃那曲动人的《长恨歌》中一个不和谐的音符。她的身后有大唐的富丽，也有大唐的糜烂。你画虢国夫人，就是画贵妃却又不画贵妃，这比直接画杨贵妃讨巧许多。”

沈樱绿没有说话。

她以为他是纨绔子弟，只知道斗鸡走马，没想到他竟然也略知历史。

虢国夫人是个好题材，但画出来后，沈樱绿很不满意。她看着自己的画，总觉得少了些什么。

她鼓起勇气，卷起画去找周缇。

周缇有个工作室，在城郊通州。

沈樱绿把画装在画筒里，然后抱着画筒，坐了几个小时的公交车去通州找周缇。一路上，秋阳明媚地照在她的手上、脸上。车上没有座位，她只好站着。司机师傅技术差，公交车开得东倒西歪的，沈樱绿的五脏六腑也跟着晃动得厉害。

她终于到周缇工作室的门前了，此时她的手心里满是汗。

周缇正在午睡。

他的工作室很美，还有一个小花园。他躺在花园里樱桃树下摇晃的藤椅上，双腿搁在脚踏上，脸上盖着一本书，是聂老师借给沈樱绿的《霍乱时期的爱情》。自打周缇强行从沈樱绿那借走这本书后，一直没还给老聂。

秋蝉发出生命之末的鸣叫，洋灰地板上搁着一台小录音机，正在小声地放歌。

那歌让沈樱绿一怔。她以为，周缇这样的人喜欢听的必然是爵士乐，甚至是更激烈一点的摇滚乐，然而并不是。

那是一首江南小调《无锡景》，柔美的吴音娓娓道出无锡的好：

春天去游玩呀，顶好是梅园，顶顶惬意坐只汽油船呀，梅园末靠拉到太湖边呀，满园那个梅树末，真呀真奇观。

第一个好景致呀，要算鼋头渚，顶顶惬意夏天去避暑呀，山路末曲折多幽雅呀，水围那个山来末，山呀山连水。

…………

周缇睡得浅，听到脚步声，伸手拿掉扣在脸上的书，睁开了眼睛。

他睁眼的一刹那，如星光破云。

沈樱绿忍不住移开了视线。

看了沈樱绿送来的画，周缇不假思索地说：“太淡了，这样的笔触只适合画南宋。大唐气象就是要浓艳，浓艳得十分嚣张，浓艳到近乎腐败，就像水果熟到了极致，熟到要烂掉的那个临界点。”

他指导沈樱绿：“你用的红色，是在模仿张萱的《虢国夫人游春图》。但游春图画的是天宝十一年虢国夫人出游的景象，是大厦倾倒前的郊游，华贵中带着一点活泼清丽。可你画的是乘紫骢马入宫的虢国夫人。这样的虢国夫人肯定是华贵嚣张的，因此红色要重，不妨俗艳一点，脸上也可以贴几个花。”

这些建议如水一般地从他的嘴里倾泻出来，自然得就像阳光融化了山顶的积雪。阳光从窗子里斜着探进来，照在他的脸上，把他的浓眉照得每一根都清晰分明，仿佛镏金过的工艺品。

发现沈樱绿在盯着自己看，他摸一下脸，笑了 :“你看着我干什么?好像你喜欢我似的。”

沈樱绿垂下眼睛 :“没什么，我只是很好奇你为什么不肯继承老爷子的衣钵。”

周缇笑了 :“你别被我这些理论给唬住了。光说不练假把式，我不过是从小耳濡目染，知道一些东西，俗话说得好，‘熟读唐诗三百首，不会作诗也会吟’。”

天快要黑了，沈樱绿还要回学校，周缇便送沈樱绿去公交站台。

出门时，沈樱绿看到了挂在墙上的一幅画，忍不住停下脚步，站在画前，看了半天，然后问周缇 :“这是谁的画? ”

周缇回答她 :“是一个姓宋的画家的画，他住在圆明园那边。”

圆明园。

哦，沈樱绿知道了。在那个年代，北京圆明园一带聚集了很多流浪艺术家，他们很多不是科班出身，也不是北京人，却抱着一腔对艺术的热爱在北京流浪、创作。

沈樱绿的很多同学和老师瞧不起这些人，提起他们都说“那些野狐禅”。

没想到这些人中也有这样的珍珠。沈樱绿看得爱不释手，周缇便摘下画，送给她 :“今天太晚了，等哪天有空了，我带你去圆明园找他。”

| 五 |

那应当算周缇和沈樱绿的第一次约会。

提前约好了时间、地点，只有他们两个人。按照约会的宽泛定义，这应当算约会。

他们约在一个星期后的周六下午，两点时分在美术学院门口见面。沈樱绿踩着点出了宿舍楼，一走到校门口，就看见了在外面等着的周缇。

这天的周缇穿着牛仔裤和白衬衫，不再像个桀骜不驯的“先锋艺术家”，反倒可以冒充一下即将毕业的男学生。

沈樱绿握了握出了汗的手，慢吞吞地朝他走过去。

去往圆明园的公交车上，仍旧没有座位。

两个人都站着，拉着吊环，在公交车的晃荡中交谈着。

周缇说：“没想到你真心喜欢画画，我还以为你是为了报周缃的恩。”

对于他大哥，他从来都是直呼其名。

沈樱绿认真地说：“我从小就喜欢画画，在拜你爷爷为师之前，我已经学了好几年的画。认识你哥哥之前，我就很崇拜他。让他成名的那幅《秦桑》曾让我神魂颠倒。”

说完，她沉默了。

《秦桑》是周缃的成名作，也是他唯一的作品。就在《秦桑》获奖后，就在无数人翘首以待周缃的新作品时，周缃为了救她，彻底失去了拿画笔的能力。

周缇淡淡一笑，没有说话。

沈樱绿想象中的圆明园，庄严，衰败，满是衰草斜阳，承载了一个民族五千年的伤痛，是一个轰然垮塌的帝国的缩影。

然而，出现在她眼前的圆明园艺术家村却充满了尴尬的气息。

没错，是尴尬。

死亡令人叹息，而贫穷使人尴尬。聚集在这里的艺术家们看上去和流浪汉没什么区别。他们不修边幅，穿着廉价破烂的衣衫，住在破烂的土坯房或者砖房里。这里垒上几块砖就算灶台，黄土墙被烟熏得黧黑。大部分人的脸上，是被沉重的生活和梦想压垮的神情。

这是一个和无锡周家老宅截然不同的世界。

沈樱绿出身于小康之家，从未见过这样的景象，更难以把这种景象和艺术联系起来，一时间震惊得说不出话来。

周缇却对这样的场景十分熟悉。他带着沈樱绿往深处走，边走边打听："宋柯住在哪？"

每个被问到的人都用奇怪的眼神看着他们。

直到问了七八个人，才有一个人冷笑着回答他："不要找啦，宋柯死了，就在前天，上吊死的。"

多年后，一位从圆明园艺术家村走出来的知名画家在回忆录里提到了宋柯。他说，宋柯是当时他们那批人里唯一的天才，只可惜，天才宋柯没能挨过黎明前的黑暗。连续被数家画廊拒绝后，弹尽粮绝无以为生、连画布都赊不出来的天才宋柯，在租住的民房里，把自己最后一幅油画撕成布条，结成一根绳子，悬梁自尽了。

在这个世界上，有那么多人倾慕着艺术之神，愿意亲吻艺术之神的脚跟。

但命运只肯眷顾极少数极少数的人。

| 六 |

沈樱绿就是那幸运的极少数人之一。

沈樱绿十四岁时因缘际会拜在周老门下，得到了周缃的关爱，就读于正规的美术学院。她也有天赋，在周缇的指导下，那幅《虢国夫人入宫图》得到了校内比赛的一等奖。学校推荐她参加一场更具影响力的青年画家比赛，她亦拔得头筹。毕业那一年，沈樱绿在国内画坛上已经有了一点名气。

人们都说，沈樱绿是未来的画坛之星。

人们也说，沈樱绿是周缃的女朋友。周缃呀，就是那个原本有可能成为画坛的执牛耳者，但最终因被命运捉弄而放弃了画画的那个周缃。

志同道合，郎才女貌，大家都这样夸。

但沈樱绿听了只觉得焦躁。

且不说周缃从未对她说过逾越兄妹关系的话，她也不愿意听到周缃对她说这样的话。

周缃可以是兄长，是父亲，是恩人，但她不愿他是自己的情人。

她喜欢的人，是一个被家人不容、被画坛唾弃的浪子。

而那浪子却站在樱桃树下，咧嘴对她一笑。

他伸出手来，轻柔地把她散落在鬓边的发丝别到她的耳朵后面。

他那凉凉的指关节轻轻滑过她的眉眼："你看你呀，桃子一样的脸，花瓣一样的眼，樱桃一样的嘴巴，露珠一样的眼睛。"

他轻轻抚过她的鬓角："这种头发，在古诗里叫作云鬓，像乌云一样蓬松。当窗理云鬓，轩窗好梳妆。

"你呀，一看就是个好女孩，以后也会长成一个好女人。你说你喜欢我是吗？ 你喜欢上了一个浪子，嗯，哪个年轻的女孩子会不喜欢浪子呢？浪子代表着不安定、新鲜、刺激，一切和荷尔蒙相关的东西。

"可是女人都会成熟的，好女人尤其如此。她们成熟后，就开始向往平静、寻常的生活，然后浪子之前吸引她们的所有优点一瞬间全都变成了缺点。她们会失望地对浪子说'你为什么不能为我停下脚步呢？ 你是不是不够爱我'，然后大家就会陷入不断的争吵之中，最后，一拍两散。女人怀着'青春喂了狗'的愤慨心情转身离去，找一个好男人，一个她们年轻时候认为无趣的好男人，然后和他组建家庭，生儿育女。浪子则继续浪迹天涯，没有一个好女人会和浪子白头偕老。太多浪子上这种好女人的当了，而我呢，我从开始做浪子的那一天起，就发誓永远不上这个当。”

他拒绝了她，在北京，在他工作室花园里的樱桃树下。

沈樱绿抬头仰望着他，蓦然想起十六岁那年，在无锡周家老宅里的初见，也是在樱桃树下。

那时，周缇对她说：“这树上的樱桃味道是酸的，并不好吃。”

他早就说过，他早就提醒过她，树上的樱桃不过是徒有其表，谁也不能从中得到甘美的滋味。

| 七 |

沈樱绿离开北京，回到无锡。

在北京待了四年，归来的她变得沉默寡言，终日坐在樱桃树下，就着树叶间漏下的阳光，靠在藤椅上看书，看《霍乱时期的爱情》。

周缃远远地望着她，心中充满了担忧。

沈樱绿十四岁来到周家老宅时，最初因为父母的离去而郁郁寡欢，过了大半年的时间脸上才出现笑容。现在呢，现在的她又在北京遭遇了什么，脸上竟又出现了十四岁那年的静默和哀伤？

周缃喊沈樱绿的名字：“樱绿。”

他转动轮椅来到樱桃树下，坐在轮椅上的他太矮了，沈樱绿不得不俯视他。这让她怀念曾经站在樱桃树下的另一个人，那个人那么高，带着如阳光般炙热的入侵气息，让她从十六岁开始就因为他的到来而焦躁不安。她焦躁不安的背后是对他背弃家庭做浪子的厌恶，也是不知何故的一次次念念不忘。

旋即，她又开始唾弃自己。

要不是为了救自己，周缃本来也可以这样高的啊。

她努力摆出一张明媚的笑脸："缃哥，什么事？"

她的强颜欢笑令人心碎，周缃还没来得及开口，小路尽头的半旧朱门被人推开了。老爷子站在门口，表情阴晴不定："周缃，进来一下。"

那天晚上，老爷子在饭桌上向沈樱绿摊牌：他希望沈樱绿和周缃订婚。

"我年岁已高时日不多，未必能看到周家的下一代，但我希望，至少在我活着的时候可以看到缃儿结婚。

"你和缃儿彼此知根知底，又志同道合，圈子里的人也默认你们俩是一对。我看你们从未站出来反驳过，相信你们对彼此也有好感。"

不，不，沈樱绿想。

天啊，这是什么样的世界啊？十四岁那年一脚踏进周家老宅，她就被老宅的幽静、恬美震撼到了，觉得这里就是世外桃源，想在这里待一辈子。可现在她才发现，这里是牢笼，是凝固了的世界。老爷子理所当然地认为青梅竹马必然会走到一起，认为他一手提拔起来的女徒儿就应该嫁给自己的孙子，认为沈樱绿的命是周缃给的，沈樱绿哪怕是为了报恩也该以自己的后半生回馈周缃。

她想叫，想喊，想大声说"不"，想跑出去，想去找周缇，想和周缇一起满世界撒野。

可她最终只是垂下头，轻轻地说了一句"看缃哥，我都好"。

二十二岁那年，沈樱绿如所有人预测的那样，和她的小师兄兼救命恩人周缃订婚了。

订婚帖子雪花一样地发到了全国各地，也发到了周缇的手上。

周缇再次回到了周家老宅。

即将成为周缃未婚妻和周缇大嫂的沈樱绿，依旧坐在樱桃树下。她在樱桃树下看那本从十八岁看到二十二岁，仿佛永远也看不完的《霍乱时期的爱情》。

周缇走过去，说："恭喜你。"

她啊，云鬓香腮，眼神沉静如水，穿着白衬衫和黑裙子，扎着高马尾，一看就是好女人。

好女人和好男人，天生就该是一对。

不远处的工人正在为即将到来的订婚典礼做布置。长条桌上摆满了各种各样的水果，香蕉、橘子、葡萄、苹果、梨，样样都很平常，可平常意味着妥帖，不会出错。

香蕉、橘子、葡萄、苹果、梨的滋味也很好，没有必要冒险去尝那不确定的樱桃，就让樱桃挂在树梢吧。

沈樱绿问周缇："你要待到什么时候？"

周缇不会参加订婚典礼，他来恭贺一声，即刻就要走。他要出航了，和渔民去东海，寻找新的艺术灵感。

沈樱绿点点头："你多保重。"

从此以后，我有我的方寸之地，你有你的海阔天空；我在周家老宅里腐朽，你在五湖四海中永生。

| 八 |

那场订婚典礼，最终以女主角的仓皇逃跑而告终。

订婚典礼前的那个夜晚，周缃在老宅大门口和沈樱绿告别。两个人一个坐在门槛里的轮椅上，一个站在门槛外。周缃仰头看着沈樱绿："你想好了吗？ 如果你走了，明天的典礼就会成为画坛上的一大丑闻。我和爷爷不会为难你，但难保其他人不会用有色眼光看待你。你未来的艺术之路或许会因此变得艰辛曲折。这些，你都想好了吗？"

沈樱绿点点头，转身奔向漆黑的夜色和未知的前程。

她坐上夜班火车，直奔一座海边小城。她知道，明夜，周缇会在那里抛岸上船，她要去找他，她一定要找到他。

沈樱绿在甲板上找到了周缇。

周缇正在帮渔民捆扎东西。他穿着亚麻布的裤子和宽松的白衬衫，白衬衫被海风吹得鼓了起来，他整个人仿佛是一只乘风欲飞的鸽子。

沈樱绿走向他，喊他的名字："周缇。"

周缇回过头来，看到是她，仿佛很惊讶，又仿佛这一切都在他的意料之中。半晌，他轻轻地吐了一口气："你来做什么？ 你应该在订婚宴上。"

沈樱绿一步步逼近他："你那些好女人和浪子的废话我已经听够了。这些天我反复地想这些话，终于得出来一个结论，那就是这些都是废话。只有一句话有用，那就是你到底爱不爱我？ 如果你说不爱，我转头就走。"

她摊开手，手心里是一颗鲜红的樱桃。那是周家老宅那棵樱桃树上，周缇说很酸的樱桃。

周缇看着她，海风里的小姑娘，依旧云鬓香腮，扎着高马尾，乖巧得一塌糊涂。但他终于知道，她并不乖巧，她就像《霍乱时期的爱情》里的少女费尔明娜。

当一个女人下决心和一个男人在一起时，就没有她跃不过去的围墙，就没有她推不倒的堡垒，也没有她抛不下的道德顾虑。事实上，没有能管得住她的上帝。

周缇上前一步，拈起樱桃咬了一半，把另一半送到了她的嘴边。

在原本应该和周缃订婚的时间里，沈樱绿和周缇来到了传说中的桃花岛。

他们在岛上度过了整整三天。

岛上萧条得近乎荒芜，也没有什么娱乐设施。他们整日挨在一起，就着篝火看海、说话。

周缇问了沈樱绿周缃曾问过她的问题："离开桃花岛回到岸上，迎接我们的就是大丑闻。你会被同行唾弃，变成和我一样的叛徒。他们或许会对付你，你以后在艺术之路上或许会举步维艰，你不怕吗？"

沈樱绿问他："你不肯和我在一起，不是因为那套浪子的鬼话，而是怕我的前途受到影响，对不对？"

对的，就是这样。

曾经，周缇试探着问她，以为她是为了报老爷子和周缃的恩才学的画画，然而沈樱绿笃定地告诉他，她从小就爱画画。

沈樱绿不知道，听到这个答案的周缇，内心有多么凄苦。

她爱画画，原本有康庄大道可以走。他不能让她为了自己，走上艺术的岔路，变成宋柯那类怀才不遇的人。

所以他疏远她，所以他伤害她，所以他编出那一套浪子的鬼话……

正如雨果所说的，真爱的第一个征兆，在女孩身上是大胆，在男孩身上却是胆怯。

火光里，周缇捉住沈樱绿的手，在她的指节上轻轻一啄，叹息般地说道："从今往后，我们风雨同舟，同甘共苦。"

| 九 |

周缇和沈樱绿做好了成为丑闻的男女主角和被万人唾弃的准备。三天后，他们上了岸，迎接他们的却不是丑闻。

其实，是有丑闻的，但丑闻的主角不是他们，而是周缃。

就在订婚典礼的第二天，周缃在报纸上发表了一篇声明，那篇声明从八年前的那幅得奖作品《秦桑》讲起。

《秦桑》，周缃的成名作，也是他唯一的作品。

可是，它并不是周缃的作品。

《秦桑》的作者另有其人，那人就是周缃的弟弟，那个传说中的家族叛逆者，那个死活不肯继承老爷子的衣钵，反而要去当花里胡哨的毫无意义的“先锋艺术家”的浪子周缇。

事情要追溯到更为久远的童年时期。

身为家族的长子，周缃从小就以周家人的身份为傲。他继承了家族的传统，爱画画，可他慢慢地发现自己至多只能做一个鉴赏家。

他没有天赋。

他是艺术之神不肯亲吻的那一类人，而他的弟弟周缇却不同。周缇渐渐地显露出他非同一般的艺术才华，老爷子看他的眼神里充满了赞赏和欣慰。老爷子如藏珠宝般地把周缇藏在周家的老宅里，不肯让他的画作流出去。老爷子想让周缇一举成名，震惊画坛。

老爷子本来是可以成功的，如果那幅《秦桑》没被周缃出于妒忌而偷走，悄悄拿去参加了比赛的话……

该成名的原本是周缇。

事情发生后，老爷子大发雷霆。

但是发过火后，他却叮嘱周缃和周缇，不许把这件事情说出去，就当《秦桑》是周缃的作品，日后周缃再找个机会，宣布因不可抗力而封笔。

周家是画坛世家，丢不起兄弟阋墙的脸。

但是谁也没想到，周缇的性子竟然这样烈。

他听从了老爷子的话，没有揭发周缃，但从那天起却再也不肯画画了。不久之后，他离开了家，去搞那些所谓的“先锋艺术”。在人们的口口相传里，他变成了那个拒绝继承家族衣钵的叛徒。

大家整整误解了周缇八年。

如今，周缃在报纸上公开了这个秘密。在文末，他说：“我欠他一个道歉，正如你们欠他的那样。”

| 十 |

后来，周缇和沈樱绿一起去法国留学。他们在法国结了婚，定居于枫丹白露附近。

好女人和浪子最终没有分道扬镳。他们联手开创了新国画流派，生了两三个孩子，幸福美满，人人艳羡。

而周缃呢，周缃继续生活在周家大宅里。偶尔，他会活动一下因为假装粉碎性骨折而变得僵硬的手腕，画一幅并不出彩的画。更多的时候，他坐在樱桃树下睡觉，樱桃树下的梦总是很甜美，让他梦到了很多的故人、故事。

故事里，有沈樱绿，有周缇。

往事如梦，尽散于樱桃树叶的哗啦作响之中。

旧梦·新言：

这篇文章的灵感来源于一部我很喜欢的电影《燃情岁月》，又叫《秋日传奇》。它有史诗般的音乐、油画般的画面，最适合在阳光灿烂的日子里，拉上窗帘捧着一杯热可可观看。

男主角叫特里斯坦，是一个充满野性的浪子，他和大哥同时爱上了弟弟的未婚妻。然而，经历了弟弟惨死一事后，无限悲伤的特里斯坦远走他乡，再回来时，得到的却是心上人已经嫁给大哥的消息。

她曾发誓会永远等着他。

阳光炽烈，隔着一道篱笆，心上人摘下特里斯坦送她的手镯，哽咽着说“特里斯坦，永远太远了”。

我喜欢这部电影，喜欢特里斯坦，却不喜欢女主角。

因为我认为，爱即勇气，你爱上什么人，就要有哪种胆量。你若爱上一个浪子，就要有和他乘风破浪于五湖四海之上的勇气。

所以我写了《樱绿缇香》，一个勇气胀满如风帆的女孩赢得了一个浪子的爱的故事。

第十五梦

春光

旧梦1997

当你拥有了属于自己的春光，
淋一场暴雨，
也没什么关系。

| 楔子 |

“一派胡言。”

看完这篇盘点新闻，李明媚嗤笑一声，从鼻腔里滚出一点子不屑一顾。

她弹弹烟灰，用烟蒂戳了一下屏幕：“在那个没有修图没有整容的年代，每个香港美人都美得十分天然、美得各有千秋……简直是放屁。

“照相机发明后不久，就出现了最原始的无须使用电脑软件的修图技术。整容也不是二十一世纪的新发明。喏，你看这个，‘素有性感小野猫之称的陆棣华’，这个陆棣华是 1988 年‘香江小姐’的热门人选。她因为下巴植入假体而被取消了参赛资格。

“当时全港皆惊，所有的报纸都在谈论这件事。陆棣华一时之间如过街老鼠，被百家媒体追着嘲讽。然而三十年过去了，媒体却改了口，称她是天然美人，还用她贬低后辈，全然不记得三十年前那场几乎毁掉陆棣华的大声讨。

“媒体就是这个样子，半人半鬼，神是他们，鬼也是他们，只要能博眼球，什么屁话都说得出口。”

她还是老样子。

李明媚。

二十世纪八十年代末九十年代初艳绝香江的女影星李明媚。

三十年过去了，天地都变了样子，唯有她鲜亮明媚，一如1997年香港的春光。

她依旧心直口快、脾气暴烈，尤其憎恶媒体。很多年前，她的大祸事，就是因媒体而起的。

| 一 |

1996年的那场祸事起于电影《红尘》的庆功宴。

如果你在网上搜索“1996年”和“香港”这两个关键词，就会搜到香港演艺界一场声势浩大的公益晚会。这场晚会是为了给不久前发生在九龙城寨的一场火灾筹集善款而举办的。

而《红尘》的庆功宴是在赈灾晚会后的一个星期内举行的。

那原本是一个气氛极其热烈的庆功晚会。《红尘》票房口碑双丰收，导演和主演皆是冉冉升起的新星，未来可期。所以捧场的业界前辈和媒体人挤满了整个会场。

欢快的气氛在庆功宴接近尾声时突然被打破了。

庆功宴最后一部分是媒体群访。李明媚和导演正在回答与下部戏有关的问题。突然，有人吵嚷着拨开记者，挤到台前，拿出一个硕大的捐款箱：“水火无情人间有爱，李小姐，张导演，献一份爱心吧。”

这个不速之客不在他们的计划之中，张导演虽面有愠色，但处理得很巧妙。他摘下腕上的劳力士金表，放到捐款箱中，立刻获得了一片掌声。

然而，捐款箱送到李明媚面前时，她却掷地有声地回答：“不捐，谢谢。”

所有的祸事从“不捐”两个字开始了。

记者迅速“嗅”到了新闻热点。首先发难的是《香蕉日报》的记者章可闻：“李小姐，听闻你的片酬十分优厚。你为何不肯为灾区同胞奉献一片爱心？ 演员一行钱来得这样容易，你为什么不肯回馈社会？”

李明媚的猫眼一眯：“章先生，做演员并不是躺下来等着天上下黄金雨。演员要吊威亚、浸冷水、夏裹棉衣冬穿纱。香港大部分演员的收入十分微薄，你所谓的片酬优厚者寥寥无几。就算有的演员片酬优厚，那也是他多年奋斗的成果。其他行业，诸如律师、会计师等，站在金字塔顶端的少数人士的收入亦不比演员少。”

章可闻不肯善罢甘休：“但演员赚钱总比普通人容易，此份工作无太大的含金量，只是出卖色相……”

李明媚嗤笑一声：“很可惜，章先生说得这样正气凛然，却不过是靠着编派我们这些出卖色相的演员过活罢了。我相信，假如章先生有色相可以出卖，一定比任何一位男演员都要积极。”

第二天，这件事在《香蕉日报》上刊载出来，标题便是耸人听闻的《玉女掌门拒献爱心，记者相劝惨遭嘲讽》。

一时间，全港皆知李明媚不仅毫无爱心且自恃貌美攻击他人的容貌，真可谓恶劣至极。

很快，声讨李明媚成了全港媒体的责任。李明媚的每一点都被单独揪出来批斗。人们拿伊丽莎白·泰勒攻击她的容貌，用费·雯丽贬低她的演技，以奥黛丽·赫本为范本，批判她的道德……

一个月后，李明媚在报纸上成了一个相貌平平、演技堪忧、道德败坏的娱乐圈“捞女”。

有合作者匿名爆料，李明媚没有职业道德，滥用替身。张导为李明媚鸣不平，在报纸上刊出了拍摄现场的照片。照片上，李明媚吊威亚、泡冷水，都是亲自上阵。但是这些都没有用，丑闻和谣言比真相更受欢迎。

人们津津乐道着李明媚的种种“丑闻”，却完全忘记了，就在一个月前，正是他们亲自投票，将李明媚选为1996年香港最受人喜爱的女演员。

| 二 |

声讨李明媚的“运动”如此声势浩大，以至各行各业都没能幸免。

兰波在一次电视访谈中被问到了和李明媚有关的话题。

那一年兰波二十九岁，刚刚回到香港，参加区议员的竞选。他年轻英俊，又是美国名校的生物学博士，很自然地在一干中年“油腻男”中脱颖而出，受到选民和媒体的关注。

不知道哪个娱乐记者如此神通广大，发现李明媚和兰波早有交集。一年前，兰波从美国返港，与李明媚搭乘同一个航班。抵达机场时，李明媚立刻被粉丝和记者包围起来，而兰波却独自提着行李，显得十分冷清。

主持人问兰波：“兰先生对这件事怎样看？ 这是否展示了我们社会的畸形之处？ 戏子家事天下知，而那些真正为社会做出贡献的科学家却无人问津。”

兰波在美国时曾获科学界的重大表彰，实乃华人之光，称他一句科学家并不过分。

听到这个问题，兰波微微一笑，交叉的十指微微一动：“我并不赞成这个观点。科学和艺术是社会台前幕后的不同工作。从事科学研究和艺术创作的人所追求的东西也并不一样。艺术需要眼球，科学却怕被人打扰。”

他换了一个姿势，但笑容不变，越发显得文质彬彬、英俊夺人：“而且，我想为李明媚小姐说一句话。在飞机上，我亲眼见到李小姐悉心照料身边晕机呕吐的陌生人。我相信，她不是报纸上说的那种人。”

主持人一愣，显然没料到自己会得到这样的回答。

但他不肯死心，追问道：“李明媚本人并未否认拒绝捐款一事……”

兰波的眉头微微一皱：“那次募捐我不在现场，所以并不了解实际情况……我冒昧地问一句，募捐的组织者是谁？ 他们是否得到了相关部门的批准？ 善款的去向公开没有？”

主持人彻底愣住了。

见主持人答不上来，兰波轻轻地吐了一口气，微笑着说：“假如这次募捐并不可靠，我认为李小姐的做法并无不妥。毕竟每逢灾难发生，总有人利用民众的爱心中饱私囊。”

兰波的话为这场风波打开了一个新局面。

或许是批判李明媚一事持续太久了，气氛被煽动得过于热烈了，有些人已经感受到民意泛滥的危险，因此，默许了兰波的发言把舆论的洪流引向一个此前谁也没注意到的方向。

从第二天开始，陆续有报纸质疑那场募捐的合法性。

就这样，针对李明媚的声讨以一种奇异的避重就轻的方式，在 1996 年的秋天渐渐归于平静。

然而，并没有人向李明媚道歉。

| 三 |

兰波第一次与李明媚独处，是在风波平息后的万圣节。

某天，兰波接到一个电话。对方邀请他万圣节去李明媚的小公馆做客。

兰波来到李公馆时已是黄昏时分。太阳挂在天上，红彤彤的云霞在太阳周围肆意流淌着。兰波想起了小时候江苏乡下亲戚寄来的高邮咸鸭蛋——用筷子尖给咸鸭蛋戳一个孔，红油马上就溢出来了。

真奇怪，站在豪华到几乎无人气的李公馆前，兰波竟想起了人间的炊烟。

一群孩子拍着手，笑着叫着跑了过来。兰波微笑着给他们让开道路，一抬头，就看见了站在大门前的李明媚。

镜头外的李明媚也对得起她的名字。她面容姣好，明媚如春光；她穿着白色便服，打散的头发在右侧结了一个松散的长辫；她手里抱着一个篮子，半边身体被金红色的余晖涂抹上一层鲜艳的颜色，半边身体隐藏在阴影里。这美丽的光影让兰波想起了雷诺阿的画作。

门上挂着一个牌子，上面写着“Candy”。

原来她刚才在发糖果，原来那篮子里装的是糖果。

走进李明媚的家，看到室内的陈设，兰波心里忍不住“呵”了一声。施坦威三角钢琴与古典吉他遥遥相对，凡高仿画与某位现代派画家的真迹“并肩而立”，水晶吊灯在天花板上恶俗地招摇着……室内的风格这样没品，却又没品得坦荡肆意。

李明媚陷在真皮沙发里，单刀直入：“兰先生，你想要什么？”

兰波一愣。李明媚索性说得更直接些：“你在电视上为我说好话，我谢谢你。作为回报，你想要什么？”

兰波这才明白过来。他失声笑道：“我并不图你什么。”

李明媚皱着眉不肯相信：“人无论做什么事都是有目的的，都是为了交换些什么，不是吗？”

兰波看着她，突然心生怜惜。

她话说得这样江湖气，脸却这样稚气。她多大？如果媒体刊登的信息无误，她今年只有二十岁，还是个小女孩呢。

兰波说：“那么，好吧，作为回报，你陪我看一场电影。”

李明媚长舒了一口气：“好啊，什么电影？《家有喜事》还是《南海十三郎》？”

如果兰波是个伧俗的二流货色，《家有喜事》便能讨他的欢心；如果他是个自命清高的知识分子，《南海十三郎》就能满足他的需求。

然而兰波却说：“《故园梦》吧。”

《故园梦》？

李明媚愣住了。这是一部很老很老的电影，拍摄于十九世纪三十年代，讲的是一位女明星凄美短暂的一生。

好在李明媚放映室里的碟片足够丰富。一刻钟后，两个人坐在放映厅的沙发上，《故园梦》缓缓拉开了序幕。

这个老电影只有八十分钟。八十分钟后，电影结束，李明媚打开了灯。银幕黑掉前的那一瞬间，兰波依稀看见了李明媚眼角亮晶晶的水光。

兰波缓缓开口："这部电影的制片公司是上海联懋。二十世纪三十年代，联懋制片在上海风头正盛。很凑巧，联懋的老板是我的外公。我从小跟着外公长大，外公教了我许多大道理。他说，电影是极美好的艺术，好演员理应得到和其他行业中的佼佼者同样的尊重。

"他还说，中国的现实过于沉重，所以人们总是瞧不起自己的精神世界，轻视精神世界的欢愉感、轻视艺术。他希望，有一天观众走出电影院后，仍然记得他们在那一个半小时里获得的快乐。"

原来如此，因为他的家教，他懂得尊重电影艺术、尊重演员、尊重精神世界的欢愉感。

李明媚最后一次迟疑地发问："你真的不需要回报吗？"

兰波回答她："也不是。"

李明媚笑了，笑得胜券在握。但她又有些沮丧、失望。

下一秒，兰波悠闲地走到她的面前，伸出手来："万圣节，Trick or treat（不给糖就捣蛋）？"

李明媚愣了半天，然后扑哧一声笑了。

她把一颗糖果，今年万圣节的最后一颗糖果，放到他的手心里。那颗糖原本是她留给自己的，因为在手心里握了很久，所以化开了，有些黏黏的。

睡觉的时候，李明媚嗅了嗅手心，还能闻到那甜丝丝的味道。

| 四 |

兰波和李明媚的交往被曝光的时候，兰波正在李明媚家做馅饼。

那天正是圣诞节。

兰波的父母不在香港，恰巧李明媚也无半个亲人。于是，李明媚便邀请兰波到她家过节。兰波说自己在国外读书时最擅长做的就是苹果派。

兰波在厨房里做苹果派，李明媚无所事事，就躺在客厅里看电视。频道换来换去，这个频道是无聊的电视剧，那个频道蔡澜又在孜孜不倦地推荐猪油渣拌饭，再换个频道，聒噪而熟悉的声音突然传了出来。

“是的，我跟拍了两个月，发现兰波屡次出入李明媚的家。最早一次是万圣节的时候，可见两人的关系非同寻常……”

是章可闻。

那个一手炮制了“李明媚大声讨”的记者。

果然人如其名，臭不可闻，他还是不肯放过李明媚。

兰波端着苹果派走了出来，李明媚连忙换台。

兰波早已听到了新闻内容，却不动声色地把苹果派放在李明媚的面前：“尝尝我的手艺。”

暖乎乎、香喷喷的苹果派具有抚慰人心的力量。半块苹果派下肚，李明媚的心安定了许多。

她看了一眼外面的天色，说：“不早了，你回家吧。”

兰波讶异地说：“圣诞节的重头戏不是在晚上吗？ 你吃了我做的苹果派就下逐客令，这不太好吧？”

李明媚无奈地说：“新闻一播出，记者不一会儿就会蜂拥而至。到时候你被堵得严严实实的，想走都来不及了。”

兰波眉毛一挑：“我为什么要躲他们？ 我们做什么违法乱纪的事情了？”

李明媚无奈地说："你呀。"

你呀，你呀，你这个天真的小学究，你这个在光明中长大的好孩子！你要怎样才会明白，这个世界并不是你的实验室，这个世界上最毒的毒药也并不是实验室里的化学药剂，而是人的口水。

李明媚安慰着兰波，也安慰着自己："如果你真被人堵在这里了，我会跟他们说明真相的。"

兰波问："什么真相？"

李明媚解释道："我感激你的仗义执言，把你当成朋友。"

兰波哑然失笑："你真觉得，我们这样只是朋友吗？"

相识两个月的成年男女，在圣诞节这天独处一室。男方甚至亲自下厨，为女方做了一个香气四溢的苹果派。

这样的关系，说他们只是朋友，谁会相信？

李明媚沉默了。

两个月来，每当夜深人静的时候，她就反复问自己，她和兰波之间到底算什么关系？ 她想让自己和兰波建立什么样的关系？ 兰波又是怎么想的？

兰波给她解释过自己名字的由来。兰波的外公喜欢苏轼。苏轼的《赤壁赋》里有一句"桂棹兮兰桨，击空明兮溯流光"，恰巧兰波的父亲又姓兰，而"兰桨"听上去有些奇怪，于是外公就给他取名为"兰波"。兰波，是兰桨划动时泛起的涟漪。

兰波不知道，这两个月来，他在李明媚心中泛起了怎样的涟漪。

就在李明媚发愣的时候，兰波不动声色地靠近她，然后把手覆盖在她的小手上："我妈妈是摄影师。小时候我曾跟着妈妈去非洲大草原拍动物。你让我想起了一种大型的食草动物。它美丽、庞大、招摇，却毫无攻击性，所以，它沦为了所有肉食动物包括人类的猎杀目标。"

李明媚笑了。

这个生物学博士兼议员参选人真是太有趣了。别的男人表达“我想保护你”这个意思时，都会用《小王子》里的玫瑰做比喻。花是弱小的、淳朴的，它们总是想方设法地保护自己。它们以为自己有了刺就变厉害了……她那么弱小，又那么天真。她只有四根微不足道的刺，用以保护自己，抵御外敌……

但兰波却用美丽的大型食草动物做比喻！

李明媚靠在兰波的肩上：“你的家人真有趣！ 电影人、摄影师……我真喜欢他们！”

她虽然从未见过他们，却喜欢极了他们。什么样的家庭才能培养出兰波这样温柔、聪慧的男孩子啊？

兰波握紧了她的手：“有时间，我带你去见他们呀。”

| 五 |

兰波和李明媚的恋情迅速成了香港娱乐版块最热门的话题。

港媒最擅长煽风点火，最不擅长说人好话。理所当然的，兰波与李明媚的恋情经常受到他们的诋毁。尤其是章可闻任职的《香蕉日报》，日日讥讽这段恋情，今天说兰波想让李明媚的影迷给他投票，明天讥讽李明媚靠着兰波这位政界新贵变身为贝隆夫人。

也有媒体好心奉劝兰波：娱乐圈太复杂，小心被人当成垫脚石。

对于那些讥讽，兰波一概一笑而过。对于那些“奉劝”，他则幽默地回应道：“要说复杂，哪个圈子比政治圈还复杂？”

李明媚新戏杀青，难得有休息的时间，兰波便和她乔装出门，一起去游山玩水。

提到去哪里，兰波兴致勃勃地说起了荔园：“有人说，荔园就是香港的半部近代史。”

可不是吗？荔园游乐场始建于1949年，是香港重新崛起的见证者。

李明媚却兴味索然：“荔园有什么好看的？早就过时了的地方。”

自二十世纪八十年代以来，随着经济的上行和娱乐行业的不断革新，荔园早已没有了昨日的辉煌。

李明媚是在香港长大的，对这个地方恐怕毫无新鲜感。兰波便不再强求，问道：“你想去哪里？”

李明媚略一思索，便说：“去艺术馆吧，我听说那里最近有现代派大师的作品展览。”

兰波诧异地说：“看不出来你竟然喜欢这些。”

李明媚知道兰波是在嘲笑自己家的装潢，便佯装嗔怒地捶了他一拳：“我只是想了解一下你的生活。”

像兰波这样，出身于中产阶级，又读了美国名校的人，想必人生充斥着艺术展这些高雅的东西吧？

兰波做了一个鬼脸：“没想到在你心里，我是那么无趣的一个人。我从小就讨厌艺术展，讨厌对着一堆不知所云的东西装内行。小时候，我经常和姐姐溜到后山烤地瓜。”

于是那天，两个人在菜市场买了一堆地瓜，然后找了个风景如画的好地方，坐下来烤地瓜。

| 六 |

随着1997年新年钟声的响起，人们对“兰李恋”的热情渐渐消散了。

都市里永远不缺新闻。1997年春，一个大新闻再次震惊全港。

这次的新闻仍然与李明媚有关。

新闻由《香蕉日报》刊发，记者是李明媚的老仇家章可闻，标题仍旧耸人听闻,《女明星年入千万，竟拒绝赡养老父》。

报纸上一整版都是对李明媚父亲的采访。文章里，李明媚的父亲对她的弃养行为大加控诉，又对父女昔日的情谊无限怀念。文章读来令人牙齿发痒，大家恨不得咬不孝女李明媚两口解解气。

对这个新闻，李明媚既不解释，也不与章可闻展开骂战，只是往家里一缩，权当没这回事。

于是人人都说，这个新闻属实，李明媚心虚了。

《香蕉日报》痛打落水狗，几日后又爆出大新闻：李明媚的美貌并不是天生的，她整过容，有整容医生做证！

一时间天下哗然。

章可闻快意满满地在报纸上用笔杀人：

还记得半年前,《红尘》庆功宴上，李小姐讽刺鄙人相貌丑陋，说用美色赚钱也是一种本事，人人都该艳羡。没承想，李小姐的美貌竟然是假的！ 不知道她当日哪里来的底气攻击鄙人的容貌。鄙人虽丑，至少真实。

整容传闻在电视上播出时，李明媚正在兰波家里。

她睡了长长的一个午觉，还做了个噩梦。她满头冷汗地醒来时，便看到了电视里播出的新闻。她关掉电视，兰波的声音清晰地从卫生间里传了出来。

“不，我并不打算和她分手。

“我选择从政，是为了让这个世界变得更加美好。

“如果这份事业连一个小女孩都容不下，我不相信它有济世救人的作用。”

李明媚在沙发上呆坐片刻，揉了揉脸，压下了心里的念头。

原本，她是来和兰波分手的。

她知道，因为她，兰波最近的支持率一直在下降。人们对他很失望，觉得他到底是个年轻人，为美色所惑，被一个一无是处的小妖精玩弄于股掌之上。这样的人，怎么能有所作为，怎么能为人民谋福祉？

但她现在改变了主意。

他没有放弃这段感情，尽管他什么都不知道。

她不能辜负他的厚爱，水里火里，她都应该握着他的手，咬着牙撑下去。

| 七 |

李明媚约兰波去荔园。

有消息说，年内荔园就要停业关闭了。几代香港人的回忆终究变成了真正的回忆。

周末的荔园冷冷清清的，兰波给李明媚买了一支冰激凌。两个人坐在金碧辉煌的旋转木马上，舔着冰激凌。

片刻后，李明媚开口："小时候，我就住在这附近。"

原来她不是土生土长的香港人，她的父母是上海人，二十世纪六十年代逃难到香港，蒙亲戚们接济，住在荔园附近的"小上海"，一住就是十几年。

兰波看着她，心中很是怜惜，父母皆是难民，想必她的童年过得很凄惨吧？

李明媚笑了："你别用同情的眼神看着我。小时候，我家的经济条件也没有那么差。我时常能来荔园，吃一支冰激凌，坐一坐旋转木马。"

兰波把心放回肚子里，轻轻地吐了一口气。

然而一口气还没吐完，李明媚的下一句话又将他打入深渊。

李明媚说："我爸爸是个酒鬼，每次喝完酒就打人。但他打完人后会给点补偿。他通常会给我几角钱，我就用这几角钱买荔园的门票，看看表演、坐坐旋转木马，一天很快就过去了。回到家里，爸爸的酒也醒了，我们就都当这事没发生过。

“直到有一次，他拿酒瓶砸我，砸碎了我的鼻梁骨，那时我十三岁。

“邻居家有一个小哥哥。他和我关系不错，我便满脸是血地去敲他家的门。他看到我吓坏了，抱着我哭了很久，说他以后要考医科，做整形医生，然后恢复我漂亮的容貌。

“他言出必行，第二年果然报考了医科，后来成了一位整形医生。我的整容手术就是他做的。他的技术很好，我的鼻梁恢复了原来的样子，几乎看不出手术的痕迹。如果他不站出来，恐怕谁也发现不了我的鼻梁动过手术。”

她淡淡地自嘲一笑。

她的鼻梁怎么能算假的？ 是别人先打碎了她，她只是重新把自己拼了起来。

“曾经我以为，他是个顶无私的人。他对我那么好，甚至为我改变了自己的人生规划。可后来我才知道，他不是无条件为我付出的。打算付出的时候，他就已经想好了以后索要的回报。如果得不到想要的回报，他也会变得面目狰狞。

“我并不是不想回报他，只是不想按照他的方式回报他罢了。这些年我努力往上爬，一山望着一山高，无非是想寻找一处春光罢了。但是好春光要和对的人分享啊。

“你知道吗？ 我当明星，也是从荔园得到的启示。梅艳芳就是从荔园唱出去的。她从一个小小的卖唱女，变成了人人追捧的大明星。小时候听着她的故事，我就想，我也要成为大明星，名利双收。届时人人敬仰我，谁还能轻视我，作践我，把酒瓶砸在我的脸上，试图用几毛钱抵偿带给我的伤害？”

冰激凌化了，淋了她一手。兰波抽出手帕，温柔地擦干净她的每一根手指：“其实你可以扳回一局。如果你想，我会帮你的。”

是啊，其实她是可以打个翻身仗的。只要她将真相和盘托出，来一个大反转，那些看热闹的人势必会站到她这一边。届时，她不仅能洗清所有的污点，还能得到别人的同情。她也可以大打女性励志牌，从玉女掌门人变成都市女性新标杆。

可是李明媚摇了摇头：“我不想。”

她伸手揽住兰波的脖子，靠在他的肩膀上，低声说：“我不想了。过去我总想得到大家的掌声，可是现在想想，这些掌声对我有什么用？赞美我的人是他们，诋毁我的人也是他们。就像我的父亲，给我巴掌的人是他，给我钱的人也是他。我不要他们了，我只要你。”

她曾经跋山涉水，一山望着一山高，其实不过是为了寻找一处春光罢了。

1997 年的春天，李明媚终于找到了这处春光，独属于她的，明媚的春光。

于是她决定不再攀爬，坐下来吧，坐在这明媚的春光里，与心上人一起，烤一只香喷喷的地瓜。

| 八 |

区议员选举终于落下了帷幕，如所有媒体预测的那样，兰波铩羽而归。

尘埃落定之日，就有媒体幸灾乐祸，冲在最前面的当然是《香蕉日报》。章可闻幸灾乐祸的心情跃然纸上：

枉我们兰博士是个痴情种，如今议员落选，垫脚石身份化为虚空，恐怕美人也要飘然远去喽。

言外之意是李明媚是因为兰波政界新贵的身份才与他虚与委蛇，如今兰波落选，李明媚必然与他分手。

然而，出乎所有人的意料，当天晚上，李明媚与兰波的婚讯见报了。

与婚讯一起见报的，还有李明媚的个人声明。从即日起，她退出娱乐圈，再不复返。

这两个消息如同核弹，震晕了全香港的人。

所有人都为这个消息震惊不已的时候，当事人在干什么呢?

谁也没想到，他们在荔园。

那一天是1997年3月31日，营业了半个世纪的荔园正式关门。关门当晚，两万余名顾客进入园中，而兰波和李明媚就混在这两万人里，与他们一起，向荔园说再见。

再见了，荔园，会有新的游乐园取代你。

再见了，布满创伤的童年，会有春光抚平伤痕，还你一个灿烂明媚的笑脸。

再见了，曾经野心勃勃的李明媚，会有爱人平息躁动，和你一起走过余下的人生路。

再见了，香港。

1997年，秋天，李明媚和兰波来到了美国。在兰波美国的家里，李明媚见到了兰波曾是影业大亨的外公、身为摄影师的母亲、童年时和他一起在后山烤地瓜的姐姐……他们每个人都温柔可爱，李明媚真喜欢他们。

多幸运，他们也都喜欢她。

| 九 |

港媒把李明媚和兰波的这场婚姻，定性为两个失败者的相互慰藉。

可不是吗? 一个从政失败，一个声名狼藉，两个人饱受讥讽时逃跑似的离开了香港，简直让章可闻笑掉了大牙。

章可闻在《香蕉日报》上穷追猛打了整整一年。无论他写什么文章，总要捎带着讽刺一下这对鸳鸯，仿佛把他们赶出香港是他的功劳。

而兰波和李明媚呢？ 他们压根就没看到这些文章。

章可闻自以为痛打落水狗的那整整一年里，他们在非洲的大草原上，和兰波的母亲一起，用镜头追逐黄昏、落日和奔跑的动物。李明媚有了新的爱好，那就是摄影。

她喜欢斑马、羚羊、长颈鹿、大象，以及许许多多的食草动物。

她常常问兰波："你说的那种大型食草动物到底是什么？"

兰波坐在草地上，吸一口暴风雨来临前泥土的芳香，笑而不语。

又一次询问无果，李明媚便坐下来，和他一起等一场雨。

要知道，当你拥有了属于自己的春光，淋一场暴雨，也没什么关系。

旧梦·新言：

《春光》这个故事和电影有关。

女主角是电影明星，男主角是民国电影大亨的外孙。男主角兰波的外公即是《旧梦·望春归》里的男主角云观澜。当然，是平行世界里的云观澜。

我先写的《春光》。我写《春光》时还没想到我会写《旧梦·望春归》，因此，在《春光》的设定里，云观澜是没有死的。

说回电影。

我喜欢电影，因为它能带给人幸福感，而幸福感是无价的，是一个人活在世界上最基本的追求。所以我不乐意看人贬低电影存在的价值，无论是用科学，还是用前六种艺术形式。因此，我写这篇《春光》，不是为了给“李明媚”们叫屈，而是为了给电影正名。

愿每个人都能重视自己的精神世界，看一部好电影，在电影院里获得九十分钟毫无负担的快乐。

同梦终了

沈鱼落、